REIGN OF HELL

地狱之城

〔丹〕斯文·哈塞尔 / 著

卓　今 / 译

重庆出版集团 重庆出版社

版贸核渝字（2012）第 115 号

图书在版编目（CIP）数据

地狱之城 /（丹）哈塞尔著 ；卓今译 . — 重庆 ：
重庆出版社， 2013.6
ISBN 978-7-229-06533-1

Ⅰ . ①地… Ⅱ . ①哈… ②卓… Ⅲ . ①长篇小说—丹
麦—现代 Ⅳ . ① I534.45

中国版本图书馆 CIP 数据核字（2013）第 103891 号

地狱之城
Reign of Hell

〔丹〕 哈塞尔 著　卓今 译

出 版 人：罗小卫
统筹策划：林苑中
责任编辑：刘　嘉　马春起
装帧设计：王芳甜

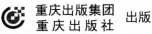
重庆出版集团
重庆出版社 出版

重庆长江路 205 号 邮政编码：400016 http://www.cqph.com
三河市兴达印务有限公司印刷
重庆出版集团图书发行有限公司发行
E-MAIL:fxch@cqph.com 邮购电话：023-68809452
重庆出版社天猫旗舰店
cqcbs.tmall.com
全国新华书店经销

开本：880mm×1230mm　1/32　印张：10.5　字数：200 千
2013 年 6 月第 1 版　2013 年 6 月第 1 次印刷
ISBN 978-7-229-06533-1
定价：28.00 元

如有印装质量问题，请向本集团图书发行有限公司调换：023-68706683

目录
CONTENTS

躺在荒野海滩的战士，
弥留最后一丝气息。
为什么维斯瓦尔河潮涨潮落，
为什么波涛幽咽，
恰如临死的人最后一声叹息，
回荡在黑暗的深渊。
冰冷的河床深处，
一场死亡的悲梦……
歌在唱，
雨洗的田野，
闪着银光的垂柳在哭泣，
那是一曲悲伤的合奏，
波兰的年轻姑娘已经忘记如何微笑，
德国人毫无疑问是令人惊奇的战士……

这段话是爱伦·布鲁克写于 1940 年 5 月 21 日的笔记，爱伦·布鲁克后来晋升为陆军元帅勋爵。

谨以此书献给无名的士兵和第二次世界大战所有受难者，希望政客们永远不要把我们推向不负责任的疯狂大屠杀。

第一章
Chapter One
森纳拉格集中营

我们需要的是权力，一旦我们拥有了它，我们就会抓住不放，别人休想从我们手中把它夺走。

——1932 年 11 月 30 日，希特勒在慕尼黑的讲话。

5 连的人没有人愿意成为森纳拉格的守卫，但是一个士兵想与不想又有什么关系呢？一个士兵就是一台机器，士兵无论到哪里，唯一的使命就是执行命令。哪怕一个小小的失误，士兵很快就会被遣送到臭名昭著的 999 惩罚营，这是个垃圾堆，是所有违抗命令者的归宿。

例子太多了。例如一个装甲兵指挥官曾经拒绝执行烧毁一个村庄和村庄里的村民：军事法庭降低他的军衔，盖默斯海姆，999……整个过程干净利落。还有一个例子，有一个党卫队二级突击队中队长曾经拒绝被派往安全分局，军事法庭降低军等衔，托尔高，999……

所有的例子都雷同得可怕，他们把罪犯和违抗军令者都一股脑儿拉到那里，折腾一阵之后，他们干脆扩大了惩罚规模，建立一种新型模式。模式一旦建立，将永远不会改变。

德国军规条例的第一部分第一条规定，服兵役者光荣。第十三条，任何被判5个月监禁的人都不能去军队服役，并且从此以后禁止加入任何武装部队，无论是陆军、海军，还是空军。

第一部分第三十六条规定：凡在第十三条中提到的被取消资格或者在监狱服刑5个月以上的，可以送往部队，但是要送往特别纪律连。某些违抗军纪最严重的人须转入小分队，小分队负责挖矿或者埋死人，并不予配发武器，如果6个月的服役表现得很好，将与那些在战场上被判违抗命令者一起被送往森纳拉格999营。战时，凡是没有被委任的军官都必须在前线作战部队服役至少12个月，和平时期是10年，所有军官包括没有被委任的军官如果发现对长官不尊敬，将给予严厉斥责。任何征兵入伍人员如果毫无怨言地严格遵守军纪，表明他适合部队，将转送到普通武装部队，在那里将按正常程序升职。但在得到此转调机会之前，必须至少四次在作战中被提议获得十字勋章。

"999"，众所周知是一个玩笑。但又不得不承认，德国最高统帅完全没有发现这个数字的幽默所在，因为900是一个吉利数字，常常是那些特别好的军团的番号，不过，后来有好事者是这样解释的：三个9是苏格兰场（伦敦警察厅）的电话号码，很难把这样一个号码与一个完全由罪犯组成的一个营扯在一起，对一个纳粹脑袋来说，是不是更加微妙或者有趣呢？你可以想象一下，最高统帅的脸上挂起一个严肃的、例行公事的微笑，点头同意这样一个英明的决定，让999做集中营的番号。为了更有趣一些，为什么不在它的前面再加上一个巨大的V？再在999上面斜斜地画上一根红线，它意味着：取消、废除、清理……当然它要么是指苏格兰场，要么是指军营本身，但是那确实是个玩笑。它好笑得可以让你笑破肚皮。让我们接纳它吧，这些在999营服役的猪，很少有人可以称之为人，或者是可以被人需要的人，小偷、杀人犯，还有一些犯罪程度略轻的，叛徒、懦夫、宗教狂徒，地底下最低等的蠕虫和那些只配死掉的人。

像我们这些在前线肠子都流出来的人却不这么看，我们付不起这样的代价，无论是君王还是清洁工，无论是圣徒还是骗子，我们在意的是，这个家伙是否是在你最需要的时候同你一起战斗到最后一刻，不管这个人在过去做了什么，见鬼去吧，重要的是他现在在干什么，现在，对我们才有意义。你人在部队，你不可能凭你自己的一己之力生存下来，每一个人都在为另一个人活着。一个好的战友关系准则，可以统领一切。

一辆老式火车头"哐起哐起"地沿着铁路线缓缓地爬行，机车后面拖挂的是一长串带着尖利的摩擦声的货车车厢。

站台上等车的乘客们，好奇地望着火车慢慢驶进站内。火车"哐当"一声停下来，其中有一节车厢装载着一队全副武装的守卫，看那个架势，他们手上的武器足够消灭掉一个团。

我们同一撮儿英法战俘搅和在一起，在站台上等车，玩一种叫做"21点"的扑克牌，波尔塔和一个苏格兰中士把我们都打出局了。"小混球"和格里高·玛尔钦姆打对家，牌打了个把小时，他俩的手气极差，一手烂牌输得稀里哗啦。中士手上已经捏着一大把四位搭档的欠条。

我们正玩得热火朝天的时候，连长劳威中士突然粗暴地打断了我们的游戏。

"好了，伙计们，振作起来，到点儿了，该出发了。"

波尔塔恼怒地甩掉手中的牌。

"比杀了老子还难受。"他骂骂咧咧，一脸惨痛的表情，"真他妈的没意思，你不觉得吗？正玩在兴头上的时候，我们这帮蠢大兵就得上前线了，又要开战了，真他妈的不是人过的日子。"

劳威甩出一条手臂，定定地指着波尔塔。

"我警告你，"他说，"你要再敢满口喷粪我就要……"

"是，长官！"波尔塔机敏地把脚一抬，敬了一个军礼。他从来都不吝啬说出最后那两个词，他曾夸耀自己的处世之道，即使对着希特勒立正的时候也会很热切地说"是，长官"。他接着说："我很高兴您知道我的声音很讨厌，我向您保证我将来尽量不说，或说得少一点儿，除非您要我先说。"

劳威不耐烦地撮弄着舌头，弹出"咔嗒咔嗒"的声响。不过，他倒是很聪明，不加任何评论地走开了。"老大叔"极其痛苦地站起身来，顺便一脚踢飞屁股底下翻过来当座椅的桶子。他整理了一下戴在头上的那顶帽子，拿起皮带。皮带上有一只很重的左轮手枪躺在枪套子里。

"听口令，站好，准备出发。"

我们极不情愿地拖拖拉拉站起来，很厌恶地看着正在等待的机车头和那一长溜货车车厢。为什么敌人没把这恶心的玩意儿给炸掉。战俘们横七竖八地躺了一地，他们侧着头看着我们幸灾乐祸地笑。

"你们的国家需要你们，士兵们！"苏格兰中士从嘴里拿出那半根点燃的香烟，把烟屁股捏在拇指跟食指中间，"我忘不了你们的，"他信誓旦旦地说。他手里捏着一把"小混球"给他的欠条，挥舞着说再见，"你们回来的时候我会在这儿等着，迎接你们。"

"妈的，你晓得个卵！""小混球"做出一副邪恶的样子咒骂道，"老子早该在敦克尔克的时候就把你们清理干净，一了百了。"

中士温和地耸了耸肩。

"别担心，伙计，有的是机会，等我到了天堂，我会在那儿给你占个位子，我们一到那儿就接着玩牌。"

"我们去不了天堂，""小混球"说着，拇指朝下指着地面，"去他妈的天堂，我们没有那么好的运气！我的归宿在那里。你愿意去哪里关我屁事，别带上我，免得碰上圣·弗莱明·彼得和那一帮该死的天使。"

中士笑吟吟地把他的欠条收进口袋里。

他又摸出一个铁十字勋章，若有所思地在外衣上擦了擦。那是他刚刚从"小混球"手上赢来的。

"伙计，在那儿等着美国佬吧！那里会欢聚一堂。"

他欣羡不已地玩弄着勋章，把它摆放在面前，快乐地体味着这个铁十字勋章带来的荣耀。美国人很看重战争纪念品，他们到处搜罗这种带有血迹的绷带和汗渍斑斑的军装，然后热火朝天地到处兜售。波尔塔有一大箱子这种恐怖的纪念品，准备在市场行情最好的时候拿出去卖。这的确是一种恶心的生意，但就战争本身而言，至少预示着一种先兆，这场令人焦虑的战争就要结束了。

火车头后面拖着的一长溜货车车厢缓缓停了下来，车厢的门都敞开着，发出"咯吱咯吱"的晃荡声。我们在站台上磨磨蹭蹭，一副要死不活的死卵样子，心情灰暗，绷着脸，愤愤地走进雨里。雨一直在下，他妈的整整四天不歇气地下，我们几乎已经习惯了这该死的雨天。在站台外的暴雨之中，我们不得不竖起衣领，双手插在口袋里，耸着肩膀弓着背，默默地在雨里走，浑身湿透。我们最近分到了新制服，上面的樟脑丸儿味道特别刺鼻，天气好的时候，几里之外都闻得到，若是在封闭的屋子里，它的浓度呛得你翻白眼儿。幸运的是，跳蚤和我们一样不喜欢它，它们撇下我们，奔向那些毫无防备的战俘。这样也好，我们省得麻烦，不用时不时地从口袋里掏那些可恶讨厌的跳蚤尸体。

在头几节车厢的两侧漆着两个几乎被人遗忘了的名字，贝尔根／特隆赫姆。这些车厢一直是用来运载那些健壮的小山地马的。我们停下来看了一会儿马。它们看起来令人荒谬的相似，每一匹马都有一条黑线沿着脊背一直走到屁股，口颌是柔和的黑色。有一匹马喜欢上了"小混球"，开始像一条狗一样地舔他的脸，而"小混球"也做好了准备收养这个对他表现出一点点喜爱的动物。这会儿，他立马认定这匹小马就是他的个人财产，而且准备走到哪儿就带它到哪儿。他正准备把它从马群里拨出来拽出车厢，这时一队全副武装的守卫赶到了，他们逼近"小混球"扯开嗓门儿高声呵斥，现场立刻陷入一片嘈杂混乱之中，各种声音汇集在一起，有来自守卫的忙不迭的道歉声，有乱蹦乱踢的小马的嘶叫声，还有"小混球"在那儿恶声恶气的咒骂声。这时，劳威中尉也不得不怒气冲冲地出现在现场。

"到底怎么了？这里，啊？！"他拨开守卫，和丹茨一起左推右搡，快步走进混战中。劳威停了下来，他看到了"小混球"和那匹小马，饶有兴趣地问："你这家伙，你认为你在和那匹马干什么？"

"我要带走它，它也想跟我一起走。""小混球"说。小马狂热地舔着"小混球"，"小混球"也用主人般的手摩挲着它。"我把它叫做雅各布，它再也不会有任何麻烦了。它会跟着我从一个地方到另一个地方，我相信它很快就能适应军旅生活。"

"是吗，你确定吗？"劳威透过他那膨大的鼻孔呼呼地喷着粗气，"把那该死的马放回去，我们是去打仗，不是去经营一个马戏团！"

他气势汹汹地走了，后面跟着丹茨。"小混球"满脸愤恨地站在那里，瞅着他们的背影。

"他们都是浑蛋！"波尔塔快意地骂了一句。他从口袋里伸出一只手来朝劳威离开的背影方向做了一个很粗鲁的手势。"别担心，伙计，等这些事情都结束了之后，这些丑陋的长官的脸上会有笑容的。所有的人都会笑，他们会兴高采烈。"他转过脸去，扬起眉毛对着朱利叶斯·海德，而朱利叶斯·海德毫无疑问是整个德军军队里最狂热的军士。"你也这样认为吗？"波尔塔说。

海德给他一个冰冷压抑的皱眉，他不喜欢那种腔调的谈话，因为那样的腔调会让他这个顽固的纳粹感到有一股寒意流过脊髓。

他冷酷地看着波尔塔的肩章说："应该都是些下士吧，很可能下士们会这样，只有下士才会是这副德行。"

"是吗？"波尔塔嘲笑他，"到底谁是始作俑者？我来给你起个头，不是那些官，在这支该死的军队里，你认识多少像我们这样的下士呢？他妈的，搞不清到底有多少这样的下士成为他们的牺牲品，我能告诉你到底有多少。"他用手指戳了戳海德的胸口。"你给我睁大眼睛看看，偶尔瞧瞧眼下这景象。煮饭的罐子已经快开了，伙计，我们都该去做饭了，听好，是我们，而不是你和你的那一堆长着鼠脸的长官们。"

海德放松了他的肩膀。

他冷冷地说："继续啊，接着吹吧，我来做笔记。"

无意之中，"小混球"在他的背后踢到了一个废弃的油桶，一脚踢飞在空中，那个油桶击中了一个宪兵的肩膀。此刻，宪兵突然转过头来。"小混球"不出声，脸转向海德。宪兵像一头公象冲了过来，几年前，他也许一天八小时都在指挥交通，专门打击那些违章司机和不小心横穿马路的行人，战争给了他这个机会，他的光荣时刻到来了，海德还没明白发生了什么事，就发现自己遭到了攻击。波尔塔在背后强忍着不笑出声来，说：

"我亲眼看见是他干的，我看见是他踢的，我看到了。"

劳威中尉只消几句简短的训斥和一个愤怒的挥手便化解了整个事件。

"你什么意思，这个人会打你吗？我压根儿就不相信，我长这么大还是头一回听说有这等事。如果说是海德打了你，那么，我敢确定你现在不可能还活着来讲这个故事，在我发脾气之前，立刻从我眼皮底下消失，免得浪费我的时间。"他卷起那张告状的纸条，把它揉成一团，"嗖"地一下扔到铁路线上，然后回过头去，看着"老大叔"，"坦率地说，我满以为你们是一个坦克兵团，而不是一群吵吵闹闹的白痴。如果你没有能力带好你的兵，我就把你调到别处去，我说得够清楚了吗？"

负责护送的那位军官走到中尉跟前，把两只手指抬到帽檐边儿冷淡地敬了一个军礼。他手里拿着一摞文件，他是一个大忙人，他要发配很多人——530个囚犯要被送到位于森纳拉格的999军营，他正急于清空车厢，干完他手头的活儿，他的日程安排已经相当滞后了。下一个停靠站是达豪集中营，在那里他又要接收一大批囚犯。劳威接过文件，粗略地浏览了一遍。

"途中有伤亡吗？"

那人耸耸肩，不置可否。

"现在还说不好，要等我们把他们弄出来看看再说，我们已经走了14个昼夜了。所以，这没什么值得大惊小怪的。"

劳威扬了扬眉毛。

"他们打哪儿来？"

"来自四面八方，弗斯布托奥、斯杜索福、托尔高、吉尔莫尔西蒙……最后一批是从布痕瓦尔德和博格·摩尔接来的。你要是愿意，现在就签了这张收据，交给我，我好上路。"

"对不起，"劳威说，"完全没问题，"他笑起来的样子相当冷酷，"这是我们的惯例，从来没有不签的收据，直到我检查过这些货物之后……让那些囚犯都下车，然后站在站台上，我来点个数，得到一个正确的数据，这样的话你就能拿到收据。但是，我不点死的。"

这位护送官很烦躁地拉长了脸。

"活的或者死的，有什么区别吗？打了五年仗你还这样大惊小怪，你想知道我们往华峰党卫队总部是怎样送人的吗，路程又短又快，一点儿都不麻烦，就那么一粒很带劲的子弹，穿过后颈，万事大吉，这一天就算干完了。"

"很可能是这么回事，"劳威说，他烦闷地卷起上嘴皮说，"但是我们不是华峰的党卫队，我们是一个坦克团，我们要接管的是530位准备上前线的志愿军。死人对于我们来说毫无用处。你会得到一张收据，你得把一张写着实际活着的人数的收据交给我的中士。如果你有任何反对意见，你可以直接和我的上司讨论。上面写着活着的囚犯，康特·冯·简斯汀，全由你自己做主。"

这位护送官紧咬嘴唇，什么都没说，康特·冯·简斯汀不是一个有任何实际意义可以来讨论的人，据说他每天晚上从半夜12点到凌晨4点都在和斯大林谈话，他是出了名的邪恶和虐待狂，在五年的流血和屠杀之后，那种恐惧依旧让人深藏骨髓，挥之不去。

车厢门打开了，从车厢里吐出一大堆不像人样的人。牵着狗端着枪站在旁边的守卫随时准备狂暴地抽打第一个踉踉跄跄或者摔倒在地的人。一个可怜的囚犯歪歪倒倒、磕磕绊绊，努力地想稳住自己，但是实在是拿不出足够的力气站稳脚跟，他很快消失在一大堆人的脚底下。他最后出现的地方有一大堆尸体，他的喉咙被一群嚎叫怒吼的军犬撕破了。

我们站在旁边观察着这一群人，他们抖抖索索，晃晃悠悠，排成三行，接下来，我们看到死尸又被拖回了车厢。护送官大摇大摆，轻快地沿着队伍走，向劳威敬礼。

"如数到齐了，中尉，我想你会发现根本没必要浪费时间点数了吧。"

劳威没理睬他，他默不作声地走过这破破烂烂的队伍，这个队伍是从地球上最可怕的地狱里收集来的，而且在过去的14天里，他们全都被控制，遭受的是见不得人的待遇。劳威在等待点数。上路的时候530个囚犯，现在活着的还剩下365个。

劳威埋着头杵在那里，过了片刻，他把头转向正等着他回应的护送官。

"我只签365个。"他说。

现场的气氛顿时凝固了，我们能感觉到紧张度还在向上攀升。

"我请你再说一遍。"护送官紧咬着牙关说，"我确认我是全额送达的，货物的状况不重要，对我们来说，只有数量才是关键的。"

劳威扬起眉毛。

"我们在做人肉交易吗？"他说，"你的生意是什么，是人还是肉？"

又是一阵沉默，不过，很快就被打破，那是因为简斯汀的副官冯·佩尔不知从哪里冒了出来。离人群几米之外，冯·佩尔的车在众人面前来了一个漂亮的亮相。继而他潇洒地跳下车来，亲切地注视着我们全体在场人员。他调整了一下自己的单边眼镜，朝着这两个正在争吵的军官走去，脚上的马刺叮当作响，胸前的金穗熠熠生辉，脚后跟敲着地面发出"喀嚓喀嚓"的响声，手里捏着一根短马鞭，不时地拍打着脚上那双油光锃亮的靴子。

"里亚尔托市场上有什么好消息吗？战争结束了吗？或者，这只不过是元首的隐蔽壕里的另一颗炸弹？"

劳威严肃地解释着目前的状况。上校听着他的汇报，脸上若有所思的样子，用马鞭轻轻蹭着他那刮得干净光亮的下巴。

"一个有关人数的小问题。"他嘟嘟哝哝，带有些许抱怨。

"有人要的是整个部队，有人希望得到一个营，这个营至少要有三个连，一个人是能够理解这种尴尬的困境的。"他神情爽朗地把脸转向护送官说，"如果我不是太冒犯的话，亲爱的先生，你会把这么多的人弄错吗？"

他走过去看着那些装着尸体的车厢，仔细地审查了摞在最上层的尸体，然后，又用自己的马鞭戳了戳其中的一具。两个守卫趋步向前，把他抬出来放在站台上的一堆锯末灰上。这个尸体没有头，冯·佩尔优雅地捏着一块儿手帕，轻轻地掩着鼻子，弯下腰检查那具尸体。他抬起头直起身子，招呼护送官。

"你能否给我解释一下子弹是怎么进去的，亲爱的先生？"

那个护送官的脸涨得通红，慢慢变成了猪肝色。一个死囚，被一粒子弹从后脑勺打进去，为这种事大惊小怪显得多么荒谬，难道他们是待在一个森纳拉格这样的傻子成堆的王国吗？

冯·佩尔依旧坚持着，他口气柔和地问："子弹的入口到底在哪里？我向你保证，这是我唯一感兴趣的事情。"

在冯·佩尔的身后站着他的军需器械官奥尔索斯中尉。奥尔索斯的胳膊底下夹着一挺轻机枪。在奥尔索斯的后面又站着一个宪兵中尉，他坚如磐石、纹丝不动。他们都疯了，当然，一个脑子稍微正常的人都不会为一具死尸兴师问罪的。一个死囚，即使是一百个死囚，又有什么值得大惊小怪的呢？这些囚犯多了去了，他们总是源源不断地来。

"有人反抗，"护送官很不屑地歪着下巴，"所以守卫不得不开枪。"

冯·佩尔伸出一只软绵绵的手。

"有报告吗？"

"我——我还没来得及写。"

冯·佩尔用马鞭磕碰着牙齿。

"亲爱的，可否告诉我，在哪儿，确切地说，那个反叛是在哪里发生的？"

"就在爱森纳赫。"

"爱森纳赫。"

说句老实话，听上去似乎很遥远。或许，眼前这个人，他应该立刻放弃用他那只普鲁士人的鼻子去闻别人的事，应该让他顺顺当当上路，去达豪接下一批囚犯。

"你是知道的，我亲爱的先生，"冯·佩尔轻声说道，"难道你不知道，军规上清楚地写着，凡是你刚才提到的这样的事故都必须立刻上报？无论是什么情况，都没有理由不报。"他又转向站在他身旁的奥尔索斯说，"大概你可以立刻拨通电话给爱森纳赫的站长。"

我们很耐心地淋着雨等待着，而冯·佩尔上校却像模特儿一样，把手背在屁股上，在那儿来回踱步，马刺踢得"咔塔咔塔"响，还时不时地用马鞭拍打着自己。这个护送官把一只手指插到衣领里，他的部下小心翼翼地从他旁边移开，其中一个发现站在我身边的是一个守卫，然后往地上啐了一口，从嘴边溜出一句话："我早就说过，他这是玩火自焚，他就是想自找霉头。我说了好多次了，他对待囚犯的方式太可耻了，太血腥了。我一直都是这么说的。"

奥尔索斯中尉很快回来了，他身后跟着站长。站长是个矮胖子，头戴一顶钢盔，时刻防备不期而至的坏事发生。他伸出一只漂亮的、肥肥满满的手，冯·佩尔也注意到了这只手，但他很聪明老练地没有给对方造成难堪。

护送官喉咙里发出一种含糊不清的声音。

"我觉得冯·简斯汀上校目前应该过得相当不错吧。"他说。

他试图营造一个很有礼貌很融洽的谈话氛围，结果，得到的回应却是石头般的沉默。站长把他的手垂悬在身体两侧，奥尔索斯手里拨弄着轻机枪。冯·佩尔仔细欣赏着他的榛子色的手指甲。护送官往后退了一步，他本应该待在匈牙利的部队，布达佩斯才是他的立足之处。而现在，他却玩着一种危险的游戏，他为了追求功名，来到纳粹德国。

冯·佩尔转过身不经意地看到他的副官。

"怎么样？中尉，有爱森纳赫的消息吗？"

爱森纳赫不仅没有所谓的暴乱，甚至没有听说过护送这回事。我看见冯·佩尔那双普鲁士人冰冷的眼睛里闪烁着迷离的光，他召回丹茨，这个丹茨行动起来像一头火爆的犀牛。匈牙利人当场被逮捕起来，他的罪名是谋杀和妨碍护送。他立刻被粗暴地推进一辆早已等在一旁的卡车，送往了森纳拉格。劳威中尉按规矩签署了一张只有365个志愿者的收据，他制止了一起混乱。冯·佩尔又打开自己的单片眼镜，友好地向这些集合起来的囚犯点了点头。又用马鞭轻轻敲打了一下自己，最后仁慈地消失了。

　　紧张气氛立刻缓解，大家点燃香烟，人们可以自由舒畅地呼吸空气了。一些宪兵甚至走到远远的地方传递酒瓶子，这都是他们最近从法国带回来的。在酒精的影响下我们变成了亲兄弟，我们勾肩搭背直奔车站里的小饭馆，我们为彼此的健康干杯。

　　囚犯得到允许可以坐下来。开始发放食物，但是只有干面包，对于那些只能看到托尔高监狱和格拉茨监狱的囚犯，干面包已经很奢侈了，同样，对于那些在黑暗无边的盖默斯海姆监狱永远都喝不上一口的人来说，也是奢侈。盖默斯海姆这个地方，进去的人总是比出来的人多得多。

　　盖默斯海姆……这个能唤起人恐惧感的名字，这个地图上都没有标记的地方，但是，倘若你想要找到那儿却特别容易，你只需离开布鲁赫萨尔附近的公路。布鲁赫萨尔位于曼海姆与卡尔斯鲁厄之间。然后你直接往莱茵河方向开，任何人都会告诉你怎么走，而且一点儿都不复杂。你会穿过一个漂亮的小村庄，村子里闲散地分布着一些怡人的小农舍，门口都种着玫瑰花。你得先向左转，你会依依不舍地抛下那些缀满温馨农舍的村庄，驶进一个冰冷黑暗得像夜晚的黑森林，在那里有一块儿很大的标志牌，这个标志牌就是你得到的这个监狱的第一个信息，那些字母是用足足一尺高的大写方式书写的："军事重地，严禁入内。"你可以继续往前开，大约半里路左右，你看到前面只有一条小路的时候，你就得减速，因为那就是你要停的地方。啊，你得感谢上帝和保佑你的那颗幸运星，你是这里唯一的观光者。在那里，你能看到监狱的全貌。一堵宽大的灰色石头墙，像一个巨人一样矗立在树林中。他们把它叫作"军事改造区"。如果你不介意的话，你还可以继续沿着小路前行，如果你能安全顺利地穿过雷区，那么他们毫无疑问就会用武器来迎接你，盖默斯海姆就是你的安息之地。因为，一旦进入你就只有留下，在 1933 年至 1945 年期间，有 13 万 3 千人都被盖默斯海姆吞没，再也没有人看见过他们。

当这些被当作志愿者的囚犯蹲在那里咀嚼着比骨头还硬的干面包的时候，我们这些人却在愉快地享受香烟美酒，劳威和站长在一起吃烤野兔。即便如此的美味佳肴也无法使他变得幽默起来，他把我们全都从站里轰了出去。就连波尔塔，也没有觉得做下流的手势和低声发牢骚有什么过分。波尔塔刚好喝了一顿好酒回来。

护送官被捕后，劳威看起来却感到异常的疲惫和厌烦，如果他欣然接受那张只有 365 个囚犯的收据的话，那事情就会简单得多了，而且事件也会就此平息下来。也就是人们通常所说的，军队这台机器一旦转动起来就不可能停歇。那个冯·简斯汀上校并不在集中营里，他在山上打猎。他狩猎回来会比平常更残暴，这是常识。不管是哪个军官，只要胆敢拿刚才那样的事去打扰他，就是上帝也帮不了他。当然只有劳威才能把事情摆平。其他人都认为不在他们职责范围内，事不关己，多一事不如少一事。归根结底，这是劳威的事，不关其他人什么事，所以，他甭想在集中营里得到任何人的帮衬。他的那个二把手，曾经在战争中丢了一条手臂，其实他还是有资本来报告刚才这种情况的，但是，在这个节骨眼儿上，二把手很不地道地请了几天假。总的来说，倘若这个中尉按森纳拉格的正常程序走，把那个匈牙利人就地处决的话，哪会有这么多麻烦。

我们行军的时候都不怎么守纪律，因为受到中尉坏脾气的影响，我们一路上都和军士们打打闹闹，高谈阔论，这些军士都在普鲁士的军队里度过了他们从摇篮到坟墓的人生。他们总在大吼大叫、歇斯底里，因为他们信奉这样的原则，一个人折腾的声响越大，服从他的人就越多。人们习惯了他们大呼小叫，很可能形成一种条件反射。即使那些跟跟跄跄走在我们中间的囚犯，也能意识到伴随我们周围的威胁和诅咒。

离开集中营五六里路之后，有些人就已经疲劳得不行了。劳威扯起喉咙大吼大叫，要他们保持队形，但是他们听不见，他们像一群苍蝇堆在路边上，就连那群最疯狂的守卫也没法让他们站起来。劳威没办法，只好叫停，让他们休息一会儿，让他们暂且舒口气。他站在他们面前，站在倾盆大雨里开始做励志演讲。听着听着我也有点儿深深地入迷了。

"你们都是志愿兵，以上帝的名义，你们都聚集在这里，你们会跟士兵一样享受同样的待遇。"

这些所谓的志愿兵，遭受着殴打、饥饿和有程序、有系统的残酷虐待，他们缩在囚服里瑟瑟发抖，头低得下巴触到了胸骨，肩膀紧锁。我真的很想知道，中尉何以天真到了这种地步，以至于他自己竟然相信志愿兵这个定义。摆在面前的事实是，一个人，要么面对死刑，要么被999军营威胁，他难道还真的有选择的自由吗？

队伍又重新归整成形，整齐有序地沿着柏油路行军。劳威带头，库蒙中尉走在边上。库蒙在前线已经丢了一条胳膊，现在他的假手的大拇指插在皮带里，我们几乎费尽心力，才走了半里多路，又有人开始走不动了。这时候，他们背后又有一个看守拿鞭子抽他们，丹茨则在一旁疯狂地喊叫，鼓励他们往前走。丹茨是这么一个人，我敢说他是一个只要倾心投入就可能让死尸站起来跳舞的人。"小混球"在他的那一拨人里头来来回回地巡视，像一只牧羊犬带着一群愚蠢的羊，他不停地劝告他们要保持队形，不要落在后头变成死尸，一定要坚持到达森纳拉格。我看到他突然停了下来发出一声快乐的嗥叫。他跑过去亲切地捶打一个囚犯的胸脯。刚开始，我还以为他遇上了老朋友。这个囚犯是一个丑陋的大块头，大得跟"小混球"相差无几，但是这个囚犯似乎压根儿就不认识他，他很迷惑地眯起一双小猪眼。

"下士。"

"你是认识我的呀！""小混球"咆哮着，又给了他充满感情的一拳。那个人趔趄了一下。"卢兹！是我的老朋友卢兹！"

"我认为，"那人紧张兮兮地说，"您可能搞错了，也许您把我当成了别人了……"

"巴黎！""小混球"喊道。他猛然张开双臂，"那时在巴黎呀，盖伊·帕瑞，还有其他事情，你在那儿过得很好，一个星期的每个晚上都要换一只不同的鸟，你不记得了？而且那只鸟第二天决不会再出现，你特别喜欢不停地更换那些漂亮的犹太女人，在把她们扔到炉子上烤熟之前……过去就是这样，不是吗，卢兹？你不记得了，卢兹？那些花天酒地的日子，不记得了吗？你在盖世太保那会儿，我们这些人都得巴结你，舔你那流血的屁股。"

"下士，您错得太离谱了，真的。"那人说。他汗如雨下，一些闪闪发光的灰色水珠儿顺着他的前额往下淌。"我从未去过巴黎，我一辈子都没去过，我发誓。"

"下次你会告诉我，你从来就没睡过女人。""小混球"挖苦着。"小混球""噌"的一下从靴筒里抽出一把匕首，顶住他的喉咙，另一条手臂紧紧箍住他的脖子，几乎让他窒息而死。"从现在开始，卢兹，我会把你变成一个士兵，我要把你放在我的羽翼底下。我想看到的是你要成为这整个该死的部队里流血最多的一个兵，直到我把你带到前线，手里提着半个脑袋瓜疯狂地战斗。我搞不懂什么叫作暂时的和平。卢兹，你理解我的，是不是？"那个吓得半死的人点了点头，他的喉咙几乎要被"小混球"寒光闪闪的刀口划破。"小混球"慢慢松弛下来，他把匕首滑进靴筒。

"好了，告诉我，卢兹，"他说，他的声音再次变得温和起来，"告诉我你有多重？"

卢兹拼命地吞咽口水，由于用力过猛，以至于我认为他的喉结会从脑门顶上冲出来。

"125公斤，下士。"

"你真的有125公斤？""小混球"好像被这个数字吓到了的样子，"噢，伟大的主啊！你好幸运哦，你还活着，他们会让你吃得好吗？他们有没有让你吃得好？"他抓住那人的手臂使劲地摇晃。"别担心，兄弟，我们很快就给你很多好吃的，好多面包和水，围着村子跑来跑去搞体育锻炼。你很快就会好起来的，兄弟，我们很快就会让你变成一个不到30岁的人。等我把你训练完毕的时候，你会出落得像一个森纳拉格的窈窕淑女。"

大约又走了半里路，劳威再次叫停，又休息片刻。囚犯们都把身子瘫在水渍渍的泥巴地里，我们其他人都蹲着，有的就在沟渠边上胡乱找个避雨的地方。从现在开始，我们就要处在来自集中营全天候的监视之中，以严格的秩序结束这次行军是必要的。才一小会儿，我们又在皮鞭的挥舞下回去站成行。

"唱！"劳威命令，像一个最优秀的普鲁士军团那样唱。

我们唱起来还是一副稀稀拉拉、萎靡不振的样子，看上去像一群流浪的怪物。总有一些令人不愉快的事情发生，冯·简斯汀上校会不经意地在二十四小时的任何时候，偷偷溜到我们的身后注视着我们。在他没上岗的时候就开始用他的鼻子刺探，他的嗅觉会伸到你意想不到的地方。据我们所知，他可能正在用他的战地望远镜望着我们，他经常这样干。在我们过去可怕的经验里，知道他有一双鹰眼，他能看到最细微的违纪行为。

我们停在了1连营地的外头，一些新来的兵被留在空地的大雨中，还要在冻得结冰的雨里待上两个小时。想到这一景象，上士霍夫曼忍不住想出去看一看他们。

霍夫曼穿着一套黑色坦克制服，尽管我们知道他一辈子都没有上过坦克。他每天随身带一本《圣经》，走到哪儿带到哪儿。他特别痴迷《圣经》，你要是把它移开一点儿就像把一粒子弹射进一个人的心脏。他正慢慢地沿着这些摇摇晃晃的志愿兵队伍走，他舍得花时间用那种专注的深奥的眼神注视每一个人。当他到达某一行的最后一个人的时候，他很悲伤地摇摇头，用一种好像肩负着整个世界的大人物的气派摇了摇头。

"一群猴子。"他一副恨铁不成钢的样子，"他们给我们送来一堆话都说不清的猴子，却希望我把他们变成人。"

他脚步沉重地往前踏步，最后在台阶的最上面一级站定，两腿叉开，左右各站一位面带崇拜表情的忠诚士兵。面对这些可怜的受害者，他像一位国王一样睥睨着脚下的人群。

"好了，好了，"他说，"我已经和你们一起经历过了，我的运气真是太差了，倒霉事一桩接一桩。但是我不抱怨，你们也不要抱怨，你们要晓得感恩，要知好歹。你们嘴巴张那么大干什么？那会让你们非常不健康的，在这里……"他向前晃了晃，他尝试双脚站在一个球上做一个平衡动作，他看到他的上司做过很多次。结果，并不像看起来的那么容易做，他脚后跟一滑，重重地滑倒了，而且还震到了脊椎。"从现在开始，"他气急败坏地吼道，"你们这里只有一个守卫天使，那就是我，你们的小命都捏在我的手里，别忘了，如果你们不值得呼吸这么好的空气，那就是你的阳寿走到尽头了。明白了吗？"

他的这群羊"咩咩咩"地唱出了所谓的合唱，点着他们虚弱的头颅，表示已经认可了他的决定。这些可怜的羊还能做别的吗？他们当中很多人以前当过兵，有些还是将军，但是他们正经历着人生中最可怕的噩梦，他们怎么也不会想到，会有这样一次遭遇。999兵团是个臭名昭著的兵团。谁也不曾料想，出现在眼前的现实比预料的要糟糕一百倍。对于他们来说，999军团这个词，有着比死更惨的含义。

霍夫曼还在继续致欢迎词。

"从今天开始，第15连不属于附三医院，第15连附属于第7坦克兵团——我要说的就是，上帝会保佑我们在场的很多人，一想到德国军队就要被你们这些蛆虫所玷污，就会让我胃痛，还会让我心也痛，肺也痛。"他挪了一下自己的位置，用一种嘲讽的眼神瞧着他们。"我不是在抱怨，我只是想让你们知道我的感受，我不想在今后被人误解。”

他们满怀感激地表示对这种慷慨陈词非常感谢。

“在这里，森纳拉格，”霍夫曼继续说，“你们过去是做什么的，你们是哪位贵人，统统都不重要，无论你是一位流血的将军还是一个清洁工。从现在开始，你们都是他妈的王八蛋！你们一起统统在这块泥巴地里摸爬滚打，你可以认为你自己是幸运的，因为元首是一个比我心肠还要柔软的人，如果按照我的方式，我会把你们直接送到屠宰场，那才是你们真正的去处。”他再次瞥了一眼他手上拿的那一张纸。“我看到有两位将军，哈，两位将军，一个上校，还有一些装甲兵上尉。这个很好，我特别喜欢有点儿质量的兵，它无形中提升了我们部队的建制水准。当我看到一个将军跪着用手清理厕所的时候，我会感到无比快活……”

霍夫曼突然打住了话头，因为他的眼角余光瞟见了沃尔夫中校，他斜靠在电线杆上，手里牵着狗在听他的演讲。沃尔夫的脸上带有一丝嘲讽的笑，狗的表情也很狰狞。霍夫曼感觉脸颊发烫，红一阵儿白一阵儿。沃尔夫是最令他头痛的人之一，他一直没有搞明白过，他和波尔塔之间到底恨谁多一些，总体来讲是波尔塔，但是眼前应该是沃尔夫。他心情暴躁地转向沃尔夫。

“你在这儿晃来晃去干吗？你就不能找点儿更有意义的事情来打发时间吗？”

沃尔夫从浅笑变成咧嘴大笑，一条狗开始“啪嗒啪嗒”地甩尾巴。

"我只是自己玩玩罢了，"沃夫说，"我喜欢欣赏一些好看的喜剧。"他把身子从电线杆上挪开。"谁替你写的剧本？"他打听，"你在平民街为了挖到这些素材花了不少钱吧？他们有没有笑到眼泪都流到大腿上？"

霍夫曼的脸肿胀起来，像一只熟过头的西红柿，在一群缓刑执行的死囚面前被一个普鲁士中校羞辱，这战争到底是为了什么？

"沃尔夫中校，"他说的时候脸上带着他还能继续集合点名时的尊严，"做这些发言是我的工作，这不关你的事，你是故意来羞辱我一个军官的荣誉。"

"荣誉吗？"沃尔夫说，"什么荣誉？"他摇摇头，"忘了它吧，兄弟，你都没地儿可站了，请记住卢登多尔夫所说的，荣誉不存在于一个军衔低于中尉的人身上。把它忘了吧……把它嚼碎了吞进肚子里去，或者扔到你屁股后面去吧。"

他摇摇摆摆地走开了，两条猎狗也缓缓地跟着他的脚后跟儿亦步亦趋。霍夫曼愤怒地又折回去，回到他的羊群面前。他透过他那狭长的眼睛仔细审视每一位囚犯的表情，寻找哪怕一丝的嘲笑或者幸灾乐祸的笑。然而，他看到的是，那一张张脸上，都挂着冷淡空洞的眼神，回望他们的守护天使。他们的生命都捏在他的手中，他们开不起这个玩笑。

"没事了，"霍夫曼说，"行了，言归正传。在我的办公室里，在一块板子上用粉笔写着一系列的规矩，能做什么和不能做什么都罗列在那里，大部分是不能做，你们的小命儿都钉在那上面。你们信不信，我后脑勺上长了眼睛，我屁股蛋儿上也有眼睛。这里没有我不知道的事情，任何人想要跨越规矩，他就死定了，我表述清楚了吗？"

合唱班立刻迎合了他的所有观点，霍夫曼看起来相当满意，最让他感到惬意的是，每一个人都在他强大的意志面前服服帖帖了。他用一种轻蔑的姿态解散了他们。囚犯们拖着沉重的步子，蹒跚着从雨地里走回来，像一堆没有骨头的肉瘫倒在垫子上。他们硬生生地待在那里，没有吃的，也没有喝的，浑身湿透的衣服裹在身上，一直捂到第二天早上。

不知道森纳拉格的"生活"，是不是还可以叫生活。从凌晨4点钟开始，走廊里会响起"咔嗒咔嗒"的军靴踢踏声，接着是刺破耳膜的哨声，沙哑的吼叫声，那些在每一扇门不停地被踢踹的噪音里还能睡着的可怜人，直到他们一个个都被叫醒之后，这些声音才渐趋消散在凌晨那昏暗的夜空里。德国的军士从来都不按正常方式进门，从来不转动门把手，走进房间也决不会像一个正常人甚至疯人能够做的那样去做，对于他们来说，门就是一个没有反抗力的敌军，门是用来踢的，用来踹的，门是一个用来恶意发泄的工具。在森纳拉格，这是门的基本作用。每一个合格的军士最大的野心就是踢一扇门，把它从门轴上踢落下来。像波尔塔过去所说那样，在上帝的眼里，在普鲁士军队里，凡事皆有可能。

凌晨4点钟，森纳拉格在强烈的震撼之下地基开始摇摇晃晃。即便是像波尔塔这样的人，也能在训练中让自己睡着。只见睡卧在地上的士兵一个个被拎起来，5分钟之后，每张床都都像没睡过人一样完美。这，就是这个地方的纪律。

在长官的办公室里，大家都能够看到上校做早操的样子，他按照军乐节奏摆开一招一式，他有一套严格的动作，这套动作有着普鲁士人严格的精度。一天又一天，每天都这样，他的最后一项运动是骑一匹迟钝的马，随着第十八轻骑兵的伴奏声，这匹笨马驮着他缓缓踏步。

对于我们，此时此刻，在这种拥挤得让人窒息的营房里为了生存而拼命挣扎的乌合之众来说，这是一幅完全不同的图景。在洗手间里，叉开的双脚骨头架子似的悬挂在身子上，在地板上来回摆动，只不过是为了寻找一平方尺能站稳脚跟的地方，光秃秃的脚趾在别人脚底下被"喀吱喀吱"踩得稀碎，人们在这里推搡、拥挤、赌咒发誓，军士们还要占据中间的通道来回走动，场面越发一团糟。

所有的事情总是一团糟，许多人乱哄哄地在同一时间涌向同一地方，满眼望去只看到军人在跑动。在森纳拉格，几乎没看到过有谁正常走过路，去哪里都是一路小跑，时间一长，这个习惯就不知不觉变成了本能，这是一种为了活命的竞赛，因为最慢的人就会被推到墙边，一枪给崩了。

"走，那边！抬起你那些该死的脚，你们以为那是什么，那是他妈的该死的星期天吗？"

长期这样做的结果是，动作在他们脑子里扎下了根，一段时间之后，他自己也这样训练自己，在无人号令的时候，做事情也是这种情形：

"走，那边！抬起你那些该死的脚，你们以为那是什么，那是他妈的该死的星期天吗？"

赫尔姆斯是第 5 连的厨师，他可算得上是整个森纳拉格军营里最龌龊的家伙，他还是世界上最下作、最恶心的爬虫之一，盖世太保都招了些什么狗屁垃圾做他们的密探。赫尔姆斯平白无故地将一罐子滚烫的咖啡泼到菲谢尔身上，而菲谢尔是一个最和善的人，他思想纯洁，说话柔和。在 999 军团里，恰恰可能就是这种纯洁和温和让人受不了，因为这种善与美深深地刺激了像赫尔姆斯这样的爬虫。我以前也注意过，赫尔姆斯的同类们无法忍受温柔和谦恭。可怜的菲谢尔来到森纳拉格之前是一位牧师，他纯洁地想象着作为上帝的仆人，应该会得到神圣的保护。当时他站在讲坛的中间，谴责阿道夫·希特勒和纳粹政体，在他宣讲结束之前，他的话还没说完，那些集会的人居然一个个小心翼翼地、悄无声息地溜走了。就在那个晚上，一帮穿着皮衣的无常催命鬼一样可怕的人带走了他。菲谢尔开始了一系列的经历，而这一系列的经历都是他不曾在朗读《圣经》的过程中可以领略的。他的这番经历起始于比勒费尔德，然后在达豪延续。那是一种为上帝的信徒准备的特殊的折磨方式。最糟糕的是他们逮捕了他的妻子和三个孩子，把他们作为人质。达豪集中营做这种事情是无与伦比的。

现在他们把他送到森纳拉格，一个像赫尔姆斯这样的人，为了娱乐，把滚烫的咖啡倒在他的手指上，纯粹只为了听到他痛苦的尖叫声。菲谢尔本能地抽回他那只被烫伤的手，他不小心将他的锡质杯子碰翻了，杯子掉落在地上的时候，里面的水泼洒在赫尔姆斯那双油光锃亮的靴子上，可怜的菲谢尔啊，如果稍微老练一点儿的话，就稳稳地站那里不动，就算将自己的每一根骨头烫熟也不要动，如果必要的话，这是非常值得的。那样的话，他会得到躺在医务室的机会和好些日子的平静，但是菲谢尔是新手，他太嫩了，他还没有学会控制自己的条件反射，他的反应正如赫尔姆斯所预期的那样。在接下来让人发毛的寂静中，赫尔姆斯抡起他的那把大铁咖啡锅，"咣"的一声砸在菲谢尔的头上。我们全都站在那里观看，没有人说话，这是一个典型的森纳拉格现象。任何时候你都要牢牢记住，把住你的舌头，你把话说出来什么都得不到，我们恨透了赫尔姆斯，然而菲谢尔之后又将轮到谁呢？很有可能是那些三百多人其中的某一位。没人愿意为了一个不知名的牧师把自己的性命搭上去。

赫尔姆斯把咖啡锅扔到地上，从桌子后面站起来，走出来展示他那泼脏了的鞋。

"过来，牧师，给我跪下，做祷告，用你神圣的舌头舔干净我的靴子。让我们来点儿真正有人情味儿的事干干……"

菲谢尔慢慢地弯腰触地。我很难想象，他怎么还能再次站起来，他已经是一个 60 岁的老人了，比勒费尔德和达豪集中营已经让他全身的骨头都破碎了，变形了，他活下来的意志该有多强啊，生的欲望带着他走了这么远的路程。他把他那骨瘦如柴的脖子使劲儿往前伸，看起来像一根破碎扭曲的水龙头软管。缓慢地，极其痛苦地，他的舌头终于抵达赫尔姆斯的右脚靴子的脚尖，这样的景观我们看到了不知多少次，以至于我们都不觉得他可耻。在我们的军旅生涯中，我们到处都经历这样的事，你得很快学会如何吞掉你的耻辱，你不得不吞掉，如果你想生存的话。但是第一次总是异常艰难，我自己也发现这事做起来不太容易，当时我还是德国第7骑兵团的一名新兵，我被命令舔一匹马的蹄子，每天舔，舔一个星期。现在看来，有这样的遭遇真是不足为奇。赫尔姆斯牙齿都没磕碰一下，没有任何手下留情的意思。

他往后翻倒在地，嘴巴里喷出血和一些牙齿碎片。赫尔姆斯再一次把一只笨重的咖啡锅砸在他的头盖骨上。这个早上的娱乐就这样结束了。赫尔姆斯像平常一样忍不住把事情做过了头，又有一个受害者被扔到地上，不省人事。他被拖到医务室，是死是活还要医生来判定，十有八九是死了。一个像他那样的老家伙对任何人都毫无用处。由于他在前羁押地造成的营养不良，有一次甚至从一长溜石头台阶上滚了下去，等这个报告到达前羁押所的时候，他们早已经将这次指控处理得不露一丝蛛丝马迹，他们否认了所有的罪名。通常，他们把这些文件都盖上了橡皮章，一式两份或一式三份地拷贝后，把它隐藏在柜子里面一堆很容易扔掉的纸堆里。等他们操纵完这一切的时候，这个尸体都已经腐烂了。

这个人已经死得太久了，以至于没有人记得他长得什么样。

观赏完赫尔姆斯和菲谢尔两人的音乐喜剧之后，我们又转向另一个节目，欣赏一个被委婉地称为"早间运动会"的节目。每一天，总有那么一些倒霉透顶的罪人，因为站不稳，因为忍受不了这样强烈的节奏，被一阵狂踢暴打之后，断气了，然后，这些可怜的家伙被抬上担架弄走了。森纳拉格是一种耐力测试，这种测试强度要远远高过最佳奥林匹克的满负荷训练，他们唯一的选择就是死亡。让人不可思议的是，这些饿得半死的运动员还能够被迫表演出什么样的特技？

一个小时快结束的时候，只见一堆一堆的黑点儿疯狂地在人们眼前跳跃，血像瀑布一样从耳朵里流出来，肺部鼓胀，"喝——呼——喝——呼"地一起一伏，一根根暴起的肋骨被拉紧到极限，快要崩裂的样子。活下来的人还得立刻补上去，疾速跑步前进，同时还要捡起那些像从垃圾堆里抠出来的武器、靴子、制服、帽子，这些东西胡乱地扔得满地都是。每个人抓到什么就是什么，唯一的想法就是把每一样都抓全，去他妈的是不是正确的尺寸。最重要的是靴子。一个人穿着只要能够盖住胸部的上衣就能活下来，如果裤子过于肥大，他可以把它往上拉，拉到腋窝就可以了，但是，如果他找到的靴子比他的脚要小一半儿就麻烦了。

有个可怜的浑蛋发现自己拿的是两只右脚的靴子。一个半小时行军之后，在另一个地方，一定还有一个蠢家伙，他的秀气的右脚踩在宽大的左靴里头，而且根本没有发现两只脚有什么不同。

就在牧师菲谢尔冒犯赫尔姆斯的那个早晨，耶和华的见证人，又让我们有幸目睹了一件令人亢奋的事情。这个人特别有意思，他居然断然拒绝穿上制服，这件事在集中营里算是一个小小的爆炸性的事件。我后来发现，这件事是他的一个不安好心的同伴引诱他这样做的，那个同伴曾经是一名强盗。那家伙站着一动不动，别人推不动他，看起来他对制服有一种宗教式的反抗力，尤其是德军制服。有人问他，既然不想当兵，为什么还要跑到森纳拉格来，结果，他们发现他也是跟他们一样没有选择。要么就是志愿去为祖国打仗，要么就是在他们把已经弄残废的同伴绞死的时候站在那里袖手旁观。这样一来，他只得选择自愿当兵。疯狗和普鲁士士兵们都没办法让他穿上制服。

他们将一堆衣物往他身上扔，他却任由它们滑落在地上，他只是捡起一件绿色的工作服，而另外如灰色外套、钢盔、帽子、腰带、来复枪、防毒面具，以及其他所有的一千零一种我认为会在行军路上驮在我们背上的玩意儿，他都让它们待在原处，没搭理它们。他潦草地卷起工作服，把它们胡乱塞到胳膊底下，径直朝楼梯走去。一个军需官中士将他那红色的大脑袋从门缝儿里伸进来，睁大一双斗牛狗一样的眼睛盯着那堆被遗弃的制服。我愉快地想象着，他的一根主动脉一定会爆裂。他看到我充满希望的眼神盯着他，他无比哀伤地用手指弹了弹自己的大脑袋。

"如今，真是苦命啊，"他说，"我的天啦，我从来没想到这一天会真的到来，他们会打开那该死的疯人院的大门，把那些疯子、傻瓜都招了进来。"

他走到门口，对着正消失在楼梯上的一双腿大喊大叫。

"喂，你！戴上你那该死的光环，你他妈的你，你想去哪里？"

那人停在了楼梯顶端那一级台阶上，转过身来盯着愤怒的军需官中士，慢腾腾地，他还没来得及回答，军士长马索带着他平时惯有的像狗一样的忠诚来了，只要是那种闪电式的空手道动作，也包括简单的踢人内脏的动作，都令他无比快乐。

"怎么了，中士，这噪声是咋回事，谁在这里制造麻烦了？"

中士伸出一根手指谴责道：

"我们手上有一个该死的蠢货，他想去天堂那儿和天使一起玩排排坐吃果果的游戏，该死的，他居然不肯穿上制服。"

耶和华的见证人跺了一下脚后跟儿。

"只要工作服，"他说，"我不反对穿工作服。"

"不反对穿工作服吗？"马索很生气地重复着他的话。

整个房间此刻死一般寂静，在我的军旅生涯中，我从来没有碰到过这类事情。我开始偷偷地崇拜起这位叫做耶和华的见证人，他们的确可能属于另一种性质的极端分子，但是看起来他们坚持住自己的信仰与一个普鲁士军士顽抗到底。

"你不是说你不反对穿工作服吗？"那个马索军士长突然捡起被丢在那里的一件大衣，像摇一只老鼠一样摇晃着它，"其他的制服怎么了，你不喜欢它的颜色，还是别的什么？你很在意它的裁剪和做工吗？了不起！"他又把那件外套扔回地面，飞起一脚把它踢出了房间。"你认为这里是干什么的，是巴黎时装秀吗？你是来这里打仗的，不是歪歪唧唧地抱怨那些衣服到底合不合你心意，你以为，你满心欢喜地抬起的你的大屁股往那里一坐，眼睛盯着元首的面包香肠就完事了？你以为你还可以蠢里蠢气地抱怨这抱怨那，对这些制服挑三拣四吗？"

"中士，不是因为制服的式样问题，而是整个战争的原则。"耶和华见证人面对愤怒的马索变得非常热切，"我是一个基督徒，我的信仰阻止我拿起武器和穿上制服，就这么简单。"

那人转身要走，马索几个箭步飞速爬上楼梯追上他，由于动作过快，空气摩擦的作用力使得头发都要烧焦。他抓住他的肩膀，让他打了个转儿，然后在屁股上踢了一脚，把他踢飞过栏杆，脑袋着地。很快，又是一片死寂。整个房间都清空了，我们清楚地知道，下一步将要发生什么，我们毫无观摩的欲望，但是我们还是像一群牛一样围在走廊外面。在那个关起的门后，在那间臭气熏天，混杂着尘土和人汗的房间里，可怕的人间惨剧正在上演，而且会有一个逃不掉的恐怖的结果。我们听到马索的声音越来越高，最后变成了歇斯底里的疯狂叫啸，总的来讲都是在骂《圣经》，骂耶和华见证人，骂教堂。我们听到受害者的回答，声音很低但很清晰。

"我没有办法，我是个基督徒，我不能拿武器，我宁愿死。"

他自己心里清楚，他再也不可能从那个房间活着出来。我们听到马索解开自己的皮带扣，毫无疑问，他正在用有扣子的那一端抽打那人的嘴巴，因为那人嘴里一直都在说一些毫无意义的词：
"上帝怎么怎么地……"

上帝与我们同在，神圣的德军和神圣的元首正用面包和香肠喂养这些不知感恩的孩子，这个疯子居然虚弱地站在那里流着鼻涕由着他抽打，他毅然决然地拒绝上战场。

我们听到了第一声，声音很高，当皮带和皮带扣抽打在那人的脸上时，现在不止是马索，又来了五六个中士帮着完成任务，他们轮流打，看谁下手最恶毒、造成的伤害最大，比赛着谁能够弄出更长更高的痛苦的尖叫。当那令人欣慰的寂静来到房间的时候，已经过去了大约 30 分钟，我们知道这种罪孽结束了。

地上只留下一堆毫无生命的东西，他们在那儿踢着玩儿，他们疯狂折磨那再也不能够对它造成更多损伤的物件儿。他们把我们叫进去处理尸体，有一只眼珠从眼眶里流了出来，垂挂在脸颊上，鼻子所在的位置只有一坨鲜红的肉浆，嘴巴撕得稀烂，牙肉都裂了出来，我们捡起那些残余物，然而，这是一些附着上帝的仁慈与人性的光辉的残余物，我们把它们扔到窗外，抹干净地板后，我们继续那一天的事。

这样的事再正常不过了，而且完全符合所有程序，只是再捡起一具死尸，埋在一个不知名的墓里，可能是因为酒精的作用让他从窗口掉下来。令人惊奇的是，在森纳拉格，因为喝了酒掉下来的数目越来越多，这样的事情每个星期的每一天都在发生，也就是说，完全不值得详细描述。他的妻子，如果他有妻子的话，他的妻子会带着他的皮鞋疲于奔命，从一个官僚机构走到另一个官僚机构，但是没有人会给她一个满意的答复，很可能是没有人愿意尝试给她一个答复。在德国军队里，人们一直都在这样那样地消失，有谁又会耐烦地去了解一个被谋杀的耶和华见证人呢？

很快，我们就把整个事件抛在脑后，饶有兴趣地去听上校给那些新来的囚犯所致的欢迎词，无非都是一些套话和常规训诫。菲谢尔躺在医务室，耶和华的见证人死了，只有上帝才知道哪些人的生命是晚上到期，哪些人的生命在白天结束。

"你们到了这里啊，"上尉愉快地微笑着说，"这是你们忏悔和得到原谅的机会，清洗过去的罪恶吧，摊开一张白纸，重新书写你们的人生，我的工作就是，在森纳拉格把你训练成一个合格的人，有用的人，这是我们的工作。你们的工作呢，就是和我们好好地合作，展示你们为元首服务的本领，做一个对祖国忠诚的公民。你们可以通过多种多样的方式达到这个目的，我现在给你们举一个例子，你们可以到前线之后申请完成一些特别任务。"自然嘛，"他总结道，用一只优雅的手做了一个轻蔑的手势，"我们希望你们中有更多这样的人，我们对你们的期望比对你们的普通战友多得多，那是自然而然的，这也是正确的，恰当的事情，因为你们，要跨越你们不堪回首的过去，你们要为过去赎罪。而且你们——"

"先生。"一个很壮实的家伙扬起他的手臂打断了上校的激情演讲，据说这家伙在战前是柏林很成功的皮条客。

"先生。"

上尉微微挑起他那一副雪白光亮的眉毛，表示不耐烦。

"嗯，是你啊，什么事？"

快乐的皮条客跳了起来，他肯定和其他人一样都知道在999军团活下来的机会几乎是微乎其微，他故意把自己变成一个讨厌的人，惹怒上尉，也没什么大不了。

"现在我可以问一个问题吗？"他说。

"当然可以啊。"上尉说，他把眉毛展平，"你想问什么就问什么，只是不要占用一整天咯。"

这个人的问题真的很简单，他想知道，像他这样的罪犯，老老实实低下头来为元首战斗是否真的可以为过去赎罪。他是否可以作为一个正常的士兵、完全受信任的士兵重返兵营。

没人敢笑，他的那双贼眼滴溜溜乱转，立刻扫视到每一个人的脸上，然而，他目光所碰触到的地方却是一种十分庄严的寂静，每个人的心情都悬在半空中，等待着上尉回答这个最火爆最有意思的问题。

上尉用马鞭不耐烦地拍打着他的靴子。

"我亲爱的年轻人，如果一个人想死得像英雄一样，那么他活着的时候也会像英雄一样对待。对这样的情况有明白的法律条款解释，在刑法法典的第226条清楚地写着，任何死在战场上的人都会自动被原谅，关于这一点儿你不要害怕，我相信我已经回答了你的问题，你安心了吗？"

"是的，先生，您说得很清楚了，我只是想知道，在我将要做这件事情之前到底在干什么。"这人很高兴地笑着，"所以您有没有想过要烹掉我的鹅？先生，因为我不知道是否今后我还能活着吃到它，您懂我的意思的，先生。"

霍夫曼待在一个角落，他掏出了笔记本和铅笔，迅速地在上面描画着什么。"小混球"张着嘴，像一个二流口技演员，弄出一些轻微的"呱呱"声，声音抛撒在路的两边。

"这不关你的事，你根本没必要在意这些，你不仅在烤你那该死的鹅，而且你把鹅烹得很烂了。"

接下来的一天，艰难而残酷，这就是森纳拉格的正常程序，又有五个人遇到了不测，一个人瘫软下去，死在每天例行的行军中，一个人被一只走火的手榴弹炸死，还有三个人是在他们第一次碰到坦克的时候，本能地跑了起来，恐慌中扑倒在地，结果被坦克履带搅成了肉酱，给别人做了示范。

不久之后，又有几个逃跑未遂，他们无一例外地都在 6 小时之内就被抓回到森纳拉格，直接交给了舒拉姆中校。舒拉姆中校是集中营的死刑执行者。

舒拉姆中校总的来说就是一个屠夫，不是他的脾气，也不是他的天赋使他成为屠夫，而是环境，他在雷蒙博格时被一辆坦克碾掉了一条腿，然后他自然而然有效地结束了他的作战兵生涯。

后来他被提升为一个正牌中校，并给了他一项舒服的工作。他的工作就是成天在一张桌子后面枯坐。后来，那些有着邪恶智慧的当权者们把他安排在森纳拉格，他们看到他很适合在森纳拉格服务。他履任后接的第一桩死刑案，一下子就把他震懵了，自那之后再也没有恢复过来。但是后来，到了第三个，第四个，他完全不再动用理智去思考这件事，他不想杀人，但也不再震惊，他有妻子和三个年幼的孩子，而且他知道他们的命运以及他自己的处境，如果他拒绝服从命令的话，他知道他和他的妻儿老小将是什么结局。所以，从那以后，他拿起酒瓶，将自己完全浸泡在酒精里。他在每次执行死刑之前都用喝酒来稳定自己的神经，以此来冲刷自己的良心；他在执行死刑的过程中也要喝酒，只有这样，他才能成功地完成这个任务；他在完成死刑之后也要喝酒，这样，他好让自己忘掉自己都干了些什么。因为这种执行死刑的频率实在是太高了，每个星期起码有三批，因此，人们发现他清醒的状态很少。他把军刀当作拐杖，他拄着它，蹒跚地走在森纳拉格的兵营，他实在是喝得太醉，以至于没有人扶他就没法迈开步。通常，都是由执行小分队的人搀扶着他回来，这样的事情已经习以为常了。奇怪的是，没有人起过要把他告发给军营长官的念头，尽管这个人遭受到深切的同情与蔑视，但他在森纳拉格集中营，却是一个最受欢迎的人物。

在模糊灰白的晨光中，你常常可以看到这样一个景象，他歪歪倒倒、重心不稳地走在院子里，手里攥着一只装着茴香酒的细脖子酒瓶，这时你就知道，马上又有死刑了。往常，他总是在军火库与长官食堂的这段路上喝上几分钟酒，这是个安全稳妥的办法，不容易被发现，这样还可以暂时逃离简斯汀的那双鹰眼和他那个该死的双筒望远镜。动身之前，他先在矮墙上坐上一会儿，刀柄支棱着下巴，仰望着天堂冥想着，万能的上帝一定知晓，哪些想法是让人不愉快的。想完之后，把酒瓶装进口袋，迈着他那条"咯吱咯吱"响的假腿跟跟跄跄地上路。他来到森纳拉格集中营营地的时候，竟然意外地得到一大瓶啤酒，他也毫不客气地接受了。稍事停留之后，他会和行刑小分队的人一起出现在院子里，那里是执行死刑的场地。在死刑执行完之后，他会从记忆中把受害人的痕迹全部抹掉。在营中流传着这样一个故事，我们都相信这个故事是真的。故事是这样的：有一天晚上，在长官食堂里，有一位好奇心很强的副官打听那个将军行刑时上演了什么特别好戏。

"将军吗？"舒拉姆说，"什么将军？"

"今天早上你杀的那个将军啊，老男孩！"副官说，"冯·斯坦将军。"

"冯·斯坦将军？"舒拉姆说，"我杀了冯·斯坦将军吗？"

副官不假思索地认为，肯定是他喝多了酒之后有一阵子迷糊，把这事儿给忘了。一阵哄笑之后，他喝完自己的茴香酒，东倒西歪地离开食堂，一出门就扑倒在地。他的两个有同情心的一等兵把他带回去交给了他的妻子，妻子帮他脱了衣服，弄上床，他自己却全然不知，而且记忆里永远也不会有这一幕。

有两回他企图自杀。第一次是把自己吊在阁楼的檩子上，他妻子把他救了下来。第二次他吃了过量的药，但是他的胃本能地把那些毒物排挤出来，洗胃之后又被送到任上。眼下，他一有清醒的时候，就时不时地坐在食堂里弹上一曲，他是一位素养很高的钢琴师，遗憾的是，他真正清醒的时候很少，因此他也很难集中精力一次连续弹几分钟。

简斯汀上校也在战场上丢了一条腿，事实上是两条，但通常不会引起人们的注意。一般人首先感觉到他走路的姿势很难看，而且他的脖子僵硬，只有在转动整个身体的情况下脑袋才能跟着转动，那是因为他的脊背绑着一件钢夹克，他没有嘴唇，嘴巴是一条爬满密密皱折的紫色细线，他的左半脸留在了斯摩棱斯克的一场战争中，这场战斗发生在德国的老虎队跟苏联 T-34 型坦克部队之间，他的老虎队也是一个坦克队。他是从坦克的舱口里爬出来的唯一一位幸存者。

要知道，他为了这个特权真是付出得太多太多了，他的右眼永远都是凝固的，放出一种没有神采的玻璃光，他的一只手萎缩成一只皮包骨的鹰爪。即使这样，你还没法对他产生同情心，因为他的性格排斥你。在五年的战争之中，我们目睹了太多这种对人体的伤害和摧残，这种事已经根本不能唤起我们的同情。

据他的勤务兵说，他在凌晨 4 点钟的时候，经常跟魔鬼玩扑克牌，勤务兵发誓有天晚上他还看见了魔鬼。魔鬼着一身黑色的党卫队高级总队长制服，脖子上挂着一枚德国普鲁士霍亨索伦王室颁发的十字勋章。这是一个很有趣的故事，对吧？对，是一个

很有趣的故事，并且我们当中一些最容易上当受骗的人确实相信
这是真的。很多有关上校与魔鬼之间的谣言都在我们营地里流传，
有一个版本是这样描述的：他戴着黑色面具，他还能让死人复活，
当然说不定还有一些比这更神秘的事情，晚上他的房间里总是灯
火通明，上校的住所门前，总是停着两辆黑色奔驰，晚上来，天
亮就走。

有一天大白天，我和波尔塔吓了个半死，差点儿丢了小命，
就是因为朝他的房间里看了一眼。好一会儿波尔塔说不出话，我
们好像是从撒哈拉大沙漠的阿拉丁洞口经过。地板上堆满了毯子
和波斯垫，墙上挂着一些表情漠然的大师们的画，窗户垂挂着富
丽华贵的天鹅绒窗帘，悬挂在天花板正中的枝形吊灯的华彩闪烁
着我们的双眼，如此豪华的场景出现在如此肮脏的森纳拉格，绝
对不可能。

记得有天晚上，我、格里高、"小混球"，我们三个人一起站岗，
我们站在车库的旁边，我们看到他的房间里吊灯散发着万道光芒，
突然格里高·马丁丢了他手中的枪，吓得像一条受了惊吓的狗。
我完全吓懵了，一个劲儿地往后退，我张着嘴，叫不出声来，"小
混球"掉头就跑，跑进了黑夜里。因为在窗户里晃荡着一个影子，
我们惊讶地看到，那是可怕的、吓死人的魔鬼的轮廓。

我和格里高站在那里瞪着惊恐的眼睛，僵硬着动弹不得，当
那个鬼影从我们的视线溜出去的时候，我们的眼睛依然直愣愣地
盯着窗户，不晓得怎么挪开。格里高瘫倒在地，膝盖触地蜷缩成

一团，他抱着枪，头微微往后仰，目光呆滞。站在车库边的"小混球"显然也受到很大的惊吓，这时候林格中士出现了，他要求我们俩解释一下为什么如此恐慌，我们好一阵子才回过神来。格里高站起来抻拉他瘫软的膝盖，抬起一只战战兢兢的手比划着，张开嘴巴，像喉咙里卡着鱼刺的蟾蜍一样发出"呱呱"叫声。

"是魔鬼。"

"魔鬼？"

"穿制服的。"

"制服？"

林格中士用疑惑的目光把我们俩全身上下左右扫视了好几遍。

"该死的制服！那种款式？"

"党卫队。"格里高含糊不清地咕哝。

我补充是党卫队高级总队长制服。我觉得是时候对整个过程作一次总体性描述了。

林格看上去十分震怒。

"老天！"他说，"所有的党卫队高级总队长看上去都像魔鬼，有点儿创意好不好？"

"这个魔鬼有角。"格里高突然用一种近乎绝望的语气说，"好大的带血的角……两只，是从额头上钻出来的……还有更多，"他补充道，语气里有一丝挑衅，"而且还喷烟。"

"喷烟？"林格说。

"是硫磺，"我补充说，"其实就是那种硫磺烟。"

这个时候车库旁边围满了士兵为我们助阵，林格不耐烦地撮起舌头弹着牙齿。

"狗屎，废话。"他口气非常尖厉，"屁话，纯粹他妈的一派胡言，老子要发火了，老子一辈子都没听过这种荒唐事。"

"快看，"格里高说，"又来了。"

鬼影从窗户前晃悠了下便浮云般地消失了。格里高转身就跑，我不敢肯定林格是不是会去追赶它，有一点儿可以肯定的是林格也跑了。整个事件过后，当我回过神来的时候，才发现现场一片寂静，寂静得像坟墓，我孤零零地站在这儿，四周潜伏着说不清的凶险。只有冯·简斯汀的窗口露出的灯光还在闪烁，晃眼。在窗户的另一边，气宇轩昂的魔鬼正在秀他的侧影。我脑子"轰"地一下，恐慌中我全速冲刺，跑过开阔的院子，钢盔从头上跌下来，"哐当哐当"地滚落在插旗子的石头上，我赶紧缩成一团，手脚并用地爬着满地找钢盔。我终于跑进了营房，像旋风一样冲进门里，不管不顾地把自己扔进了这个庇护所。进屋后我语无伦次，胡说八道。林格也在那儿，一脸的不知所措，像个疯子一样絮絮叨叨。我从他身边掠过的时候，他伸开爪子向我招手。

"妈呀！"他惊叹，"你可别告诉我你一个晚上都待在那个鬼地方，你他妈的给老子记住，你可不能再靠近这个地方。"

"哦，好的，"我说不出心里是什么滋味，我说，"我还知道的是，您叮嘱过我那里根本没有闹鬼——"

"见他妈的鬼，你反正不要靠近就是了。"林格突然发飙，一脚踢飞躺在地上的锡质头盔，那头盔"倏"地一下抛向空中，一道弧线优雅地划向窗户。不巧的是，这扇窗户恰好是关着的，一声脆响，随之下了一阵碎玻璃雨，接着"嘭"的一声，传来一声痛苦的嚎叫。

"有人遭殃了。"我说。

"小混球"疾步穿过房间，从破玻璃窗往外瞧，破碎的玻璃像尖利的牙齿往外突出。他回过头来看林格中士脸上带着病态的满意。

"是多恩中尉，"他简明扼要地向林格描述，"他用胸膛接住了它。"

中尉一阵风似的冲进车库，那情形好像后面有十几辆 T-34 型坦克就要碾他的脚后跟儿一样。他火爆爆地将每个人扫视一遍。

"是谁踢的钢盔？回答我，谁踢的？"

林格中士悄悄地往墙边挪，龇着牙，脸上露出愧意的笑。

"你他妈的还好意思笑？"中尉吼道，"你知道不知道，啊？你是个杀人狂，你晓得这个严重性吗，啊？你这是企图谋杀长官，你将被带到对面的行刑队！"

"长官，我不知道它会击中您，长官！"林格说，他的语气过于热忱，让人听起来有点儿油滑、假殷勤的味道。"它从我手里一不留神溜了出去，我还没来得及薅住它，它就飞出去了，等我再想抓住它时，没机会了，它走了。"

"哦，上帝，中士不会像个该死的白痴那样不停地'吧啦吧啦'
一通乱说吧。"中尉不耐烦地往前跨了一步，这个场景看起来怪
怪的，这么晚了，营房竟然有一大堆人在围观，这让他感到十分
惊奇。"这里怎么了，这么多人在这里干什么？"他充满怀疑地
环视这些好奇的脸，他突然抓住这些围观人群中最薄弱的环节，
他指着列兵乐思，乐思是个出了名的大白痴，这一点全世界的人
都知道，他走上前去，手指尖儿点着他，好像他是一条狗，对他
吼道："出来，你，别站在那里流口水！"

列兵乐思用空洞而绝望的眼神觑了他一眼。在房间的那一头，
中尉的身后，林格中士正打着哑语告诉他，说，如果他敢说一句
话的话，他的喉咙就会立刻被撕开。乐思的下嘴唇开始微微颤动。
"怎么了？"中尉说，"你是打算回答我的问题呢，还是想与林
格中士一起被行刑队毙掉？"

乐思哆哆嗦嗦浑身筛糠一样，他立正，然后用绝望的眼神，
可怜兮兮地从中尉转到中士，大而松弛的脸皮在恐惧中簌簌地
抖动。

"他们都看见鬼了，"他说，"他们都看到鬼了，长官。"

好了，事情就这么简单，只要乐思一张开他那张臭嘴，其他
人都有话说了，他们开始填补故事的细节。谈到整个事件，林格
最有资格，然而，在那些该死的白痴把各种各样的版本都搞出来
的时候，只有他和我，还有"小混球"站在那里，嘴唇紧咬，什
么也没说，表示出反感和厌恶。格里高早就不见人影，只有上帝

知道他在哪儿。现在只有乐思在"叽里呱啦"说个不停，声音比谁都大。中尉在房子里冲来冲去，手不停地挥舞着，想用自己的声音盖过喧嚣。

"看在上帝的分儿上，都给我闭嘴，闭嘴！听我说，我要的是一个正式的军事报告，而不是一个他妈的恐怖故事。"

他拿到了军事报告。准确地说是午夜时分，1点零5分时，人们看到魔鬼在上校的房间里走动，每个现场的人都看到了，好几个人都发誓说，有角，有硫磺烟，还有带叉的尾巴。有一个满怀热情的人甚至添油加醋地说，他还看到了魔鬼长着开叉的蹄子，但是，这一点儿很快就被我们愤怒地否定了，因为那魔鬼除非他是用手走路，脚在空中，要不然我们看不到。

多恩中尉坐在桌子边上，神色谨慎，好一会儿都没说一句话，我能理解他的两难处境，一方面他不能够无视谣言在集中营里流传，而且即使他自己不相信这个离奇的故事，但是确实有不同寻常的事情在这里发生了。无风不起浪，每天晚上12点坐在两辆黑色大奔驰到这里参观的人到底是谁呢？另一方面，当值夜班的人被发现集中议论魔鬼的报告送到上司手中的时候，我们基本上可以勾勒出上校的愤怒模样，我们都知道了谁将率领下一批人开赴前线：负责写报告的人，多恩中尉。

我很同情地看着他，他抬起一张抽搐的脸，毫无疑问，向上级报告是他的职责，他唯一庆幸的是，穿着破破烂烂不合脚的靴子的人是他，而不是我。

"好吧！"末了他说，继而沉重地踱起步来，"让我们把事情理顺一下，是哪位高人声称最先看到了上校房间里那个神秘的身影的？"

"是克鲁兹费尔德下士和列兵哈塞尔先看到的。"林格中尉抢着说。

是因为他的钢盔问题，才把整个事情弄糟的，所以，我敢肯定他现在急于撇清自己，转而把别人拖进泥潭。

中尉朝"小混球"走过来，若有所思地瞅了他一会儿，"克鲁兹费尔德下士，"他说，"你今天晚上值班之前有没有喝酒？"

"当然喝了，长官。""小混球"脸上露出一种只有低能智力水平的表情，然后扳起手指头，"四瓶黑啤，两杯茴香酒。"

"两杯，克鲁兹费尔德下士？"

"哦，两三杯吧，四五杯吧……半打吧。""小混球"很殷勤地说。

"换句话说，下士，你是不是醉了呢？"

"和平时差不多吧。""小混球"说，他的语气很坚定。

"我是不是可以从你的话里推断出，你在值班的时候习惯性喝醉，克鲁兹费尔德下士？"

"小混球"停下来认真地考虑整个事情。

"嗯，是的。"最后他说，"但是不像您瞧见的那样。"

"正如我的判断。"中尉说，"你是个酒癫子，所以你一直有幻觉是吧。它如果不是粉红色的大象呢，那么它就是有鼻子开叉的鬼。总之是你头脑发热时的幻觉。你看到上校正从窗户边走过，他端着一杯热气腾腾的咖啡，你以为是硫磺烟，你看着他戴着枪骑兵的头盔，你自然把它当作一对撒旦的角，对不对？"

"对，很有可能，我承认。""小混球"欢欣鼓舞地说，"我承认，您很可能是对的，长官。我认为很可能事情就是这么发生的。"

中尉满意了，他转向我。

"那么，你呢，哈塞尔？"他语气相当友善，"我是不是可以这样推测，你是不是也在晚上喝酒了？"

"不是的，长官。"我说，"您最好还是别问了。"

中尉脸上挤出一丝笑容。

"谁负责你那个连？是劳威中士吗？"旁边一堆人热情地附和，回答道："是。""行了行了。"中尉说，"我想既然这样，还是让他好好睡一觉吧。但是，如果还有类似喝醉的情况的话一定要向我报告。你们都知道，我将不得不严肃地对待这个问题的。你们都知道，如果我们将今晚的事情写成报告，你们都知道是什么后果，对吗？我们全部的人，我的朋友们，都应该发现自己处在一个相当不妙的情况中，我建议大家今后把眼睛从上校的窗户上挪开。上校白天或晚上选择做什么，都他妈不关你们的事。他在他的私人空间里想做什么就做什么，喜欢跟谁在一起玩儿就跟谁一起玩儿，那都是他的自由，他显然不会感谢你们刺探他的秘密。"他走到门边，然后又想起什么事，"你，"他对林格说，"下一次如果碰巧你手里还拿着钢盔站在关着的窗户边，你一定要确

认院子里有没有长官经过。我向你保证，你不可能第二次还这样
轻松过关。"

从理论上来讲，事情本该就这样了结啦，但是你无法阻止人
们在接下来的几天里不谈论这件事，克鲁兹·费尔德和哈塞尔看
见了冯·简斯汀上校和魔鬼在一起；克鲁兹·费尔德和哈塞尔还
有林格中士站在一边，看着冯·简斯汀上校和魔鬼在一起打牌；
列兵乐思一说到关于午夜 12 点整上校变成吸血鬼时，他就准备发
毒誓。24 小时之后，上校的窗户下分开的爪子印被发现了，时不
时就有营地里的其他部分的朝圣者接连不断地前来膜拜。还有一
些有科学头脑的人甚至开始测量，做好了拓印的准备。

然而，可笑的是，居然还有傻子判断那很可能是森林里来的
野猪，这也太荒谬了！这世上哪有那么蠢的德国野猪，会冒着生
命危险跑到森纳拉格的兵营里来？对于大多数人来说，这是一个
无可争议的事实，上校的夜间访问者肯定不是什么好人。而现在，
又有新版本的故事出炉，据说这个故事来源于 2 连的一位军需官
副官，我们一天至少可以听到十二次，很显然，在这之前，副官
有一天凌晨 4 点钟从附近的一家妓院里回来，喝得醉醺醺的，大
半个身子已经不听他的使唤了，神经系统也经不起任何意外的惊
吓。那天他经过大门的时候刚好碰到上校和他的可怕的同伴．就
在那个早上，人们发现，副官的四根肋骨是断的，身上满是牙齿
印，他完全疯了，再也没恢复过来，后来被送往吉森神经病医院。
在那里，据说他总在病房里扛着个扫把来来回回地走，碰到谁他

都会告诉人家他是拿着镰刀的死神。后来这个副官在厕所里把自己吊死了。

与此同时，在森纳拉格，流言一直像蝗虫一样吞食着路上经过的每一个人，最棒的版本是格兰特准下士的。有一天早上他偶然要去上校的房间，当时他以为上校可能在别的地方，然而，他发现上校坐在桌子边和他的两个可怕的同伴在打扑克牌。根据格兰特说，那两位陌生的来访者立刻把他们自己裹在斗篷里，帽子压着眼睛。他说他们像鬼，肯定是地狱里来的，他们的样子很奇特，就像羊皮纸裹着的骷髅头，鼻子和嘴巴的位置是窟窿，眼睛血红，没有耳朵，房间里充斥着硫磺粉的味道。

第二天，格兰特知趣地递交了一份要求调动的报告，遭到一顿简单的象征性的拒绝之后，他就得到了调令，他被从上校身边撤了下来，送去管军火。他们认为，在那里的任何角落，他都很难再有碰到魔鬼的机会了。

人们碰到上校时比先前更为恐惧，他的假肢敲打在地上的声音，足够让半里之内的人受到惊吓。有一天他出其不意地撞上了霍夫曼中士，没人敢停下来见证现场，我们像处在一艘马上要倾覆的游轮上的老鼠，四散奔逃。后来到底发生了什么，没人确切地知晓。但是在接下来的一个星期里，霍夫曼躺在医务室里发高烧，嘴里煮着熟蛋。一个星期之后，他回来的时候像从坟墓里爬出来的，我敢肯定他在最初的一天一夜里没有和任何人说过话。

不过话又说回来，倘若上校确实与魔鬼在一起待过的话，在森纳拉格这种鬼地方实在是算不得什么离奇的事，你可以在这里看到各色人物，皮条客、妓女，甚至官衔很高的将军。我们这儿有一位叫冯·汉尼肯的将军，他曾经是驻丹麦的德国武装部队总司令，在他的事业蒸蒸日上的时候，他却富有戏剧性地倒台了，其实只不过是一些微不足道的贪财罢了，他在黑市上玩得过于凶狠，有人把他给出卖了，即便他是将军，也未能豁免。他一头栽倒在了森纳拉格这个粪坑的最底层。波尔塔对他特别感兴趣，他信心满满地认为这家伙一定把在黑市上捞到的财富隐藏了一小部分，因此，他决定在将军被送往前线崩掉脑袋之前，要想办法把他的秘密诈出来。

"喂，"每天早上"小混球"不厌其烦地打听，"他说了吗？"

"还没呢，"波尔塔说，"我正在他身上下功夫。"

正在他身上下功夫！他像老妈侍候儿子一样侍候着他，给他供奉香烟和别的好东西，他替他摆平每一桩麻烦事，他像狗一样跟着他的脚后跟儿。

终于有一天，有传言说我们待在森纳拉格的日子就要结束了，波尔塔开始惊慌起来，他不得不改变策略，他把沃尔夫吸纳过来做他的帮手，沃尔夫与霍夫曼是死对头，他是波尔塔的铁哥们儿。他们鼓励将军走出他们俩专门为他命名的"一个特别训练期"，我们永远不知道发生了什么，沃尔夫和波尔塔喝得烂醉时，他们勾肩搭背走进了附近的妓院，从那以后，波尔塔对将军不再感兴趣，由着他自生自灭。

对于我们来说，我们对自己都很满意，因为前盖世太保卢兹的倒台令我们很开心。卢兹是"小混球"特别关照的对象，他以前在贝桑菘监狱里让"小混球"弄丢了下士肩章，还罚了三个月的苦役，现在"小混球"在这里兴致勃勃地准备扳回平局。我们最乐意看到的是，你可以在院子里踢一个盖世太保像踢足球一样，踢得越狠越好。我们每天都在等待进一步的报告。"小混球"最热爱的运动也是带他出去玩儿，"小混球"坐在车篷顶上喊口令，而他的大肥猪卢兹就不停地来来回回地跑，或者是绕场跑，搬动那些可以想象的各种武器。最后总是不可避免地掉进满是污秽的坑里，通常，坑里肯定会有泥浆。在快要崩溃的边沿，他会立刻把他召回军营，"小混球"气宇轩昂地蹲在他后面，不停地用刺刀尖儿戳他，骄傲地把他展示给旁边围观的人，压轴节目是，命令卢兹唱一首小曲，歌词的开始是"士兵的生活是伟大的生活……"

谁也不敢干涉，卢兹是属于"小混球"的，这是他的职责范围，"小混球"负责把他训练成一个好兵。他两次尝试自杀，第二次他被关了四天禁闭，那四天禁闭，回想起来，那一定是在"小混球"的残酷训练之后偶然瞥见了天堂。

训练期结束之后，只有那些幸存下来的人才有资格开赴前线被敌人的枪炮屠杀，或者被他们的地雷炸成碎片。森纳拉格只不过是个更真实更血腥的排练，有些可怜的傻瓜一定奇怪自己为什么要志愿上前线。

第二章 *Chapter TWO*
逃兵

"对于一个国家来说，如果每个家庭平均有四个孩子的话，每二十年可以参与一次战争，这就是说，四个孩子死掉两个，剩下的还可以延续种族。"

——1937年1月希姆莱在布伦瑞克政治学院给军官们的演讲。

党卫队高级总队长伯杰的电话铃一响，便马上抓起话筒大吼大叫：

"是迪尔乐万格吗？"

他照着窗户的玻璃对自己挤了个鬼脸，"我听说，你有话跟我说。"他说。

他谨慎地保持中立，下决心绝对不能表示出任何明确的态度，就像一个人伸出一只脚趾头去探水温，水温在零度以下，如果只是一个脚趾头还有机会立刻缩回来。

"有话要对你说！我想我是应该有话跟你说，你他妈的在那儿都玩些什么？怎么样啦？"伯杰咆哮。

迪尔乐万格突然跳了起来，"你他妈的你认为这里怎么啦？你认为会怎么样？我不可能没有鸡蛋还做蛋卷，我他妈的不是什么魔术师，该死的。这里没有野炊，我要人，而且要快！"

"谁不要人哪，"伯杰说，"你认为我只是为了听到你'咩咩'叫，我们会在冻库里冻好一些部队吗？兄弟，你脑子清醒一点儿好不好，我们把全德国所有的监狱和看守所的人都搜刮干净了，你认为我们还要打开集中营，把那里的人也送给你？"

"我不在乎你给我什么，我只要人。"迪尔乐万格歇斯底里地吼叫，"你还可以把疯人院打开，把那些该死的疯子都给我送过来，我不在乎他们是谁，只要我不是带着一群尖叫的同性恋就行了，这是我的底线。而且犹太人和女人也让我难受，除此之外所有其他人，你都他妈的给我送过来。"

有一阵短暂的沉默。

"很好！"伯杰硬邦邦地说，"你马上就有你的人，质量不是很好，但是你会有的。"

第二天早上，集中营、监狱、收容所，都被用篦子篦了一遍，为了找到有用的材料，什么都可以，只要不是犹太人和众所周知的同性恋，只要训练他，即使是杀人狂也能变成有用之才，如果说有谁能担当起这个训练的重任，那一定是迪尔乐万格，因为他曾经在骷髅旅党卫队联队长"杀人魔头"西欧多尔·依柯手下当过学徒。也难怪，他常常引以为骄傲。没有他搞不定的人。

从森纳拉格出来之后，我们来到了一片恶臭熏天的沼泽地，这片沼泽地在玛托瑞塔的几英里之外，这里潮湿，蚊虫肆虐，兵营里的人倒是满满的，但是还没有配备武器，只有一个连有坦克，其他 11 个连被降格为步兵。我们不得不徒步穿越"吱吱"冒黑水的沼泽地。"小混球"屁股后面跟着他的忠诚奴隶卢兹，他帮"小混球"提家伙，而"小混球"则像个老板昂首挺胸地走在前头，惹得其他人有些嫉妒愤恨起来。

一位新任师长前来履职，他戴着单片儿眼镜，脚踏一双香槟黑靴子来看我们，让沃尔夫烦躁的是，他不得不派上两辆大卡车来运将军的随行物品，只有上帝知道一个人要带两卡车的家伙去那个只有上帝才能保佑的地方，带着两卡车东西去干什么呢？

"这个浑蛋带了一架闪闪发光的大钢琴。"沃尔夫说。

将军的巡视发生在一个中午。他是从村子里出发的，坐一辆军用吉普车，接待他的是海卡上校，我们都站在沼泽地中间列队欢迎。我们碎步跑动展示军姿，像疯子一样在沼泽地里来回跑，结束的时候如同一尊尊泥塑。我们站在那里的时候泥巴已经干了，有人将干泥巴片儿从边角处一块块剥下来。不过冯·威尔绥姆没有注意到这些，也许他觉得这就是工人阶级群众的本色。他蹲着官步来回地巡游了好几次，用他那只单片儿眼镜瞄着我们，很满意地宣布我们是合格的德国部队，他为此而感到骄傲，因为祖国依然能够生产出这样一群勇敢的士兵，当最后的光荣时刻到来的时候，我们的国家有理由给我们荣誉。当一块硬邦邦的大块泥巴从我的下巴上"噗"地一声掉下来的时候，我吓呆了。

"纯粹是狗屎，"波尔塔站在我旁边低声嘀咕，"他说的全是一通屁话，兄弟，别信他的什么鸡巴英雄主义。"

从目前的形势来看，我们败局已定。如果有人给我们哪怕一点点的机会的话，我们毫无疑问是这个国家的拯救者，而不是一群被拿来叫卖的懒惰的、愚蠢的、满脑子邪恶念头的流浪汉。一个人能够坚持到中途就很了不起了，但是我们还是成功地控制了自己，以一种体面正式的态度听完了这个男人的训话，他毕竟是师长。

他热切地说："再多一点儿努力，那就是我对你们这些勇敢小伙子的全部要求。我们发出一声光荣的吼叫，会让俄罗斯人吓破胆儿，吓得他们溃不成军。我们已经骗得敌人进入了一种洋洋得意的状态，是的，洋洋得意，他们认为他们已经占了上风，因为我们使用了一种战略战术。是的，那就是我们采用的方法，只有这样的手段才能唬住他们。但是，我向你们保证，在圣诞节之前，在圣诞节之前，我们的胜利时刻就会到来！"

士兵们掀起了一阵怯生生的、有气无力的欢呼声。但是将军先生对这种忠诚的展示表现出极度的兴奋，他立刻转向海卡上校，给他下命令，我们晚上可以得到双倍食物。有气无力的欢呼突然升高音量，欢呼变成了最大的吼叫声。海卡脑袋一偏，露出了一丝难堪的阴沉的笑容。

有那么一瞬间，我认为他打算用呕吐来让我们丢脸。

"无论您说什么，长官，我都执行。"他嘀咕。

冯·威尔绥姆拿开他的单边儿眼镜，用一只超级近视的眼睛去瞅他。

"很好，海卡上校，我为你们团感到骄傲，一讲起这些来自祖国四面八方亲爱的士兵，他们对元首的忠诚，还有让他们从坦克上下来成为步兵，我作为一个德国人因此而感到无比骄傲，骄傲，我说的是骄傲。"他又拿起单边儿眼镜，显然很感动。"上帝保佑他们，海卡上校，有了这些人，胜利属于我们！"

显而易见，即使是最弱智的，像"小混球"这样的人——他所经历的漫长军旅生涯一眼就能让人辨识出来，而将军显然没有任何前线生活经验，他刚离开一秒钟，人们就开始为他到前线到底能待多久而打赌，大家一致认为，第一次进攻之后就能看到他的大钢琴，以两倍于光速的速度往后撤退。

同一个晚上，我们确实如承诺的那样吃到了双份儿，而且还给我们提供了大量的啤酒，我们把这双份儿食物就着啤酒吞下肚去。在这快乐的时光里，满是蚊虫的沼泽被遗忘了，此时此刻，我们把战场上的流血、苦与痛也都搁置在一旁，我们忘记了讨厌的沼泽地，我们只是毫无羞耻地狂饮，喝到不省人事为止。一些姑娘摇曳着来到我们面前，她们是空军通讯兵，因为她们被继续挺进的俄罗斯兵追赶着，从布雷斯特·里托夫斯克撤退时她们转错了弯儿。而且照理说她们应该立刻被遣返回她们所属的空军部队，但是霍夫曼中士有命令，决定留下她们，为士官们提供一些娱乐。这些女孩儿，我不得不承认，她们决不会有任何反对意见。最后我看到她们的时候，霍夫曼让两位姑娘平躺在桌上，裙子扒拉下来，根据那位大眼睛的列兵乐思所描述，其中有一位没穿内裤，我以此推断，这种经历对于乐思来说是一次心灵创伤，后来的好几个星期里，可怜的乐思总是把这件事作为主打话题。

那天晚些时候，那些空军女孩儿或者说没穿内裤的女孩儿，还有大部分的军士都喝得五迷三道的，有一些被挑选出来，与好几位中士留下来享受最后那几瓶啤酒，毫无疑问，他们最后都喝得烂醉如泥，脚站不稳，脑子也不清醒。那些个中士，他们很快就谁也不认识谁了。这就是中士们的状态，他们很快就开始互相耍嘴皮子，说着说着就变成了争吵和打斗，他们的争论很快转到共产主义。争吵演变成吼叫比赛，这个比赛不久之后升级到肢体暴力，为了平息这个比赛，警察三级中士丹茨想出一个聪明的办法，他把小个子楞次叫了进来，让他来解决这个问题。楞次是作为最后一批志愿者来到我们中间的，他像一个发育迟缓的16岁孩子，他虽然看上去只有16岁的体量，但实际上，他马上就要过21岁生日了，他曾经是一个学生，现在对于他来说，过去都属于史前时代，不堪回首。他因为同情共产主义分子而被捕，而且他的这种同情是不加掩饰的。

　　楞次睡着了以后，丹茨叫了两个喝得醉醺醺的探子来抓他，他们把他从毯子里拖了出来丢进一个满是呕吐物和烟雾的房间里，在这间屋子里，一些中士正在娱乐。他们把他放在桌子上，他趴在桌子上发抖，他们像围观死刑执行现场的群众一样围着他。丹茨命令他做一个有关共产主义理想的发言——"傻子，花岗岩脑袋，要简单一点儿哦，最好让我们这些顽固的纳粹分子也听得懂。"他被死神抓住放在地狱与激流之间，他的脑袋无论往哪边转，都是邪恶可怕的目光，如果他第二次因为共产主义被抓的话，他就得被执行死刑。但是，如果他拒绝合作，丹茨就会把他从这里清理干净，事实上在这件事上他别无选择。他耸了耸他那像瓶颈的脖子下的那个瘦肩膀，他脑子里稍稍酝酿了一下，嘴里蹦出一连串陈词滥调：

　　"共产主义是什么？共产主义是无产阶级对国际资本主义的反抗，它是反对帝国主义的战斗，它是站起来的工人阶级对他们的压迫者的反抗……"

　　他们用一种充满崇敬的酒醉后的安静，整整听了10分钟。丹茨发出一声高喊，把最后一只啤酒瓶砸碎在墙上，他把楞次从桌面上拖了下来，拍拍他的肩膀：

　　"做得不赖，我的红色小同志。"

　　他骄傲地走动着检阅他的猎物，把他当作一件展示品在露天市场进行展览，看，这就是一个敢于站起来对元首的士兵做共产主义宣传的家伙。

这差不多可与一场晚会媲美。接下来的事情发生了戏剧性的变化。过了一会儿，霍夫曼、克雷勒尔军士长也进来了，从以往的一些消息可以证实，他们都是些喜欢搅场子的家伙，好事儿到了他们那里都会变成闹剧，这次晚会无疑也会遭到他们的破坏。是克雷勒尔搅黄了这次晚会，他起先还只是与楞次争论，因为喝得太醉，舌头不听使唤，说着说着就荒腔走板了，而且从那里开始，只差就要宣布楞次是一个叛徒、是一个共产主义走狗、是一个犹太人的朋友。只差没有呼喊着要立刻取他的性命。丹茨在这个时候出现了，他把楞次放在自己的羽翼之下保护起来。事情的起因是这样的，有那么些浑蛋在房间一通乱吼，说所有的共产主义同情者都是一些胆小鬼。丹茨急于要为他的这位新朋友进行辩护，他想到了一个证明勇气的好主意，他建议大家来测试一下楞次的勇气，让楞次靠墙站着一起玩一个威廉·特奥游戏，他把一只啤酒瓶小心翼翼地搁在楞次的脑袋上，这个主意好像让丹茨很满意。做完这些他就消失在人群之中，倒在地上不省人事了。克雷勒尔军士长把自己封为首席神枪手。

"共产主义走狗，站着别动，除非你想脑袋开花，我不经常走火……但是，如果我失手了，那可是没有先兆的，你还不知道自己被打中了之前就已经见阎王了。"

他掏出一把左轮手枪，抬起那只猪猡一样多毛的手臂，从左瞄到右，又从右瞄到左。人群中只有霍夫曼开始发神经，他失去理智，他说，我们都是在前线，不是在森纳拉格，如果第二天早上发现有人被子弹打穿脑壳儿的话，毫无疑问谁也脱不了干系。

"你想想，"克雷勒尔冷笑着，因为处在谋杀人的极度兴奋中而想表现出一点儿幽默感，"你知道吗？我想看到军事法庭把某个人的肩章给扯下来，因为他杀死了一个共产主义分子，很可能会给你一枚奖章。"

他举起左轮手枪，扣动扳机，子弹"嗖"的一声飞出，带着疾风，呼啸着穿过窗户，站在旁边的看客们有一半人都钻到桌子或椅子底下，另一半要么太醉，要么充满爱国主义热情继续硬撑着。"克雷勒尔杂种再来一枪！"克雷勒尔几乎不需要任何鼓励，他看起来有些迷茫，他仿佛在第一轮时就没有瞄准靶子，不管这个靶子是啤酒瓶还是这个人的脑袋。

"上帝啊！"霍夫曼叹了口气，他端起一把椅子，放在面前以防乱飞的子弹。"我的天哪，你让我们周围子弹呜呜叫。"

他摇晃了一下，重重地往后面墙上一靠，又准备射击。有人说如果他这次还没射中，就赌三瓶伏特加，又有人表示如果这次没打中，愿意拿出一个月的饷银。左轮手枪握在克雷勒尔汗涔涔的手中，他哆哆嗦嗦，左右摇晃。霍夫曼忍不住从椅背后面走出来，眼泪汪汪地在那儿絮絮叨叨，说要是楞次有个什么三长两短的话，他会为他报仇的。

"到一边儿去，我的好兄弟，照看好你自己，好吗？"克雷勒尔十分和蔼可亲地说，"我想听你的建议的时候我自然会问你，别管我们，让我们自己来，这儿还有三瓶伏特加和一个月的饷银等着我。"

当然没有提到一个生命，克雷勒闭上一只眼，第二次扣动扳机，子弹打在墙上，离楞次的脑袋只有一厘米。

"他动了！"克雷勒尔一声尖叫，"该死的愚蠢的胆小鬼动了。"

这时，楞次抖得特别厉害，全身抖抖索索的像筛糠一样。克雷勒尔也感觉骨头发冷，他把持不住自己的膝盖，由着它们左右摇摆。打第三枪了，手像风中的蛇一样舞动扭摆。楞次头上的啤酒瓶倒了，"砰"的一声掉到了地上，群众的欢呼声戛然而止，因为从门口飘来一阵阴阳怪气的声音：

"有没有人愿意发善心告诉我，这儿到底发生了什么？"

克雷勒尔慢慢腾腾地转过头，房间里的人都从他的眼皮底下溜了出来，战战兢兢地站在门外头。劳威的头盔压得很低，几乎盖住了眼睛，两个大拇指插在腰带里，他转向楞次。

"回到你的营房去，我过一会儿再来处理你。"那位吓傻了的男孩儿走出房间，劳威等他一走出房间就用脚带上了门。"克雷勒尔军士长，"他说，"没想到你的衣服里面还包裹着光芒，我还不知道你对武器有这么高的热情，我们要好好地利用你的才华，从现在起，你调到反坦克队了，我期望你有好的表现。"他很不愉快地撮起嘴唇，眼睛慢慢地从那一群观众身上逐个逐个地扫视，"你们心里很清楚，而且只有一个理由，我不把你们这些浑蛋捉到军事法庭去，或者把你们直接打包送到托尔高监狱去，知道为什么吗？我们在一场战争的第五年，我们处在灾难的边缘，以上帝的名义，我宁愿让你们留在这里，让俄罗斯人的炸弹把你们的脑袋炸得稀烂，也不要把你们送到部队监狱去。我还要在这里告诉你们，我不会手软，我会让你们的肠子挂在胯下，你们两条手臂也不见得都保得住。谁来求情都没有用，我关心的是你们从这儿出去打仗，给我倒下，你倒下了，死了，因为，你们要相信，不会有人让你们待在这里好好的玩儿个够。"

劳威突然转身离开房间，"咣"的一声带上了门，有一个令人难受的寂静，醉汉们瞬间清醒，也许在那一刻，他们第一次明白战败是什么意思，也许他们那时才知道，劳威没有胡编乱造，他们都被判了死刑。

克雷勒尔军士长重重地瘫坐在椅子里，全身汗津津的，两条腿盘着屈伸向前，胳膊无力地垂在身体两侧，手枪从他的手中滑落下来，他任由它躺在地板上，霍夫曼捡起来冷冰冰地扔给了他。

"你最好揣着那玩意儿，"他说，"方便的时候好自杀。"

第二天早上，为了缓解500团的压力，我们在587团旁边开辟了一个阵地。500团是一个受惩罚的团，但不是由罪犯组成，而是由那些因为失宠或者渎职的军官组成，所有这些国防军遭贬军官，无论他们在哪个团，他们的身上都背着一个红色标记，这样是为了更容易辨识。

我们发现战场非常安静，俄罗斯军队的第一道战壕设在沼泽远端的那一边，我们和他们中间有一条安静而荒芜的无人地带，我们到达的那一天是星期四，根据已经在那里待了一段时间的人说，那一天正好是俄罗斯部队派发伏特加的日子，每人一斤，通常来讲，不到一小时他们就会喝得精光。我们这边得到通知，我们将会有一个多事的夜。

在这里，沼泽地的深处到处都是长脚蚊子，它们"嗡嗡嗡"地叫，像埃及的瘟疫，他们比我们身上带着的现存的虱子要厉害得多，上面给我们派发了蚊帐，但是这些浑蛋摸到了进来的路，钻进来通常是要饱餐一顿的。波尔塔声称找到了一个解决办法，这办法在我们每个人看来，跟被蚊子叮一样糟糕，他把从卡车里舀出来的臭烘烘的油污涂得满身都是，要知道那是被炸掉后深埋在沼泽里的卡车。从那时起，不仅蚊子不沾他，所有人都避开他，我们都在饶有兴趣地等待，这法子是不是也可以把俄罗斯兵吓跑。在营地里，我们当中到处都点缀着背上背着显著图标的国防军被贬官，他们是纯粹而简单的炮灰。他们得到一个承诺，如果在战斗中表现突出的话，他们会重获自由，但是，他们知道，我们也知道，那只不过是说给那些容易轻信别人鬼话的人。他们是被遗弃的人，他们到这里来纯粹是来充数的。他们一群群的蜷缩在一起，充满着憎恨和悲伤，只等着哪天被驱赶到地雷区的正中间，或者被踢出战壕迎接俄罗斯部队的第一批火力。没人关注他们，只会骂他们，踢他们，像遭人嫌弃的战犯一样，受人轻蔑和侮辱，战斗一打响，他们对自己和别人都不再有利用价值，他们不为任何东西而活，所以，干脆一死了之。

晚上 8 点钟之后不久，有趣的事情发生了。有那么一阵子，我们仿佛听到他们在沼泽地深处的叫喊声，笑声，我们强打精神准备战斗，要想在迫击炮底下活命可不容易，因为他们有一种令人不舒服的准确性，在"小混球"（他总是第一个在战斗中行动起来的人）有机会拿机枪还击之前，几个国防军被贬官已经被炸成了肉条。在那之后，磷弹在那些不幸的国防军被贬官跟前"轰隆隆"地爆炸，这一通爆炸在人群中造成了一种恐慌，他们向各个方向四散奔逃，如同有一匹狼出现在他们中间。

火力持续了一通晚，只有上午有一阵短暂的休息。下午，那些狙击手又给我们造成了很大的伤亡。他们是西伯利亚人，像大个头的黑乌鸦一样栖息在树梢，我敢打赌这些人之所以不失一枪一靶，不浪费一颗子弹，那是因为他们都是被精挑细选出来的。如果你的脑袋敢从战壕里露出哪怕只有百分之一，你的眉心立马就会吃到一粒花生米。就连俄罗斯人自己都怵他们。

他们猎杀动物纯粹是为了消遣，一天天积攒着它们的数目，而其他人正在想方设法节约 6 便士，只为了给他们的祖母买个生日礼物。不过，依我看，我们也不必抱怨，因为我们中也有跟他们水平相当的高手，有着同样的热情和准确性的提洛尔人，能把别人脑浆打得到处飞溅。小个子法国军团大兵开始了第一轮回击，我们看到他把来复枪搁在肩膀上，仔细瞄准，子弹不知什么时候射了出去，只见一个人从一棵橡树的顶端垂直砸到地上，我们还没来得及祝贺他，波尔塔也又来了一枪，第二个西伯利亚人来了一个转体空翻，落下来一头插进沼泽地里。在那短暂的一刻钟，太阳从云层中露出了脸，灌木从中散落的金属物件反射着刺眼的光芒。马塞罗那抓着波尔塔的手臂指着：

"在那边的芦苇里，你看那王八蛋脑袋上居然插着草。"

波尔塔很兴奋，一手夺过马塞罗那手里的望远镜，把他推到一边，这样可以看得更仔细，然而就在这时，一颗子弹爆炸在他站立的地方，波尔塔没有犹豫，不想再浪费时间，他丢开望远镜，站起身来连发三枪。芦苇丛中一个身体浮了起来，他的脑袋上半部分已经被削掉了，他的手在空中一通乱抓，然后往前面的泥地里扑了一步，栽倒在地。几秒钟之后他就消失在视线中，没入泥淖里，冒着几个恶心的黄水泡，水泡标示着他下沉的路线。那个区域变成了最大的坟地。将来的某一天，也许在所有的战争都结束后，那个沼泽地会释放出受害者，所有的头盖骨会安静地浮出表面，出现在泥淖的海洋里，那可是值得一看的景象，这正是那五年屠杀的好纪念啊！

当波尔塔还在炫耀胜利的时候，一个瞄得很准的炮弹对准了7连1排，天空中只见一只只空袖筒在风中飞舞，尘埃落定之后，我们发现一些骨头和一些变形的金属碎片，整个国防军被恐惧包围，但是我们必须在得到命令的情况下才能开枪。

牧师菲谢尔和一个从莱比锡来的前邮递员躲在一个防空壕沟里，这位前邮递员曾经因为偷邮包而被抓（因为这项罪给他判了死刑），但这个人肯定有朋友在高位，以至于他只判了10年监禁，他像一个傻瓜一样潜伏在999兵团，因为他得到了一个承诺，如果表现好，他可以回到从前的职位上。世界上总有人相信这套把戏，即使是纳粹的宣传。他在森纳拉格没待多久，这种幻想就在脑子里自动给删除了，但是到那时候，想要回去实在是为时已晚了。

"嘿，喂，牧师，"他说，一边用手去挠裹在皮里的肋骨，"怎么样，我们跑吧？"

"跑？"他把脑袋扭向无人区，菲谢尔犹豫不决，眼睛盯着通向俄罗斯阵地的沼泽荒地。

"依我看，"邮递员说，"在那边比这边不可能更糟，"菲谢尔转动着一双模糊的蓝色眼睛，那眼神看起来分明想要得到一个肯定的回答。邮递员抓住他的胳膊，"看这边，如果我们待在这里，他们一定会杀死我们。"

就在他说话的当口，战火突然停了，寂静的帷幕重重地垂落在沼泽地上，慢慢地，新一轮的"窸窸窣窣"声又向我们偷偷地袭来，附近的村子起火了，我们听到了"咔嗒咔嗒"的枪炮声。我们听到了远处吓坏了的牛"哞哞"的叫声，我们听到呻吟，以及即将死去的人呼唤他们的母亲和妻子。

突然又有一种新的声音夹杂进来，是一个男人在唱歌，是一支古老的德国曲调《阿托卡莫尔》。而且这歌声来自俄罗斯营地后面的某个地方……

"你明白我是什么意思吗？"邮递员兴奋地压低嗓子说，"你懂我的意思吗？"

音乐声消失了，我们听到了在某个隐蔽处麦克风的"咝咝"声，不一会儿，整个扩音系统都活了起来。

"苏联红军向 999 兵团致敬，尤其是那些违背自己的意愿，为一个腐朽的政权战斗的政治犯们。我们敦促你们，以你们最大的努力使希特勒的这一台魔鬼般和地狱般的战争机器停下来，我们是你们的战友，你们会得到我们的支持……听我们说，德国士兵，今天早上你们的供应要减半，因为有破坏分子炸掉了铁路线，那其实是一个纳粹的谎言，你们的供应线依然是畅通无阻的，因为我们的军队就在那里，等着在我们高兴的时候把你们的后路切断，但是现在我们还没动手，我们看到你们的火车天天跑，火车上的食物足够每个人用，并且还有剩余。所以，你们问问，那些东西都到哪儿去了？当心你们胸口的毒蛇，德国士兵，问问你们的波德军士长，他对你们的供给都做了哪些手脚，问问他把 200 箱香烟和 23 瓶伏特加藏哪儿去了，如果他拒绝回答，那么你们自己找，在一辆车牌号为 WH6651557 的车上找，看看油箱下面，看看你们能发现什么，如果你们有任何困难就去找那个波兰女人，那个婊子旺达·斯迪欧特尼兹，要她带你们到那儿给你们点拨点拨……明天晚上你们的将军弗雷希尔，准备在玛托瑞塔·拉斯科华斯卡大街开一个晚会，记住地址哦，德国士兵们！所有的烟酒都由军需官鲁蒙波中士提供，这些东西都是从第 4 坦克团偷来的……"

声音停了，扩音器里放着带着威胁意味的军歌，没人说话，没人动，我们静静地站在那里盯着，目光呆滞，空洞，像一群牛等待着屠夫的刀斧。

音乐停止了，接下来是一片死寂。又有一个粗鲁的声音响起来，一个说德语时带着喉音的俄罗斯人开始了更猛烈的宣传："德国同志们，听我说，放下武器，解放自己，挣脱帝国主义的桎梏，加入到你们的工人阶级兄弟队伍中来，社会主义人民的自由军队正在等待着欢迎你们，洛科索夫斯基元帅在他的部队里将给你们提供一个荣耀的职位，在这里，你们会得到跟俄罗斯士兵一样的待遇，你们纳粹军官叫我们劣等人，说我们档次低，没脑子，沼泽地里的无脑生物，我们耻笑他们，到底是谁？我问你们是谁赢得一场接一场的胜利？在斯大林格勒战役之后，你们这个999军团的所有人被强迫违背自己的意愿,拿起武器保卫你们的压迫者。我这是救你们，扔掉你们的包袱，加入我们吧！为自由而战吧！他们承诺让你们重获自由吗？你们相信他们吗？你们把你们的信任放在他们身上了吗？你们相信他们的不真实的承诺吗？同志们，别再上当受骗了！你们当中没有人看得到德国，你们再也没有人看得到了，你们的死亡委任书已经签署了，你们被送到这里来纯粹就是为他们当炮灰，你们被送到这里来就是给我们杀的……但是我们不想杀你们，到我们这儿来吧，现在还有时间，我们会避免让兄弟们流血。我们给你们提供崭新的生活希望，我们还可给你们一个报仇的机会，去报复那些让你们为他们去死的纳粹罪犯……我们会继续战斗，而且我们最终会取得胜利，我们不到柏林不会停下来的。来吧，加入我们的战斗吧！我们不会让你们受冻挨饿，也不会让你们去送死，死在一场工人阶级反对工人阶级的不光彩的战斗中……今天晚上我们等你们过来，在晚上 7 点钟至 9 点钟这几个小时之间，我们会用炮火来掩护你们，保护你们过来，鼓起勇气吧，站起来，反对迫害你们的人，还击他们！"

声音停了下来，出现刺耳的杂音和停顿，防空洞里，邮递员和牧师坐在一起发抖，邮递员首先打破沉默。

"你刚才都听到了，对吧？"他压低嗓子说，"你听见他说什么了，他和刚开始说的是一样的，他说得合情合理，是不是？唯一有异议的就是，趁我们还有机会的时候是否该逃出这个该死的地方，怎么样，牧师，和我们一起吗？"菲谢尔慢慢地摇了摇头，"我不能，我祝你们好运，我不能抛弃我的人民，我要和他们呆在一起。"邮递员瞪着他，"你还没有放弃做你的圣徒吗？你八成是疯了你，呆在这里去拯救马上就要变成死灰的狗屎，你觉得有意义？你想殉道吗？你想做一个他妈的烈士？你想做一个和上次那个闪闪发光、光芒万丈的耶和华见证人吗？像耶稣基督那样死在十字架上？"菲谢尔嘀嘀咕咕着，声音有点模糊，"我会接受主给我安排的任何命运，我不会背离我的职责。"

"职责，"另一个人挖苦地说，"好了，可能这就是你关于职责的想法，待在这里像一只蠢里蠢气的鸭子，任由你那神圣的脑袋炸得粉碎，我可不是这么想的，我要突破它，那边开出的条件不错。"

菲谢尔一双蓝色的眼睛温和地注视着他。

"如果我是你，"他轻声细语地说，"就不会那么信任俄罗斯人，他们没有你想象的那么遵守承诺，他们也有集中营，也有政治犯，他们对你不会比纳粹好到哪儿去。"

邮递员耸耸肩。

"这个险我一定要冒，老家伙，可能机会不大，但至少比没有机会要强……我希望，我在往那边爬的时候你不要开枪打死我。"

"我不会向任何人开枪，"菲谢尔郑重地承诺，"愿上帝与你同在。"

在别的战壕里、弹坑里，国防军被贬官们都在埋头嘀咕着，他们在仔细甄别俄罗斯人提供的条件的内涵。

"你听到他们说什么了吗？你听到他们刚才说什么了吗？"保罗·韦斯，前银行家，前骗子，前诈骗犯，他激动地转向他的同伴，"为什么我们不试一下？啊，为什么我们不试一下？我为苏联红军死和为纳粹死都他妈的死得一样快，该死的党，该死的祖国，为你们，为我都做了些什么，在德国从来没有过自由，在我的人生里从没有过，你每走一步，盖世太保就会像恶狗一样咬住你的脚后跟儿，为什么不突破一下，改变一下，从另一边看世界会是个什么样？"

快到晚上 7 点钟的时候，天开始下雨，阴籁籁的灰色毛毛细雨很快就把这个地区蒙上了一层水雾。突然，俄罗斯人又开始火力攻击了，炮弹刚开始是有一炮没一炮地放，渐渐地，由间歇性变成了密集性发射。炸弹将战壕前的土皮一层层掀起，一阵凝固汽油弹弹雨炸开了我们背后的泥土，毫无疑问，这是俄罗斯人没有明说的微妙方式，鼓励任何潜在的逃兵，同时也是一种警示，也就是说如果他们选择留下来为希特勒而战会是什么后果。

晚上 7 点整，火停了，只有一声爆炸打破突然的沉默，那个声音来自我们身后的一个村子，在那里，霍夫曼正和两个女空军通讯兵玩乐。

"真该炸烂那个死屌。""小混球"嘀咕着，"小混球"把所有的"美好"愿望都送给了他的上司。在他们前进的位置上，保罗·韦斯和他们的同伴正穿过迷雾朝敌军前沿阵地摸去，看起来敌军完全放弃了他们的前沿阵地。我们知道我们在各个方向都被监视着，但是任何地方都没有打响战斗的信号。

"好了，这就对了，"韦思的声音很尖，"这就对了，等大部队到来之前我们再走一点儿吧，要不了几分钟，同样的想法就会灌到其他人的脑袋里。到了某个星期天的下午，这地方就会变成一个快乐的公园……加油，加油，继续加油！"

他的同伴却犹豫了。在他们行动之前，有几个从隔壁弹坑里爬出的国防军被贬官也爬过来加入了他们。韦斯不断地弹舌头。

"发什么愣？到底走还是不走，你们？"

在他的同伴们踟蹰的眼神注视下，他跃起一步跳起来跨进无人区，他最后在一个弹坑里着陆，肚子着地，消失在人们的视线中。

几秒钟之后瑞帕克中士来了，他看着剩下的三个人。

　　"发生什么事了？"他皱紧眉头问，拿起望远镜架疑惑地朝前方的迷雾望去。

　　"刚才你们还有四个人，还有一位哪里去了？"

　　三个人交换了一下恐惧的眼神

　　"他哪儿都没去……"

　　"我们一直在一起……"

　　"只有我们三个……"

　　"一起……"

　　瑞帕克神情冷淡，不理他们，他发现在迷雾中什么也没有。他扛起机枪，大踏步地走开了，他要去检查另一群机枪手去，没有往回看一眼。三个人不再浪费时间，确定瑞帕克不再回来，他们无心继续逗留下去，他们害怕有人进一步询问关于韦思和韦思消失的事情，果断地扔下武器，慌里慌张地冲进雨中奔向北方。

　　两边阵地的炮火再次打响，在重机枪的震动之下，地面摇摇晃晃，炸弹在我们周围爆炸，我们猫在原地纹丝不动，等待时机。

　　"让他们找乐子去吧。""老大叔"面无表情地说，"要不了多久他们就会筋疲力尽。"

　　细蒙蒙的雨雾变成了持续不断的瓢泼大雨，几秒钟之后刮起了风，我们一身淋得透湿，当夜幕降临时，前方远处俄罗斯人的阵地慢慢地消失在蓝黑色的迷雾中，这是逃兵的一个绝佳夜晚。

　　沃特中士、比尤格拉、特雷伯尔和一群国防军被贬官，他们眼睛定定地看着俄罗斯人的阵地，比尤格拉看着特雷伯尔，他们两个都看着沃特，互相点头。

比尤格拉用一种得体的谦虚口气说："中士，原谅我这样打扰你，你是否碰巧知道我们今天有吃的？那当然不是完全出于我个人的考虑，是因为我的肚子叫得太厉害，我怕他们半里之外都听得到。"

沃特中士慢慢地扭过头来盯着这两个家伙，把他的头盔往脑袋后推了一下。

"行了，就现在，"他说，"为什么问我？为什么不爬过去问俄罗斯人？他们好像比我们知道得更多，你们都听到他们说什么了，不是吗？那边有你们想要的所有食物，为什么不过去拿？"

特雷伯尔紧张地往后退了一步，他的嘴唇轻轻地往下撇了一下，听这口气，似乎沃特在公然邀请他们投敌，尽管这看起来不大可能，因为沃特是个好纳粹，他相信党，相信元首，沃特永远不会考虑叛逃。在回应他之前，比尤格拉喉咙里咕嘟咕嘟地吞咽了好几次。

"你会杀了我们，"他嗡声嗡气地说，"我们一跑你就会枪毙我们。"

"你真的这么想吗？"沃特的眼睛再次回到俄罗斯人的阵线，"我会干什么不会干什么谁知道了呢？说不准我也会加入你们。这样的事情出现得越多就越表明他们会给我们隆重地欢迎……"他突然甩开一条手臂，指向那边，"瞧，"他说，"瞧瞧那边，你们同伴中又有四个急着要走……考虑一下，我们是不是要去给他们增添一些力量，如果局势不利，情况不妙，我们就不要蛮干，我们还可以逮捕他们四个，把他们带回我们身边，又有谁会说我们是打算跟他们一起去投敌呢？"

比尤格拉看起来好像不太舒服。

"啊，是，那很好。"他说，"那很好，但是不管怎么样我认为我们在苏联红军那里不会得到多少欢迎。如果我们和一个纳粹在一起。他们不傻，是吗？他们不是蠢得像猪，即使你撕掉你胸前所有的玩意儿，荣誉啊，勋章啊，他们还是会发现的，你跟我们不是一类人。"

"你们认为我就没有考虑过这些问题吗？你们认为我就没有做任何准备吗？"沃特笑笑，有一点儿沾沾自喜的意味，"我给自己准备了两套证件，一套平常用，一套紧急状况时用。"

有一阵不情愿的停顿。

"所以，完全搞定了，"比尤格拉缩紧肩膀，"所以你呢，准备了一套假证件，他们就不会发现你是一个纳粹，所以就值得试它一试，但是话又说回来，可能又不值得一试。我的意思是，我们怎么知道他们说的话是真的呢？我们怎么知道他们会遵守诺言呢？"

"我们不知道，"沃特说，"就这么简单，你们永远摸不透俄罗斯人，前一分钟他会拍着你的背同你一起喝伏特加，下一分钟他们就会把纳甘枪枪口塞进你的嘴里，那是你不得不接受的。"

"行了，要是那样的话，我就不确定我到底是去还是不去了。"

"我不应该担心太多，"沃特的一只手指轻轻地弹了弹搭在他肩上的一个帆布包，"我这里有一两样好东西，可以让伊万（即俄罗斯人，译者注）爱不释手。有了这些东西的话，他就会一炮扫平德军前线，我想这应该足够赢得他们对我的感激了吧。"

"呃，但是……"

"但是什么？"沃特发出一阵短而急促的"咯咯"笑声，"如果你们怕的是我，你们可以在脑子里记住我刚才的话，我说得够多的了，足够被绞死，所以这是足够真诚的证明。"他停了一下，"不过，在我们出发之前，有一句话我必须警告你们，别讲在森纳拉格的那些故事，它不值得你们讲，因为如果你们出卖了我的话，我反过来也会出卖你们。俄罗斯人不喜欢纳粹，同样也不喜欢罪犯，如果他们得知你们过去的情况，那你们两个就直接送到地雷区去了，所以最好别乱讲故事。"

比尤格拉犹犹豫豫的。

"我也是这么想的。"他恨恨地说。

沃特转向比尤格拉的同伴。

"那你呢？"

"我遵守。"特雷波尔说。

"既然那样的话，"他伸出一只手，"把你们的证件都给我。"

有一会儿的摇摆和犹豫，带着明显的不情愿，他们还是把证件交给了他。沃特选两张空白页，他在上面歪歪扭扭地写上了字母 PU（政治上不可靠），然后从他的帆布包里拿出一枚橡皮章，橡皮章上是一个上校的签名，他格外小心地把它盖在了那两个手写字母上面，然后他又小心翼翼地加上布痕瓦尔德。他把证件递回给他们。检查完沃特中士的笔记之后，比尤拉脸上舒展开明媚的笑容。

"好的，"他说，"一切妥当了，布痕瓦尔德，是吗？那让我很安全了。"

沃特收起印章。

"我们出发吧，要么就是现在，"他说，"要么永远都不要。"

跨过无人区的旅途出奇得快而简单。这几个人低着头弯着腰，像鹿一样奔跑过去，他们差不多稀里糊涂地就蹿进了俄罗斯人的第一道战壕，他们高举着手，接近了战壕，后面跟着一大群人，看起来两军之间的开阔地带真是充满了活力，俄罗斯人的宣传起了很好的效果。

"小混球"通过望远镜观察了整个表演，"小混球"从我们这边的利害关系考虑，一直在做一个正面的评价。

"我从来没有看到过这样的事，他们居然都跑到那个鬼地方去……他妈的。"他兴奋地补充，"又来了，又来了一个，一半的部队都跑了，看起他们就怕跑得不够快。"

这时候波尔塔动了一下，他想开火，但是"老大叔"拉了他一把，制止他这样做。

"让他们去。"他说，"让那些可怜的浑蛋跑吧，让他们跑。如果那是他们想要的，他们很快就会发现他们的错误。"

跳出柏林的黑手，落入莫斯科的魔爪。我想知道他们当中到底有多少人明白他们在跑向什么，一个突击团的少校突然怒气冲冲地朝我们这边跑来，他的脸上因为生气而泛红光。

"你们他妈的在干嘛？"他对着劳威尖叫，"为什么不对他们开火，上帝啊，那些老鼠在逃跑。"

在劳威开口回答之前，少校自己弯腰来到了一挺机枪旁边。"开火！开火！"他扯开嗓门，以最大的疯狂得令人窒息的声音在吼。在无人区响起了一阵混乱，我们开火的声音引来了海卡上校，他直奔正在"叭嗒叭嗒"放机枪的疯狂的少校。

"那是谁呀？"他暴躁地问，"那是在干嘛？"他不耐烦地转向军械官，"这个人是谁呀？为什么没有人跟我说起过他？"军械官谨慎地端详着少校："长官，我确实说不出他是谁。"

"那就查看他的证件，看看他是谁。"上校呵斥。

少校郁闷地离开了机枪位，更加郁闷地掏出了他的证件。劳威的冷笑和波尔塔的窃笑声毫无疑问对事态没有什么帮助，军械官简单地浏览了一下证件，他比较了照片，审查了签名，和看起来可疑的图章，他皱起眉头转向上校："这些玩意都有猫腻，我不是很确认，但是我想我可以再仔细查看查看。"

"请你再说一遍，你敢说这些证件是假的？"少校很生气地说。

"但是如果是假的呢？"上校语气很干脆，"他所做的已经超过自己的职责。当你发现一个完全陌生的人突然出现在你面前，而且这个人到底来自哪里，除了上帝没人知道，那该怎么想呢？并且这个人在眼皮子底下吆五喝六地命令手下的人干这干那，却没有说半句诸如'劳驾您了'这样的客套话。这难道不让人觉得怪异？如果我愿意，现场就可以毙了你！"

少校一下子窘得面红耳赤，他用手背慌乱地擦了擦嘴。经常管不住舌头的波尔塔这会儿又活跃起来，向上校提出有效建议了："上官，别给机会，他们在乌尔姆也是这么说的，先开枪，然后再问问题，这句话他们经常挂在嘴边的。那是一种反间谍活动，我在里面学过。"

"该死的浑蛋，你到底想做什么？你把自己当专家搞？"少校怒吼，"我知道你要做的下一件事就是告诉我，我是一个穿德军制服的俄罗斯间谍。"

波尔塔挺直腰，龇着牙。

"德意志元首自己这么说的，宁可错杀一千，也不放走一个。"

"哦，上帝！"少校怨气冲天地说，"没有人来阻止这个疯子白痴和他没完没了的唠叨吗？"

一直在检查证件的上校把它们扔回给了他，"拿着，回到你的兵营去。"他冷冷地说，"我会观察事态发展的，我会选择更合适的时刻的，你越权了，我希望得到你此次行为的完整解释，马上滚！"

少校滚回去的速度比刚才冲过来还要快。上校拿起双筒望远镜，若有所思地研究那些仍旧在无人区疯狂奔逃的身影。

"很好，"他说，"继续开火！"

"小混球"耸耸肩。

"像个该死的制帽匠一样疯狂，哎！"他嘀咕，"在这些蠢蛋身上浪费这么好的弹药，要是我的话，让他们去苏联红军那里好了，那些红军很快就会把他们一个个清理干净的。"

我们机械地毫无热情地执行任务，我们开火了。"小混球"像一台自动机器一样上膛、再上膛。他嘴里不停地叽叽咕咕，他每推一发炮弹进膛时，都轻轻地甜蜜蜜地呼喊它们，就像称呼交情很深的老朋友，他是我们当中的最佳上膛手，又快又准，不知疲倦。他可以一小时接一小时地干，从不觉得累，他也许不是很确定二加二等于四，但他对怎样操作迫击炮却有很深的研究。

"35米。""老大叔"说。

"开始，准备，上膛，开火。""小混球"口中念念有词，像是在背书，"走，你们，我的甜心……"

空中抛撒着人体的碎片，但是现在，俄罗斯人已经开火掩护跑去即将加入他们的同志，手榴弹在我们这边"轰隆隆"地爆个不停，令人十分地不爽。波尔塔诅咒，把帽子拉得很低。

"可恶的俄罗斯猪。"他说，"你们知道他们会用女人干掉这些家伙的，那些女人手臂上的肱二头肌比两个足球还大，我只能这么说了。"

一个小时之后，两边的炮火都停了，双方都精疲力竭，只有一少部分的逃兵成功地逃出纳粹的煎锅，跳进了共产主义的火坑。

有一些人被抓了回来，逮捕了，但是更多的人蜷缩着，在无人区被搅乱的泥巴地里，躺在那儿死了或者正在等死。同时，在整个战场上电话不停地响，通讯兵们用他们习惯性的热情不停地奔跑，疯狂地表现着自己的重要性。

保安局和秘密警察很快就接收到了逃兵的名单，我们情绪低落地等待他们的到来。一个盖世太保中校双手抱着头，蹲在一个犄角旮旯里，他的制服依然崭新而闪亮，但是他的脸很多皱褶，看上去比他的实际年龄老很多。不光他的 12 名军士跟着国防军被贬军官一起逃跑了，而且他们还撺掇他手下的一名少校也逃跑了，他企求海卡上校，要他在报告中写得体面些，就说少校是在作战中死的，而这位海卡上校却顽固不化，不予配合。

"你自己同保安局说去。"他说，"这当然是有正常思维的人最后会做的事。"

临近午夜时分，俄罗斯人对准师部指挥部开火，他们的射程和方向惊人地准确。弹药库一个接一个地被炸，伪装好的坦克也给精确地炸掉了。很明显，曾经在此值班的德国兵成功地脱逃了，他们给对方提供了有价值的信息。

又一个灰白的早晨缓缓降临，我们一觉睡醒，有人开始疯狂地搜寻那些国防军被贬官，他们要么出于选择要么出于必要依然和我们待在一起。有那么一部分人有一种变态的报复的心理，他们通过摧残一些毫无抵抗力的人来表明对元首的忠诚，而另有一些人出于找一个替罪羊的想法，来表明对敌人的憎恨。我看到，正在祷告的菲谢尔牧师遭到愤怒的林格中士的袭击，他用钢盔边沿抽打他，一级中士丹茨也走上前来加入游戏，我们看到他用枪托敲牧师的下巴，然后又用硬邦邦的靴子后跟把他的脸踩进泥巴里，接下来我又看到他们两个欢快地走开，寻找下一个受害者。牧师菲谢尔跌跌撞撞地站了起来，血从他破裂的嘴里汩汩地往下淌，悬挂在下巴上，滴进烂泥中。本来事情会更糟，但至少他还是活下来了。而那个尚未跑掉的中校，发现他的时候，脑浆被打得满地都是。

临近晌午，我们被一个步兵团解救了。衣衫褴褛的 999 兵团残部集中起来，前往一个宁静的村庄，一个已经驻扎在那里的队伍，用惊奇和疑虑的眼神打量着他们。

"囚犯，"一个人对他身旁的人说，"那肯定是囚犯。"

另一个说："间谍。"

这样的事情在他们的经历中从来没有出现过，他们怎么都不会想到这些半裸的骨头架子可能是他们的同胞，那些可怜的皮包骨是从德国送出去送死的。他们以为拥有伟大的智慧和无边的好心的元首永远不会让这事发生。

兵团继续移动走出村庄，走出了目瞪口呆的士兵们的视线，他们还要再走 6 公里，他们最后停了下来，是一群来自华沙保安局的保安们温暖地接待了他们，保安的头上都戴着让人禁不住后退的骷髅头标志。全部都排成排，按照保安局惯有的友好方式接待，任何稍稍出列的人，要么是头上遭到重重一击，要么就是后颈上得到一颗三八式子弹。那些瘫倒在地上的人被常规地踢成不省人事，留给那些温顺的四处觅食的狗。经常性的有高分贝的声音发出，呼喊声，尖叫，狗吠声，靴子的踢踏声，人们下命令的声音，所有的声音在这里都极为正常。过了一会儿，这个兵团得到常规性的修整，显然在拿得出手时，他们要交付给一个少校和迪尔乐万格的两个特别连。少校突然命令，这些抖抖索索的999兵团的垃圾，脱下他们的破衣烂衫，手放在后脑勺，面壁站成一排，他通知他们，如果有人敢动就会被射杀。从接下来的数目的减少来看他们当中有很多人都有这样的胆子。

当迪奥尔乐万格的杀手继续执行他们选择性的铲除时，少校在那里平静地交谈。他聊了将近一个小时，用精彩的细节描述他们能够想得到的各种惩罚方式，如果他们当中有人胆敢有一丝一厘的违规，他们都会得到的各种各样的惩罚，他充满同情地警告他们，不要步那些爬到俄罗斯人战壕里的同伴们的后尘。他们每一个人的家人，妻子、孩子、老人，都被集中起来做人质了。最后他通知那些还活着的人可以穿上衣服了，准备前往第27坦克兵团。在他们那里会有更多的机会死得像个"英雄"。

现在想起来，那种站在齐膝的泥巴里，头上俄罗斯人的迫击炮呼啸而过的日子，都变成了相当开心的好时光了。幸存者充满感激地穿上他们能找到的衣物。接下来就要把他们相应地安排在排队等待的货车上，送他们去一个新地方。然而，对于他们来说还有更多的不幸在前头等着，要知道，到达第27坦克兵团，路是如此遥远而漫长，有一部分人注定到达不了，因为有一个秘密法庭正在审理，三个人中有一个人没有被判刑的话就被当场杀死。

货车出现在指定地点，吐出了它们身上的货物，在刺刀和来复枪的威逼之下，这些人穿过一群荷枪实弹的士兵被押往屠宰场，有些人永远也没法到达屠宰场。人类真是让人不可思议，那些杀人专家只消用手中的那片薄薄的钢片就能搞定铁铮铮的肉拳头，当一个人进了军队，他就会按照指定的方式杀人，他很快就能够变成通晓各种花样的屠杀专家。

那些成功逃过劫难的人，被驱赶到一栋废弃的建筑物地下室里，那里阴暗潮湿，不见天日，天花板上的水"叭嗒叭嗒"地往下滴，地面很快就被踩踏成粘乎乎的泥巴，那些饿昏了头的阴沟里的老鼠变得胆子特别大，它们成群结队，呼啸而来，在人们脚下疾走奔跑，撕咬人的腿肉。实在是没有足够的空间容纳这么多身体，守卫们不得不在插门之前使用鞭子。

整天整夜，这些人都被关在这里饿死，窒息而死，每个人只想着自己，根本没法考虑别人，身体孱弱的被推倒。午夜刚过，有一半人被叫到名字，那些被叫出去的人跌跌撞撞地往出口爬，看样子他们就要获得自由了，然而，他们身后的门"哐"的一声关上了，里面的人听到的是一阵机枪扫射声。

接下来是一片死寂，他们知道了，如果名字被叫的话意味着什么。

这群已经减少了的兄弟是一群奇怪的组合，有些被抓进来是因为窃听外国电台，有些是因为对终极胜利胆敢大声说出怀疑，有些人是因为在公共场合说出了自己的想法，其他是骗子、抢劫犯、杀人犯，还有一部分人是因为不主张暴力，但是现在，所有的人都闷在这满屋子老鼠的小屋间里等死。

10分钟过后，又有六个人被叫出去了。黎明之前，牢里的泥巴让人舒服多了，因为有了可以移动的空间和足够呼吸的空气。人开始感觉自己像人，开始说起话来，开始考虑下一次开门的时候该轮到谁。有个人开始发表一套理论，他推断那些衣服上有蓝色或者红色条纹的人肯定会带走，绿条纹的不由得长长地舒了一口气。

"呲，我知道了！"一个从莱比锡来的杀人犯说，"我知道风向了，他们只杀政治犯和叛徒，我想也该是那样，为什么阿道夫要继续给那些背叛他的人穿衣吃饭呢？除掉他们，我说，让我们得到应得的那一份。"

绿色条纹的人开始变得越来越自满，随着时间的流逝，仍然没有人被叫出去。监牢里开始重新恢复自信，有人开始蠢蠢欲动，只要够得着，他们把黑手伸向虚弱的人或死人，偷到什么算什么。有个家伙转向了牧师菲谢尔，菲谢尔已经气息微弱，马上要断气了，他对准菲谢尔红肿得直淌血的脸猛地甩了一耳光。

"为什么不祷告？你这个懒鬼、坏蛋、恶心牧师。为什么你不叫上帝下来帮我们一把？"

在这臭气熏天的屋子里忽然冒出了一阵冷嘲热讽的笑声。

"哼，上帝，他要是有反对党卫队的本事就好了……"

"拉倒吧你，听我说，你们这群下流坏子、蠢猪，照我说你们现在应该全都是他妈的死人。我告诉你们，我有一个妙法，我会把你们带出去，把你们全都除掉，是帝国元首给你们一次机会来证明你们有继续活下去的价值，我希望你们感觉健康而强壮，因为你们马上就要进行一次长距离的行军，去一个地方，那个地方啊，你们不会被引诱，不会老想着逃跑或者投敌，你们到了那儿之后，你们就会知道那是个什么地方，但是到之前是不知道的，你们行军没有靴子，保加利亚的部队行军就没有靴子，为什么你们就不能没有？能够安全到达的人会得到你们各种所需物资。如果有人掉队就会被枪毙，如果有人觉得没有靴子就不适合行军，那让他现在走过来，说出来。"

有一种令人颤抖的安静，有一个人从牢房的阴暗处走了上来，上尉看着他走近：

"你怎么了？怎么了，你？"

那人一瘸一拐地走上前来，他的右脚血乎乎地已经断了，这是一只明摆着不能穿靴子的脚。

"我的天啊，我的天啊，他看起来的确不太健康，"上尉说，"你很久以前就应该受到关注的。"

他叫来了一个机动护理员。迪尔乐万格旅没有医生。

这里的手术都由那些没有医疗技术的人来完成，他们颤抖着双手，也不打麻药，并认为这样做可以让一个男人真正坚强起来。

"你认为怎么样？他能够行军吗？"上尉低声说。勤务兵把一根手指捅进那只伤腿的血红的肉里头，那人痛得尖叫起来，勤务兵咧嘴狞笑。

"长官，我担心不行，他看起来很不健康。"

长官拉长一张同情的脸。

"这可太遗憾了，"他说，"在出发之前就有伤亡，如果这个人不能走的话，那他就不走了，就让他结束在这里吧。"

一个守卫走进房间，那个不幸的伤残兵被推倒在地，头往前倾，一声枪响，这个棘手的问题就解决了。

"所以啊，还有人觉得自己不适合行军吗？"上尉问。

从现场的沉默可以判断，每个人都像盛开的花儿一样健康。

这一支蹒跚的队伍出发的时候，他们身后拖着长长的血迹。

午夜过后不久，幸存者被分往第 27 坦克兵团。他们被塞进一个茅棚里睡觉。第二天早上，他们配备了武器和制服，晚上再次出发，开赴前线。

第三章

Chapter Three

敢死队的冷血少校

在十字记号上起誓过的人，就表明自己是忠诚的。

——1943 年 8 月 3 日希莱姆在萨格勒布对南斯拉夫志愿者所做的演讲。

2000 名波兰人被关在一个兵营里，兵营离森林有好几里地，森林的北面是华沙，周围村庄里的男人和女人都被抓光了，只剩下孩子。

"你们中有人懂德语吗？"党卫队一级突击队中队长苏荷问这群吓坏了的人。

为了避免正午的太阳直射他的眼睛，他把帽子斜拉了一下，帽舌压住了额头，帽檐上有一个恐慌的骷髅头。一个波兰人颤颤巍巍地向他走来。

"哦，我能说几个词，长官，也许我能帮上你一点儿什么。"

"很好，告诉你的人，让他们手拉手排成三排，接下来我会下命令让他们行军，然后告诉他们往树林里走，每一横排的间距至少是 10 米。"

"等他们到了树林里我该对他们说什么呢，长官？"

"告诉他们是去——摘草莓，每年的这个时候水果最鲜美。"

老头忠诚地、不加质疑地翻译了这个奇怪的命令，人们焦虑的脸渐趋放松了，他们顺从地排成三排，手牵着手，忍不住咯咯笑："奇怪的人，这些纳粹，把 2000 名男男女女集合起来就是为了去树林里摘草莓！"他们恐怕没有人知晓，因为不会有人透露给他们这个不恰当的信息：波兰抵抗组织在树林里埋满了地雷。

第一批出发了，他们手牵着手，绽放着轻松欢快的笑靥。一些落在后面走的人，一些本能地感觉不信任的人，不可避免地遭到党卫队的来复枪的驱赶。党卫的人也跟着往前走，他们不知道树林里有地雷，他们只知道这些囚犯几天前就被判了死刑，而现在这些死刑犯突然又莫名其妙地给放掉了，这究竟是怎么回事？但这都不该是党卫队的人去打听。老人走在第一排正中间，他抓着两个儿子的手，一边一个，他小心翼翼地走，随时准备脚底下炸开。他了解德国人，他知道他们这群波兰人是在走向死亡。他们走到树林边沿时，老人突然僵住了，似乎是出于某种本能，整个队伍也都停止了脚步，党卫在他们身后来回疯跑，向空中放枪，逼他们往前走，人群又极不情愿地往前挪动。

他们走进树林还不到两步，脚底下的土炸开了，老人的两个儿子被炸得脱离了他的手，炸弹的冲力将破碎的尸体高高地抛向空中。人们尖叫、哭泣、恐慌、奔跑，穿过地狱里重重闸门，更密集地爆炸，更惨烈地尖叫，乱哄哄的，血肉横飞。第二排又给驱赶上来。其中有一个妇女屁股底下粘着一块板子，也被驱赶上来，她拽着自己犁着厚厚的尘土往前挪，痛苦地呻吟着，祈求别人的同情，她把自己的身体拽进树林里的恐惧中。第三排僵持在那里不知道如何抉择，一边是地雷，一边是党卫队的来复枪。有些人往枪口里跑，毫无疑问身体被射成筛子眼儿，有些人往树林里跑，就在他们踏着死去的同伴的尸体奔跑时，自己也被炸得粉碎。

苏荷站在那里检查屠杀的效果，他把帽子往后脑勺拉了拉，看到树林起火了，熊熊地火苗"噼里啪啦"地烧起来了，他开心地笑了，"2000根雷管，"他低声说，"最有效的雷管探测队，这是我上任以来最快乐的一天！"

团部设在沼泽地中间，这一次是托玛卡沼泽地，准确地讲，这里的沼泽看上去都差不多，同样的黏稠、潮湿，同样的无边无际的蚊子。

这段时间，我们已经习惯了这种生活，在平淡无奇的日子里，我们还会想些办法找点儿乐子。当你贸然闯入这片领地时，繁衍生息在这里的野生动物们感到十分震惊，你慢慢搞明白了，哦，这真是个好地方，自然生态太迷人了！这里有多得数不清的燕子和青蛙。有一天，一对鹳鸟前来巡视我们的重机枪，从那以后它们就养成了一个在重机枪下直接找青蛙的习惯。它们的巢就筑在离我们阵地很近的一棵树上，几天之后，它们仿佛已经习惯了那种整天响个不停的机枪的"咔嗒咔嗒"声和"轰隆隆"的炮声。它们是多么的了不起啊，动物很快就能够忍受人类和机器的打扰，它们把一切都当作了日常生活的新模式，放心地大踏步散步。有一窝野兔每天早上都来找吃的，我们经常从罐头里掏一些白菜碎叶扔给它们，炮火还在耳边呼啸，它们却津津有味地品尝着这些美味，吃完了，又弹跳着跑到俄罗斯人的阵地去，毫无疑问又得到了第二餐。

在我们逗留下来的这段时间里，这里集聚了很多小动物，有獾、野兔、狐狸。狐狸总是傍晚时分才来打扫残局，其中一只狐狸幼仔，我们还给它取个名字叫"托斯卡"，它可有意思了，一撮白毛从头到尾，有一天"小混球"想抓它，结果被这个脾气暴躁的家伙咬了一口，从此以后，他只能远远地瞅着它。在通讯处的后面，有一个獾的巢穴，我们经常把一些罐装的浓缩牛奶打开，放置在洞穴的入口处引诱它们出来，这是沼泽地里的一点儿小乐趣。

我们看到俄罗斯人比看到动物的机会要少得多，不过我们知道他们在哪儿。每天晚上有一个程序，绝对不会有变动，在7点到9点之间，我们都会打开迫击炮，每次我们一停，他们就会给我们一个回应，相当绅士。敌我双方彼此对对方都有可以预测的程序，只要有足够的警惕，说实在的，真的没必要每个人都死在战场，只有999兵团里最白痴的人才会惹火烧身，因为他们都发了钢盔，他们又喜欢总是戴着个钢盔，当他们在潮湿的沼泽地里晃悠的时候，头上的钢盔就会闪闪发光，光一闪就暴露了，他们理所当然地成了敌人不容易丢失的好目标。

我和波尔塔有天晚上一起放哨，在前排机枪位上，我们发现这里很寂静，寂静得让人有一点儿压抑，但是我们也不知道该不该心存感激，那只不知名的鸟，它不知疲倦地一遍又一遍地给我们唱小夜曲，它的嗓音出奇得吵哑，它每唱两个调就必然要跑一个调，这个跑调的音每隔几分钟都会有规律地来折磨一下我们的神经。

"该死的鸟！"我说，"该死，像一只打嗝的驴。"

"小混球"和格里高也来了，他们俩的到来拯救了我们，我们本来应该站几个小时的岗就回去，过一会儿再来换岗。他们要我们留下来一起玩，波尔塔发明了一种骰子游戏，他掏出一块绿色的套布，我们坐下来开始玩游戏。这真是一些漂亮的骰子，象牙的，还镀了金边，那是波尔塔从赌场里偷来的。我们把那块布摊在弹药箱上，在每一次掷骰子的空当，"小混球"和格里高都站起来瞄一眼俄罗斯阵地那边的动静。像往常一样他们那边儿什么也没发生，所以我们可以尽情玩牌，沼泽地里那只该死的鸟还在像驴一样叫着，要不然的话，这个夜晚就是安静。

时间一分一秒地过去，即便是最细微的声响我们也十分警惕，哪怕是漂亮的象牙骰子也不能迷惑我们的注意力。格里高不停地咬指甲，最后他一咬牙把它扔出去。每次那只沼泽地里的鸟一开口，一跑调儿，他就猛地一抽筋，愤怒地说："看在上帝的面子上吧。"过了一会儿，就连波尔塔也失去了玩游戏的兴趣，他提着一挺机枪在黑暗中来回巡逻，他真想搞点儿事儿出来，但是沼泽地里静悄悄的，一点儿麻烦也惹不起来。在绝望之中，他开始在黑暗中舞蹈，他吹起了笛子，这时沼泽地里的鸟儿们也活泛起来，我们竖起耳朵听，入了迷。也许俄罗斯人也听到了，但是他们不打算开火。

突然，"小混球"把一根手指放到嘴唇边，示意波尔塔不要出声，我是听不出什么名堂的，除了那只鸟叫声，但是"小混球"有一种动物的本能，他能够听到宁静中潜伏的危险。我们三个人都很尊敬地停下来保持安静，最后我们都听到了远处俄罗斯人的飞机的声音。波尔塔把笛子又放回到唇边。

"斯图卡斯俯冲轰炸机。"他轻蔑地说。

"小混球"皱眉："你确认？"

在波尔塔回答之前，黑沉沉的天幕突然被一道电光撕破，亮如白昼。我们暴露在中间。

"斯图卡斯狗屎！"格里高声尖叫。然后他站在战壕的防空墙下面躲起来，我们其他几个人都乱七八糟地堆在他身上，在我们后面的某处，反战斗机炮弹开火了，飞机的嗡嗡声变成了引擎的轰鸣声，我们看到它们在头上一拨又一拨地打旋。这些对于波尔塔来说，轰炸机和斯图卡斯都是俄罗斯的战斗机，这天晚上不再有安宁了，也不可能再有跑调的鸟儿来打扰我们了，这个沼泽地里因为炮火，又活泛起来了。它们变成了一个火的海洋。

"从这儿出去，"波尔塔尖叫，"我们赶紧出去！"

到处是飞舞的碎片，3排32个人被击中，只见士兵们哭喊着四散奔逃，掩蔽堡、战壕、指挥处、汽油库、弹药库，都被敌人的炮弹炸掉了，一拨刚过另一拨又来，没有丝毫放松，也没有喘息的机会。你只能从这个隐蔽处跑向另一个隐蔽处，你只能做无用的尝试，到底到哪儿去只有上帝知道，整个战场都炸成了碎片，一片混乱。我们最后发现，苏联空军的第四军全部出动了，700架轰炸机都参加了战斗，无论你从哪个方向看，除了残破什么都看不到，死人小山似的堆成一堆又一堆，疯跑的人则像北美洲的长腿大野兔一样跳来跳去，伤员凄厉地嗥叫，胆小鬼瑟瑟发抖，军官们咆哮着下一些无法执行的命令，因为没人留下来听命令了。

在七百架轰炸机的一顿狂轰滥炸之后，整个重步兵阵地夷为平地，我们只能蜷缩在残留下来的几个有限的战壕里，企图躲过这场暴风雨。炮弹造成的全方位损害，使得沼泽地里的水灌了进来，我们蜷缩着身子蹲在软泥巴地里。空气里充斥着硫磺的味道，每个人都不停地咳嗽，连胆汁都要咳出来了。

炮火停下来之后，我们像从阴曹地府里爬出来的鬼一样，凄凉地捡起仅存的几样东西，树打弯了，烧焦了，变成可怕的形状，旁边猎豹式坦克也被撕成两半，坦克上的五个人全死了，其中有一个人和坦克一起被撕开，一群吓傻了的国防军被贬官被中士赶去找死去的同伴，毕竟他们该有一个体面的安葬。

短暂的喘气之后，他们又来了，一股黄色的浓烟滚过沼泽地向我们这边袭来，只有上帝能帮助那些丢了防毒面具的傻瓜。黄色的烟雾里头含有很重的化学毒物，直接进入你的肺叶里，没有某种保护形式的话没有人能够存活。林格中士当了一回反面教材，他在毒气中痛苦地挣扎，那难受的样子可怕极了，我们不得不硬起心肠帮他尽快地了结。从那以后，再也没有人敢把防毒面具放在找不着的地方了。

在袅袅娜娜地飘散着的毒烟后面，我们可以听到敌人行动的声音，是的，错不了，但是，当我们真正辨别起来的时候却又迷糊了，我敢说敌军的行动是无法达到目的的，除非很久以前工兵没有炸掉沼泽地上的唯一的一座桥。后来，前端观察哨返回了信息，我们听到的噪声确实是坦克的集结声。

劳威不敢相信地说："坦克吗？他们认为他们能用坦克干什么？他们有坦克也过不来！"

半个小时之后，迷雾散尽了，确实是坦克，正从敌军那边朝我们这边开过来，那个大炮筒已经准备开火了，第一批弹药打响的声音已经传过来了。

接下来，我们无法相信，但我们的眼睛看到的事实是，坦克向我们开过来了，尾随坦克的是穿戴得很整齐的步兵。而在我们这一边，那一群国防军被贬官现在完全瘫痪了，他们在无法掩饰的恐惧中抖抖索索，对于他们来说，这恐怕是第一次看到真正的行动着的坦克，面对这绿色的庞然大物，看起来像是要把自己陷进泥巴里的可怕的魔鬼，有一个排的喷火车上来支援我们，一个反坦克组也迅速地安排在离我们 200 码的地方，但是，还没等他们开火，很快就被一辆打头阵的 T-34 型坦克给炸毁了。

"他们疯了！"劳威吼，这是一种绝望的呐喊，"他们完全疯了，他们永远办不到！"

魔鬼一批接一批地拱着鼻子上来了，穿过冒泡的沼泽地上来了。排头的过来时，巨大的泥块往两边犁开，让我们非常惊奇的是，坦克直接朝我们这儿开来，路线非常精确，就像一艘大海里装备精良的舰艇乘风破浪，它们排开泥巴，水在"哗哗"地拍打它走过的车辙，它们滚滚而来，保持速度向前推进。

"真该死！"马塞罗那惊呆了，把脸转向我们，"桥都被炸了哪里还有路啊？"

小个子法国军团大兵耸起他瘦小的肩膀，"很明显，"他说，"他们肯定已经做好准备，建一座浮桥。"

他们肯定做好了充分的准备，先进行一个全方位总体空中轰炸，造成一个大混乱的局面，然后把浮桥扔过沼泽地来。通过望远镜你可以看到闪闪发亮的电线，他们把这些电线缠绕在树杆上，固定起来，为此，他们一定死了很多人，但是俄罗斯人和纳粹一样不把人的生命当回事儿，当要考虑实现一个总体的所谓有价值的行动时，到目前为止，人的价值毕竟是原材料当中最便宜的一种。

随着他们的大部队向前推进，越来越多的人为此付出生命。有几辆坦克从浮桥上往外滑，打了一个小趔趄，只片刻工夫，他们在极度危险的边缘又保持住了平衡，但是很快他们还是栽进了冒着咖啡色的水泡的沼泽里，这一团泥将是他们生命的最终归宿。在这一片水汪汪的沼泽地里，绿色的青蛙在愤怒地蹦跳着、"呱呱"地叫着，它们抗议这种对私人领地的入侵行为，尾随着黄色毒雾之后，空气中又飘来了油的臭味。

劳威看清楚之后，挥手让反坦克分队上前，他们立刻行动，后面跟着气喘吁吁、踉踉跄跄的国防军被贬官，他们拖着一箱箱的手榴弹。

前哨被领头的经典款 T-34 坦克夷为平地，在不等他们发出有杀伤力的开火之前，重型坦克直截了当地把人碾成碎片，碾成了红色的肉泥，然后带着一片片人肉和一块块骨头继续"哐当哐当"向前。然而在能够造成更大的损害之前，一阵欢呼声响起来了，它终于给炸毁了。接着又有两辆坦克给彻底清除掉了。

这些魔鬼似的坦克一直沿着沼泽地"轰隆隆"地向前开，活像一头头大河马从黄色恶臭的泥淖里钻出来。

我发现自己控制不住地发抖，波尔塔把他的手肘猛的一下戳进我的肋骨里。

"你抖什么抖？是中风了吗？抽筋吗，你？"

这时工程兵到了，他们拖着大量的 T 型地雷，像倒垃圾一样往我们这里倒，坦克在我们 20 码之外，我们甚至可以感觉到它们喷出来的热气，我们地底下的柔软的泥土也在波浪似的一起一伏。劳威对我们喊叫，准备战斗。每个人瞄准好自己的目标，但那时有潮水般的步兵向我们涌来，我们很难确认哪一个是目标。他手里抓起一个触发雷，蹲下去准备再弹跳起来。你不得不崇拜这个人，不管你向来对军官的看法如何，劳威中尉总是这样一个人，他总是与你处在战火的最深处，他有冷血的勇敢值得我尊敬，而我战战兢兢地把自己压在泥巴上，丝毫没有干一番事业的打算，但是，我迟早是要被迫离开我自己幻想的隐藏之地的，要跳进明处与足足 50 吨的钢铁敌人搏斗，在此之前，我一直是宁愿自己越小越好，我清楚自己的勇敢。

庞然大物朝我们扑了过来，从它们大炮里出来的炮弹在我们头上乱飞，落下来堆成了小山，给人群造成巨大的恐慌。在敌军那一边的沼泽地上，敌人的炮兵已经发现了某种标志，当我们躺在浅浅的洞里时，炮弹在我们身边爆炸，熟悉的人体残片散落在我们身边，沼泽地的地表都给掀翻了，有动物的生命，还有植物的生命，散落得到处都是。

待在我旁边的马塞罗那突然攫住了我的视线，他用一只疯狂的手指着俄罗斯人的阵地，我警觉地抬起头，大量的穿绿色军装的步兵从战壕里爬出来，行走在洼地上，我吓坏了，就连被炸成碎片的危险瞬间也烟消云散了。为了看得更清楚，我直直地坐了起来，通过更近的观察之后我了解到，他们不是走路，而是滑雪，他们脚上绑着雪地靴子，跟在他们后面的是一队用动力带动的雪橇，而且上面装备着机枪，在我作为士兵的生涯里，还没有什么东西可与之比拟。

"还有人说俄罗斯人不懂打仗，好白痴啊！"我说完之后瘫倒在浅浅的地洞里。"阿道夫！"马塞罗那痛苦地说，"那是阿道夫说的，小个子阿道夫叔叔。他不懂那是因为他从来没有到战场来看这些屠夫！"

劳威中尉在对着战地电话快速讲话。

"他们正猛烈地进攻，他们至少有一个师，我再也扛不住，我需要支援，我……"

电话只是抱怨似的咯咯响，我看到劳威的手把话筒握得更紧了。

"我告诉你，除非你派一些支援来，否则我不可能守得住阵地，我需要支援，看在上帝的分儿上，他们有什么就把什么扔给了我们，我他妈的不是魔术师，你们期待我们能干什么？坐下来被杀掉吗？不可能阻止他们的前进，甚至不可能延缓他们的前进，我需要人，更多的人，而且马上要！"

电话那头又咯咯叫，声音更大更有攻击性，我听到了爆炸的嘶声，劳威皱着眉，嘴巴紧紧地抿着。

"很好，"他硬邦邦地说，"那是我的命令就好了。"

他把话筒扔到地上，波尔塔转过脸来朝我眨眼睛。

"想在你的胸前挂上一排奖章让你自己乐一乐吗？看，这就是你最后的绝佳机会……死还是荣誉，我们冲吧！"

　　劳威眨了一下蓝色的眼睛，眯缝着，盯着朝我们开来的坦克。为了让后面的步兵赶上他们，坦克被迫短暂地停了下来。说实在的，作为步兵总要跟在坦克屁股后面跑，那可不是什么好玩的事。

　　第二分队站在一边，准备行动，要是在两年前的话，一个人如果站在疯狂的边缘对坦克发动进攻，这会被当成了不起的壮举，这是一种何等突出的勇敢，值得获得这么高的荣誉，从那以后，这种事变成了常见的事，司空见惯了，但依然是自杀，可又不得不自杀。

　　劳威和"老大叔"是最先跳进行动的人，两人一人抓一只T型雷，"老大叔"把他的雷扔进坦克肚子上，劳威则把另一只安置在坦克的炮塔上，两只雷同时爆炸。两个人也同时把自己向两侧扔了出去，劳威降落在弹坑里，克雷勒尔蹲在弹坑里缩成一团，手臂紧紧地抱着腿，膝盖顶着下巴，他的脸因为恐惧而变成灰色，很显然他没有要加入任何形式的行动的想法，劳威四处寻找，直到他的视线落在一个被扔在一边的反坦克火箭筒上，火箭筒的操纵杆扔在旁边，他捅了捅克雷勒尔的肋骨，让他注意。

　　"过去，"他说，"去把那个反坦克火箭筒捡起来！"

　　克雷勒尔没有注意到，他正在为某事烦闷。劳威又重复了刚才的命令，然而这个人却开始抽鼻子，劳威只当他是一个既恶心又糊涂的浑蛋。正在这时，"小混球"偷偷地滑了过来加入他们，他跳进弹坑的时候激起了一阵灰色的泥浆，他一眼就看清了形势，他处理它的方式更加粗鲁，但是可能比劳威提供给他的方式来得更有效。

他一把提起瑟瑟发抖的克雷尔，握住他的脖子，飞起一脚把他踢到明处，然后跳出来跟随着他，他又赏给他脸上重重的一拳，这一拳足足打得碎人的骨头，正是这一拳，本来可能让人不省人事的，但是却让克雷尔找到了感觉，他爬到了反坦克火箭筒旁边，把它抓了起来，急忙带着它跑回中尉身边，一辆 T-34 坦克正在 20 米之外大肆摧毁，劳威冷静地把它抬起来放在肩膀上，炮弹直直地对准目标飞了出去，坦克看到了我们，机枪立刻瞄准了中尉，在子弹发射之前中尉有时间跳回自己的弹坑。

我们等来了一声巨大的爆炸声，红色的火舌从坦克的炮塔里吐出来喷向天空，在我身边，"小混球"用他的靴子尖儿踢了我一下，"孩子，该你上了。"

不知怎么回事，在无意识中，我手上拿了两只雷，一边抓好了一只，"老大叔"给了我一个鼓励的点头，又拍了拍肩膀，似乎我除了跑出去已经没有选择。我只能出去干一场了。我爬上去向四周扫了一眼，在我的正前方出现了 T-34 坦克模糊的影子，上帝才知道它打哪儿冒出来，它的长炮筒已经举到我的头顶上了，像一根瘦得皮包骨的手指头指向很远的地方，没有允许我过多的思考，我把一个雷直接扔在炮塔下，自己往一边跳跃翻滚，从鼻子到脚跟儿，彻头彻尾全栽进了泥巴里。

爆炸把我抬起来扔到空中，然后又把我扔回地面大约 30 码的地方，另外一辆坦克几乎要碾到我的头上，恐慌中我吓坏了，把剩下的雷一股脑儿地朝着它一通乱扔，它们蜿蜒飞出，我双手抱头，啥事儿也没有：我忘了点火。坦克继续向前，我不得不坐在那儿观察，等待它把我们最后一挺反坦克机枪扫除干净。我只有一杆自动来复枪和几颗手榴弹，你不可能用这些玩意儿来对付一辆T-34坦克。

我在一个全是泥水的弹坑里找到了一个地方，避了一会儿难，有一层薄雾飘浮在水面上。一块儿不完整的身体躺在我旁边的一池深红色的血水里，空气里满是硝烟火药的味道，让你咳嗽直到吐出胆汁为止。突然，我看到"小混球"冲进坦克的迷雾中，他把自己送到最近的一辆坦克边儿，跳上去，像个疯子一样把身子往舱口上一堵，一个钢盔上系着皮带的脑袋探了出来，"小混球"立刻把它往回塞了进去，然后往里塞了一颗手榴弹，把舱门关上，自己跳下坦克滚落地面。只听得一声闷声闷气的爆炸，庞然大物哆哆嗦嗦地停了下来，我看到"小混球"快速爬起来，手上又拿着两只T型雷，脸上粘着的油和血一道一道往下淌，他带着一种动物的快乐卷起嘴唇笑，露出一排闪亮的牙齿。他又把一颗T型雷塞进一辆正在"轰隆隆"前进的坦克肚子底下，他被一阵爆炸的冲力甩到一边，他手里攥着的那颗雷滚了出去，滚到了一边，他马上跳进一个壕沟。一辆T-34显然看见了他，因为那庞然大物突然转身直奔他而去，当我从泥乎乎的弹坑里看到他时，坦克的履带遭到了一颗流浪雷的伏击，爆炸之后，那辆坦克像一个蛋壳儿一样粉碎，两边塌陷进去，舱口爆开，只有一个人弹出来，他正好降落在一个"小混球"趴着的壕沟里，两个人张大嘴巴瞪大眼睛看着对方。

"小混球"首先回过神来，他把枪口捅到那人的肋骨上，让他跪下。我敢说那位俄罗斯士兵一定认为他的最后时刻到了，因为据说苏联红军从来不留战俘，他没有理由相信德国人会表现出另外一种方式。他紧张地把手抬起来放在脑后，我从这边的弹坑里观察，我能听到他焦急地唠叨着，保证自己不是共产党，也不是斯大林的追随者，他战斗只是因为迫不得已，他和德国人从未吵过架，他爱德国人，德国人是他的朋友，德国人……

"好了好了，省省吧，哥们儿，我们都是一样，你不是共产党，我也不是纳粹，我爱俄罗斯佬，你爱德国佬，所以为什么我们不坐下来交个朋友呢？"他把手伸进那人的口袋里，把他的左轮手枪扔掉，他示意壕沟的底部。"去那儿，你待在那儿。让我们瞧瞧吧，你是安全的。"

那人听话地弯下他的膝盖，"小混球"把他从头拍到脚拍了个遍，一把双刃刀面目狰狞地露了出来，双刃刀给扔掉了，一把纳甘枪作为一种奖励认为有必要留下来。"小混球"和蔼可亲地拍拍他的肩膀。

"没事了，兄弟，你站起来吧！"

他们俩肩并肩在战壕里站了一会儿，炮火的声音在他们头上响起，俄罗斯士兵对"小混球"的态度有些迷惑不解。一辆T-34

坦克经过，太近了，几乎就要碰到他们俩的脑袋，两人蹲下去隐蔽起来。等他们再露脸时，几分钟过去了，他们似乎变成了某种意义上真正的朋友，他们打着手势，"小混球"放弃了自己用枪威胁的动作，俄罗斯人突然打开自己的干粮袋，取出了一条面包，还有肉、酒，他们一起站在壕沟里笑，嚼着食物，交换着快乐，我蹲在臭烘烘的泥巴坑里张着嘴巴流口水，我想了一会儿，是不是要爬过去加入他们，但是隔离着我和他们的狭小地带光秃秃的没有任何隐蔽处，我只好待在原地不动，我饿得要死，只能啃手指甲。

"小混球"和他的同伴很快扫光了所有的食物和饮料，他们开始交换看相片，俄罗斯人的可能是女朋友们或者母亲，"小混球"的毫无疑问都是色情的。

在泥坑里待得实在是难受了，我爬出泥坑瘫在外面，手榴弹在我周围的各个方向飞，我们自己的炮兵也发现了他们的目标，正在集中火力射击。我看到一队坦克兵像人体火炬一样从他们燃烧的坦克里爬出来，他们发出凄惨的尖叫声滚落到地上。附近躺着一个俄罗斯上校，两条腿炸飞了，他在不停地喊，要担架，要抬担架的人来，但是没用。我看到他们有两辆坦克驶过来，其中的一台直接从他头上开过去，把他碾成一锅稀乱的肉和破碎的骨，同一辆坦克向"小混球"和他的俄罗斯同伴碾去，我吼叫着让他们出来，"小混球"抓起他的枪站起来用最快的动作爬到顶部，刚好落到正在前行的坦克路上，俄罗斯人待在原处没动，脸色惨白，显然他吓懵了。"小混球"对他喊，要他转移，但是他蹲了下去，把自己隐蔽在战壕底部，可以这么说吧，我想这是他第一次遭遇地面碾过来的坦克，他犯了一个低级错误，他认为待在坑里比待在外面更安全。"小混球"看上去不愿意放弃他，伸出一只手让他抓，但是一切都太迟了，坦克就要碾在他身上，他赶紧滚向一边，坦克碾过的时候只有一尺远的余地，俄罗斯人突然意识到他的危险：坦克直接向壕沟开过来，他就要葬身坦克履带之下。他向边侧躲避，想要爬出来，他丢了系着皮带的钢盔，他漂亮的头发在风中飘飞，他的眼睛因为恐惧睁得很大，他冲着向他开过来的魔鬼摊开双臂，他的战友几乎没看见他，而且即使他们看到了他，他们是否会避让他？他们会直接从他头上开过，把他碾碎在底下，然后继续带着高傲的无视一切的神情往前挺进，因为他们的目标是一个德国的反坦克机枪位，他们接到命令要不惜一切代价把它端掉。当他们碾过死人和压在塞满了伤残人的路上时，他们浪费不起时间去捡路上的人。

"小混球"站起来，站在被履带飞溅起的残余物中，他挥动拳头，对着那辆正在离开的坦克发誓，我和他相距 50 米，我对他呼喊，他转过身向我们跑过来，我看到他正处于一种非常危险的情绪之中，他完全不顾自己的危险，准备对任何移动的东西开枪。当他大踏步往回走的时候，他目空一切，炮弹在他身前脑后"嗖嗖"地飞来飞去，他把靴子脱下来，放在一个摊开双臂的德国上尉的手臂上，那个德国上尉躺在地上，肚子上的洞有柚子那么大，上尉虚弱地抱住"小混球"的腿，"小混球"把他当成了俄罗斯人，他愤怒地把自己弹夹的所有子弹都射进那个人的身体，他站了一会儿，下巴耷拉着，他自认倒霉地耸了耸肩，继续往回走，朝着我走来。这个人就这么不明不白地死了，如果俄罗斯人把手伸向他，只有上帝会帮他。不管怎么样，那就是战争，没有后悔的余地。

"小混球"跳下来，溅起一阵黑泥巴雨在我身上，他在我的弹坑旁边待了下来。

"你的靴子怎么了？"他说。

我低头看我的脚，第一次我发现靴子像布条一样挂着，肯定是第一声爆炸时炸掉的，我之前没有注意到它，现在它得到了我的注意，我感觉到一股巨大的同情流过我的全身，我突然意识到自己受苦有多深，寒冷、潮湿、饥饿、右腿受伤，就连包裹它的靴子也不在了。"它在流血。"我说，我的声音因为恐惧而尖啸，"看，我在流血，我的腿在流血。"我撕掉靴子的残片，又小心翼翼地拔出陷入肉里的袜子的碎片。

"我再也不能正常走路了，'小混球'，我怎么还能指望这样光着脚走在这个国家的呢？我怎么能期待呢？"

"小混球"气哼哼地把脸凑近我。"停止你那该死的呻吟，"他咆哮，"闭嘴！否则的话，我就给你一鞭子。"

我坐在泥巴里抚摸着我受伤的脚呜咽，"小混球"给了我一个包含着厌恶和恨的眼神，他突然跳出弹坑，"噔噔噔"地跑开了，我以为他抛弃我了，但是过了一阵子，他又回来了。

"看,"他说,"试试这双,看合不合脚?"他扔给我一双靴子,这样的靴子我以前从未见过,浅柠檬色的皮,柔软而且几乎是崭新的,我有些害怕又有些好奇地盯着它。"我是从一个俄罗斯军官尸体上脱下来的。"他无忧无虑地说,"我想它应该合你的脚。"

我扔掉了自己那只破成碎片的靴子,我的脚滑进新靴子,一丝快乐的婴儿般的笑荡漾在我的脸上,我狂喜地翘起我的脚趾头,就像在脚上套上了一套天鹅绒套。

想想一切都是那么的神奇,就在几年前,在那些繁荣富足的日子里,我们在与一只穿着破破烂烂的队伍战斗,现在轮到我们破破烂烂了。我们裹着一身褴褛的制服,为了有一双体面的靴,一个德国士兵不得不抢夺一个死去的俄罗斯军官,看来战争真的就要结束了。

我和"小混球"被迫屏住呼吸沉到弹坑底部,我们的头不得不淹没在臭烘烘的水底,等我们可以回到我们的阵地的时候,天色已经很晚了。俄罗斯人的进攻失败了,但是双方伤亡都很惨重,地上躺满了死的和即将死去的人,那些沼泽地里恶心的苍蝇,肚子鼓鼓地粘在人肉和血上面,战争年代唯一繁殖旺盛的就是苍蝇和老鼠。

我们坐在那里直愣愣地盯着它们,波尔塔的手里拿着一个石头做的大酒壶,里头灌着那些恶心的液体,马塞罗那第一个品尝,他突然往后翻倒,大口喘气,手指绝望地指着喉咙,我们饶有兴趣地围观,看他自己是否可以缓过神来。众所周知,波尔塔有一个铁打的胃，他的消化系统能够摧毁氢氰酸和氰化物，好在这些只不过是一些面包和黄油。

"浑蛋，纯粹是搞笑。"马塞罗那大口喘气，眼泪顺着脸颊从上往下淌，"该死的到底是什么，纯粹他妈的又臭又脏的尿！"

波尔塔邪恶地笑。

"土豆，"他说，"烂土豆，不过如此。"

他举起酒壶放到嘴边。然后又长长地喝了一口。马塞罗那开始呕吐。

"比死尸还恶心。"他恨恨地说。

晚上，我们这里的兵力得到补充，他们是党卫队的来复枪队，这些人的衣领上的大不列颠联合王国国旗肩章闪闪发光，我们用明目张胆的好奇眼光研究他们，当我们听到其中有几个人说英语的时候，我几乎不相信自己的耳朵，"党卫队里还有英国兵？难道是希特勒与丘吉尔联手了吗？是不是我们又形成了一个新的联盟？或者只是暂时成立的对抗苏联红军的联合阵线？"

"你肯定是他妈的开玩笑。"一位英国人党卫队四级小队长头上顶着一团火一样的红头发，他转过头来轻蔑地吐了一口口水。"那些伦敦的蠢货还以为他们戴着手套就能搞定共产党。"他又啐了一口。"等他们发现的时候，黄花菜都凉了。"

我们静静地听着，对他的口音十分好奇，一个真正的活着的英国人穿着党卫队制服……

"有啥不对劲？"他冷冷地说。

"没，没啥大惊小怪的。"小个子法国军团大兵向他保证，"对我们来说，不管你是英国人的同胞兄弟，还是从外蒙古来的一个黄屁股饭桶，我们只是有点儿好奇，是什么风把你带到这里来的？"

那人怒目而视。

"我们是志愿兵，我们都是志愿兵。"

他显然没打算仔细解释，但是他旁边的一个党卫队六级小队长想说点什么。

"他们在集中营里招募新兵，我是一个八级战俘，在敦克尔克之后被抓的。"

"你的志愿就是为这些垃圾干活？"我不敢相信地问。

"呃……"那个人耸耸肩，"我知道事情的来龙去脉，告诉你们吧，是这么回事，与其待在那里让那帮变态的浑蛋们操屁眼儿，还不如上前线。"

他看着我们有一种示威的感觉。小个子法国军团大兵摇摇头，不忍责备，更多的是同情。

"后来呢？"小个子法国军团大兵好奇地问。

那个人犹豫了。

"后来？"

"知道了，"小个子法国军团大兵说，"后来……战争就结束了，没有了枪响，其他浑蛋动起来了……他们就开始杀战俘和叛徒，叛国者，黑市商人……然后又会发生什么呢？"

那人舔舔嘴唇，他的同伴们神情紧张，假装望着别的地方，只有那个红头发的党卫队四级小队长好像有什么话要说，"没有什么，后来没发生什么？"他简单地补充，"他们需要能打仗的人，不仅仅是纳粹这样干，而且共产党也这样干……一年还是两年，什么糟糕的事情都会发生在我们这些人身上，自那以后，我们认识到，我们要和红军打仗，他们不会让我们轻易就结束的。"

"老大叔"扬起一条眉毛。

"乐观一点儿说吧，"他小声嘀咕，"假设是俄罗斯首先把你们撂倒了呢？"

"嚯，要是那样话，我们只好告诉他们是德国佬让我们跟你们打的，谁又知道还会发生别的事呢？"

"老大叔"笑了，相当悲伤。真是不可思议，五年的战争之后，居然还有人这么幼稚。

"你们会发现的，"他说，"你们迟早会发现的……"

天快放亮了，黎明之前我们带上武器离开了英国志愿兵，再次回到我们那片阵地的战壕里，"老大叔"尖起耳朵倾听俄罗斯人的阵地，嘴角往下拉。

"麻烦要来了，他们那边马上要搞事了。"他说。

我们站起来听俄罗斯阵地上行动的声音，我们知道"老大叔"的判断是准确的，暴风雨来临之前他总是有感觉。这是他骨头里的特异功能，我们毫无疑问会听从他的建议。

"一时半会儿还不会，我们现在还可以玩一两盘牌。"他建议。

波尔塔凑齐一副牌，我们在一个加固好的浮桥上坐了下来，楞次，那个共产主义分子，也和我们待在一块儿，他从森纳拉格的各级炼狱里成功地活过来了，他在这个过程中奇迹般地坚强起来，他不再是一个兵，而是一个男人，人们再也不会把他当作一个 16 岁的男孩，他现在是波尔塔的机枪装枪手。

"这么说，""老大叔"边说边把他的一盒烟向四周传递，"这么说你是一个医学院的学生，对不对？"

楞次歪了一下头，表示无声的认可。波尔塔向他凑过去，像平时那样，他是想了解更多的具体细节。

他问："以前到处走，把人切开，在里面搅和？"

楞次轻轻地笑。

"不，我还没到那一步，我还没把书念完他们就把我抓来了。"

"你们真的好蠢，"格雷格简短地评价，"那是你们这些学生类型的人的问题，总是张开你们那大嘴，说这说那，有什么意义？意义何在？为什么不闭嘴，像我们这样只干活？"

楞次冷淡地耸了耸肩。

他说："也许你是对的。"

"除非别人让你说，否则永远别开口，是吧，啊？"波尔塔说，波尔塔自己就是一个喜欢乱说的人，"那是我的建议，软蛋。"

"话是这么说，但是比这还要具体，""小混球"热切地说，"他妈的比那还有更多的细节，你想要保住你肩膀上的脑袋，你就得学会怎么玩游戏，总的来说绝不仅仅是说'是，长官，和'不，长官'的问题，知道我是什么意思吗？"他用一只手指敲楞次的一边脑袋，"无论你做什么，"他说，"不要让他们怀疑你比那群老浑蛋做得还过分，拿我打比方。"他抓起两张牌，为了看起来更顺，他慢条斯理地在手指上调整了一下它们。"以我为例吧，"他说，"你知道我一直以来是怎样搞定这乱七八糟的事情的吗？"

"我真不知道。"楞次说。

"不知道？""小混球"说。

"我玩哑的，明白吗，把我自己弄得像个白痴……也学着我他妈的什么都不懂，明白吗？"

"我懂了。"楞次非常郑重地说。

"小混球"从发牌人的手中接到第三张牌，把这张牌又在指头缝里调了调，满意地笑了。他转过头来问楞次。

"你知道什么？"他说，"一个浑蛋，骑自行车的浑蛋，我告诉我的一个长官，我比白痴差不了多少了，意思是，我蠢得要死，意思是，我没脑子，也就是说像这样的学生只想做一个医生，其他什么都不想，如果他们告诉你，说你是一个白痴的时候，百分之百你会不高兴，你得做一些十分不靠谱的事，试着给他们看到你的不正常，到外面去闯祸，惹上一大堆麻烦……现在到我了，""小混球"温和地说，"我就是这样玩他们的，而且我一直都玩得顺手，你去问那些认识我的人，你去问问，保证他们说的都是一样，那结果呢？""小混球"说着，把手中的牌放了下来，他赢牌了。"我想说什么就说什么，想做什么就做什么，没有人会在意，因为他们认定我就是个蠢蛋。"

"行了，行了。"波尔塔不耐烦地说，"对我们来说，没那么容易，我们中有几个人有你这样的自然条件？"

"我的自然条件是什么？""小混球"说，看起来很感兴趣。

"你的脑子里有一大块邋遢地方。"波尔塔说。

第二天又下起了倾盆大雨，让人无处可逃。武器开始生锈，皮带变得硬邦邦的，靴子也拧起来变了形，穿不进去。皮肤泡得皱皱巴巴，看起来水渍渍的，更糟糕的事情是，命令来了，我们要换阵地。诅咒、谩骂，我们收起所有装备，在劳威中尉后面排成排，踩在很深的泥巴里"咯吱咯吱"地行军。肩上的皮带硬得像铁一样硌进我们的肉里，光脚泡在漏水的靴子里，开始酸胀、起泡，在排头，劳威穿着一件有软毛里衬的夹克，那夹克是从俄罗斯的军官身上扒拉下来的，衣服上还残留着敌人的味道，没人注意这样的小细节。

"小混球"肩上扛着机枪架，而在他身后，赫尔姆斯拖着四箱弹药，他边走边骂，什么都骂：雨、泥巴、俄罗斯人、希姆莱、希尔顿、戈尔林、戈培尔、英国人、美国人、雨、泥巴、俄罗斯人、希姆莱……

"今天几号？"海德突然问。

赫尔姆斯的仇恨目录表让人莫名其妙地给打断了，他只好重新开始数落。

该死的俄罗斯人，蠢得冒血泡的杂种……

"我是说几号？"海德吼叫。

"九月二号。"赫尔姆斯接着骂……

"为什么？"我说，直接打断他，"有什么区别？是九月二号还是其他的该死的二号？"

"区别大了去了。"海德冷静地说，"好遗憾，你根本没注意到，元首都说了些什么。"赫尔姆斯突然停了下来。

"为什么？他说什么了？"

"只要三个月的时间，"海德告诉我们，"战争就会结束，元首向我们承诺，所有的部队都可以回去过圣诞节。"

四面八方都是大声的嘲笑。

"如果那是真的，"波尔塔冷笑，"我裤裆里那个东西就是一条腌鱼！"

令人沮丧的安静降临到我们身上，行军在继续，雨在继续，即使是赫尔姆斯也停止了谩骂，就连波尔塔也缄口不言，我的崭新的黄色靴子被泥巴填满了，衣服粘在身上，随着远处炮弹的爆炸，地面还在震动，似乎没有人知道我们要去哪里，我们也不想知道要去哪里，我们脑子里似乎有一个根深蒂固的想法，那就是为了行军而行军。我们也找不出什么好法子来娱乐自己，我们走到一个沼泽地，在没膝的泥水里艰难跋涉，你的脚一旦陷下去就很难把它拨出来，士兵们一边抱怨，一边高高抬起腿，沼泽地则一直"叽咕叽咕"地响个不停，它要想尽办法拽住我们不放。可以这么说吧，我们看起来更像一群正在表演的大象，而不像一群行军的士兵。

劳威仁慈地让我们停下，歇了一次又一次，因为他自己也筋疲力尽，迈不开步子了。我们坐在湿地上，包裹上，眼睛空洞地望着雨，脑子里跟脸色一样苍白，人一旦进入这样一种状态，思考本身都已经毫无用处。很多时候，我们行军都是闭着眼睛，这是小个子法国军团大兵教给我们的一个好办法。你自动地向前走，一步一步像驮东西的马跟着前面的人，他停你就停，他走进雷区你就走进雷区，这是你不得不抓住的机会，如果你不偶然抓住一个打盹儿的机会的话，连续几天你都会感觉你没睡好觉。

斯蒂戈中尉夹在队列中间，像一个醉鬼一样跌跌撞撞、摇摇晃晃，在过去的四天里他一直在发高烧，但是他们拒绝报道他病了，在前线他不可能有足够长的时间睡在医院的豪华病床上。在任何情况下，他们都不相信他在发烧。问题明摆着，哪怕是最有偏见的旁观者也知道斯蒂戈是真的很糟糕了，但是他无法说服他的长官，只有一个办法，除非他死掉。

我突然听到一声响动，我睁开朦胧的睡眼，看到那位遭罪的中尉往前一栽，插进泥巴里，钢盔和来复枪掉了，一个中士跑过去扶他，好不容易把他捋直了，嘴巴里不停地叽里咕噜，刚开始，即使是一边一个扶着他，包的重量也减轻了，但是看起来他还是走不了多远了。

"老大叔"没有抱怨，也没有说话，他和小个子法国军团大兵在第二分队前面并排走。尽管下着雨，小个子法国军团大兵那根叼在两唇之间的烟也舍不得拿掉。

突然头顶上的某个地方，我们听到了一阵"嗡嗡"地引擎声，我们伸长脖子，往天上瞧，天空下着雨，只见灰蒙蒙的一片，有一种看不见的恐惧潜伏在它的后面，引擎的"嗡嗡"声，转而变成"隆隆"声，继而是震耳欲聋的轰鸣声。此刻，在迷雾的上方我们看到一些黑色的幻影在移动。

"暴风雨吗？"菲谢尔牧师用他一贯的模糊风格嘀嘀咕咕。

"狗屁暴风雨！"海德尖叫着冲进最近的一条地沟里。

"小混球"猛推了一把牧师菲谢尔，让老家伙飞了起来，马塞罗那也尖叫着跟着进了壕沟。几秒钟之后，随着第一批炸弹的降落，地表层爆裂了，我听到劳威大声命令就地隐蔽，我看到巨大的火舌把他面前的地面犁出了很深的壕沟，地面裂口了，我把脸紧紧地贴在潮湿的地上，手捂住耳朵挡住爆炸声，炸弹的目标是半英里之外的一个小村庄。村子被夷为平地，我们行军的路途，变成一堆高低不平的乱石堆。

劳威小心翼翼地站起来向我们挥手，命令我们跟着他。我们又出发了，排成一排跟在他后面，我们大体上还是走在沥青大马路上，碰到坑坑洼洼我们就从旁边绕过，在边沿上捡着一小块儿一小块儿的平地走，至于死的和伤的，我们只好让他们留在他们倒下去的地方了。

"又有仗打。"小个子法国军团大兵又点燃了一根烟，把它粘在嘴唇上。通常都是这样，俄罗斯人在每一次行动的地方都有一个大的善后系统，他们发出成箱成箱的明信片，上面只有一个词——"失踪"，俄罗斯部队里从来没有士兵死亡和被抓，只有失踪，毕竟战争还在继续，他们没有毁掉他们的道德。

夜幕终于降临了，巨大的黑色帷幕罩住了我们，也保护了我们，我们感到了一丝安全，雨还在下，劳威让踽踽跚跚的队伍停了下来，在森林边我们坐下来，开始关注自身，脚肿了，僵硬了，幸好地板是柔软的，没有给我们带来太多麻烦，就在我们休整自己的时候，格里高又开始给楞次上课了，内容大致是关于怎么样让你的嘴巴闭起来，以及闭起来的价值，而且永远也不要相信任何一个有权威的人说的话，这个话题似乎已经控制了他。

格里高把铲子重重地甩进泥巴里说：“我所要求的就是让我干自己的活，那时候突然就有了一场该死的战争，所以我想我们都该尽力做好一切，尽可能地让它快点儿结束，不管是哪边赢，我只求回到那条平民街，重新拿起我扔在那里的活计，那就是我想要的一切。”

“你是干什么的？”楞次问，“在战争开始之前。”

“我嘛？”格雷格说，“我开小货车，给一家搬家公司开小货车，而且干得还不错，那些有钱的浑蛋给我们的小费也不赖，就因为扛了几件小家具——真是荒唐。”

“哎，你应该有所顾虑的。”楞次说。

“嗯，是的，我是该有所顾虑。”格里高赞同。

“那你烦恼过吗？”楞次过了一会儿又问，“你在那儿干哪种活儿？给那些付你很多工钱的人扛家具？”

“我为什么要烦恼？”格里高说，“他们愿意花他们的钱，我要向谁抱怨？"

"可是你认为那是错的。"楞次争辩，"有的人有那么多钱挥霍，而有的人却无家可归，冻死、饿死。"

格雷格耸起一只肩膀。

"事情往往就是这样，兄弟，有人有钱，有人没有。"

"人世间如此不公平，不会伤到你吗？难道你不想看到一个财富能够平均分配的体系吗？"

"笑话！"格里高说，"谁想要一个平均分配的世界，每个人都只想着自己，这就是我的想法。"

楞次慢慢地摇头，格里高是那种在出生前就被洗过脑的人，谁要想让他转变观念，那几乎是不可能的。格里高正要张口，说一些抨击社会主义的酸溜溜的讽刺的话，这时"老大叔"走过来，结束了他们的讨论。

"那边有人叫你。"他把格里高推了一把，"警觉一点儿，那边有情况。"

"什么时候没情况？"格里高厌恶地扔下了毯子，"这次又是什么？"

"到俄罗斯阵线后面去侦察，不要发牢骚，这不是我的主意。"

他跳下掩蔽堡，掩蔽堡里波尔塔正四肢摊开，躺在一张行军床上，格里高的眼睛睁得老大，充满谴责意味地问，"你是从哪儿弄来的？"

波尔塔嗡声嗡气地回答："找到的。"

这个人真是个天才，有时候有一种特异功能，他就是这么个人，他可以在亚里桑那沙漠偶然被香槟箱子绊倒，他是那种可以在一个要啥没啥的地方寻到一张行军床的人。老大叔把双腿伸直，倦意十足地坐在他的旁边。

"命令如下：波尔塔、'小混球'、小个子法国军团大兵、格雷格和斯文，都跟着我走，我们一……"

"操你大爷的，"波尔塔从床上坐直，"谁都认为我们就是那群倒霉的冲锋兵。"

他对着一个锡质头盔飞起一脚。我们大家都开始抱怨起来，"嘿，为什么总是我们，又是我们？"

"为什么那些变态狂不去？给他们点儿脏活干干。"

"老大叔"扬起一只手示意我们安静。

"抱怨抱怨，你们就不能把事情变得容易些吗？"他说，"命令就是命令，你们和我一样清楚，'小混球'在哪儿？"

"回家了，"波尔塔吼，"他说了，战争再也不能让他开心了，他要坐第一班火车回柏林，他让我跟你们说再见。""老大叔"偏了一下头，怒气冲冲地看着我。

"斯文，去，找他，别再他妈的一找就是一晚上。"

我找到他们的时候，"小混球"正和三个从第4连来的列兵一起玩骰子游戏，在玩的过程中，他们显然是打了一架，有一个人眼睛是青的，另一个人正在摸他肿得很厉害的手，"小混球"的反应最不愉快。听到我给他带的这个消息，他极不情愿地跟着我回掩蔽堡，一路上骂骂咧咧，咆哮，抗议这个该死的命令。

"看这里，"他一见到"老大叔"就暴跳如雷，"今天晚上这个时候我不能去俄罗斯人后头闲荡，我是个病人，你们看起来似乎不是很明白，我头痛，我的腿站不稳，我的脑子现在就像一盆锯木灰，我的骨头也痛，我想我是得了流感。"

"老子才不管你得了什么要死的急症，""老大叔"大声吼，"老子不管你到底得了什么，你拿到命令，就得执行，你就是爬也要给老子爬出去。"他转向其他人，"听好，现在，给老子闭嘴，注意，暗号是，木腿，一双毛毡靴。"

"木腿，一双毛毡靴？"我说。

"老大叔"瞪着我，"老子就是这么说的，不是吗？耳朵都聋了还是怎么啦？"

他拖来一箱手榴弹，打开分发给我们。我们郁闷地把这些铁家伙装进口袋，准备出发，去执行这项不情愿的任务。

"老子再也不想听你们嚼舌头了。""老大叔"嘶叫。

我们默默地、愤恨地排成一排，一声不响地跟着他走进黑暗。

有一层贴地的薄雾在我们脚边缭绕，给了我们天然的掩护。我们蹲下身倾听，在湿漉漉的草地里，把眼睛睁得大大的。过了一会儿，渐渐适应了黑暗，我们听到前方有闷响，由此判断敌人的阵地就在不远处。"老大叔"站起来压低嗓子对我们说：

"我们还要往前走，尽可能地放低身子，不要开火，除非我让你们开火。"

我们再次出发，穿过迷雾和阴暗，带着水珠的深草窸窸窣窣地洗刷着我们，近处突然传来金属的碰撞声，发出令人警觉的"叮当"声响。这声响其实连一只鸟也吓不到，但却吓坏了在黑暗中匍匐前进的 6 个士兵，"老大叔"跪在草丛里，我们其他人照做，很长时间我们待在原地一动不动，也不说话。"老大叔"对小个子法国军团大兵耳语，并将这个消息一个一个往后传，就在我们右边几码之外，在一座塔架旁边，有一个敌人的机枪位，而那不远处，毫无疑问就是俄罗斯人的第一道战壕。几分钟的安静之后，"老大叔"警觉地站起来，示意我们跟上。

　　格里高很生气地嘶叫着："我们已经找到了俄罗斯人在那里了，还想要干什么？"

　　"谁知道呢？"我说。

　　我们闷闷不乐地尾随着他，即使是小个子法国军团大兵，那位完全不在意个人安危和艰苦条件的小个子法国军团大兵，也开始怀疑继续前进的意义。

　　"理智一点儿，"他敦促，"我听到的命令就是现在所做的，我们认为我们已经完成任务了，继续把运气往前押毫无意义。"

　　"那，不，""老大叔"情绪不佳，"那是由我决定的，只要我还是这里的长官，我们要做的就是我说的，有问题吗？"

　　小个子法国军团大兵耸了耸一只肩膀。

　　"好啦好啦，没必要发火嘛，我只是想——"

　　"行了，不必了。""老大叔"建议，"保持这个状况，等我们回去后，有的是时间来发牢骚。"

在一位机枪手掩护下的塔墩就在我们身后，我们一步一步地移出深草，进入树林。在树林里，小树枝踩在脚下"咔嚓咔嚓"地响，像我们吃早饭嚼东西的声音，垂得很低的树枝，像鱼刺一样刮过我们的脸，湿漉漉的衣服紧贴在身子上，脚丫子被水浸泡透了的靴子擦伤，我们颤颤巍巍、抖抖索索地穿过这些低矮的植物，我们目前了解到的情况是，整个树林里全都是俄罗斯人。接下来"老大叔"一拍脑袋又有了一个新主意，这是没办法改变的，我们只能跟着他走，我们祈祷，祈祷他能够在带着我们不是走得很远的情况下而使他满意。

突然，他停了下来，后面的人也跟着打住，他静静地示意我们进入树阴底下。有那么一瞬间我们感觉到了一种不同凡响，我想我们已经找到了，马上就可以回头了，但是没有那么好的运气，我们已然踏上了俄罗斯的阵地，下一步就要跨过去，看他们那里到底有些什么。

"那个老男孩正在丢掉子弹。"格里高在我耳朵里讥讽"老大叔"。

在矮墙的后面我们可以听到低低的说话声，武器的响声，人的脚步声。一根树枝在波尔塔的脚下折断了，他在黑夜里像听到一声枪响一样弹跳起来，我们本能地缩紧，准备对付麻烦。那边墙洞上出现了一个脑袋，我们听到很快的说话声，用的是俄语。"老大叔"甩头。

"我们走！"

　　让我们恐怖的是他接下来的动作，他跪下来，径直朝俄罗斯人的战壕里爬，即使是小个子法国军团大兵也异乎寻常地受到了惊吓，他踌躇了一会儿。稍后，我们看见"老大叔"停歇了一会儿，如果有可能的的话，在某个合适的地方，再加上好的运气的话，我们就可以神不知鬼不觉地从俄罗斯人眼皮底下溜过去。小个子法国军团大兵伸出手来，打了一个无可奈何的手势，号令我们尾随他出发。意想不到的是，我们真的有好运气，就连一只野兔从罐木丛里冲出来，从格里高的两腿之间把他撞倒在地，也没有人观察到。我们安全地冲到第一道战壕，不再像先前那么紧张，这时感觉呼吸通畅了许多。就在此刻，走在我身边的"小混球"放了一个历史上最大胆、最狂野的响屁。

　　"老大叔"很生气，回过头冷冷地瞟了他一眼。

　　"你再这样做就……"

　　还没等他表达完威胁的辞令，"小混球"又来了一个，"噗"的一声，相当于一个空手大力发球的力度，重重地捶在夜空里。我们条件反射地匍匐在地上，让自己隐藏在树丛中，"小混球"自己也有点儿吃不住了。

　　我们直起身子，赶紧往前推进，还没走几步，"老大叔"命令我们停下来，前面有声音，我们无声地往前滑行，前去观察。我们碰到了一门安静的机枪，被两个喝得醉醺醺的俄罗斯士兵守护着，他们两个人分享一瓶伏特加。我们站了一会儿听他们说话，一个显然比另一个更醉，他用两只胳臂搂住机枪，在喝酒的闲暇，他放开喉咙大声歌唱，歌颂着他们的伏尔加河。他的同伴看起来相当紧张，可以理解他目前的心态。他扭过头往外扫了几眼，看了看那些静静站立着的树和缠绕纠葛在一起的灌木丛，时时提醒同伴"安静，安静"，不得已抓起伏特加酒瓶往他嘴里塞，最后酒瓶也倒空了，他只好威胁同伴，如果还不保持安静就敲掉他的脑袋。同伴带着一种醉酒后的尊严，煞有介事地扛起来复枪，跟跟跄跄迈开步子。

"我来！"他说。

他爬上矮墙，嘴里哼着小曲，摇摇晃晃向我们这边走来，他的同伴生气地在他身后投掷空酒瓶。酒瓶极其危险地与格里高擦身而过，落在波尔塔脚边，"老大叔"拍了拍"小混球"的肩膀点头，"小混球"也用点头回应。他在黑暗中爬了出去，去处理那个喝醉了的俄罗斯兵。小个子法国军团大兵从靴子里抽出一把刀，也消失在机枪方向。

几分钟之后，我们用一堆水渍渍的树叶将这两具尸体伪装好，一个是被一根细细的电线勒死的，另一个是一刀捅穿了肋骨。我们收拾掉他们的武器，把他们移出我们的视线，等他们的同伴发现他们失踪了是需要一些时间的，而且他们的第一个念头，很有可能认为这两个家伙当逃兵了。而我们的第一反应，毫不掩饰地说就是赶紧回到我们自己的阵地上去。格里高甚至不等"老大叔"下命令，转身就走，并且还大声喊出他的痛苦。

"我说可以回去的时候就回，""老大叔"冷冷地说，"不要提前回。"

"那也要看你走到什么程度了。"波尔塔抗拒地咕哝。

"老大叔"不答理他。不理波尔塔通常来说是最好的办法，他是他自己的法律，但是他又是一个难得的士兵，"老大叔"不是第一个发现这个问题的人，冒着把他这样的人留在你身边的危险，让你处于极度焦虑之中，并且忍受他的这种一贯的傲慢和不守纪律，有时候是值得的。

我们继续走进树林深处，"老大叔"声称他的意图就是要发现在敌军的那一头到底有什么，但是我们到目前为止看到的是：我们都开始用冷眼看待这个冒险，我甚至预测到了，我们一路行军只为到莫斯科看一眼克里姆林宫。

树越来越稀疏，我们意识到了，我们肯定是在逼近开阔地带，走出树林，在树林的边缘，我们看到，铺展在我们面前的是像一床百纳被一样杂驳的整个俄罗斯部队，不断地有人流和车流来回穿梭，这并不是我个人所感受到的温暖人心的景象，就连"老大叔"似乎也有些惊奇了。

"好的，好的，"他低声说，条件反射地于深思中用一只手擦擦下巴。"那很好……那我们现在可以回去了。"

我们这群人，除了小个子法国军团大兵和"老大叔"以外，掉转尾巴就跑，"小混球"和波尔塔跳进了树林，格里高和我跟在他们几步之后，我们出其不意地追上了他们，他们在奔跑中突然停了下来，为了查看留在弹坑里的死尸，三个军官，两个俄罗斯的，一个德国的，"小混球"和波尔塔交换了一下眼神。

"不可能太糟吧。"波尔塔说。

他们俩一起跳进弹坑，开始贪婪地搜寻，在他们身上翻找钱和纪念品。波尔塔搜了口袋，"小混球"撬开他们的嘴巴看有没有黄金填充物。等"老大叔"和小个子法国军团大兵赶到现场时，他们几乎剥光了两具死尸。小个子法国军团大兵冷冰冰地看着他们，"老大叔"像往常一样大发雷霆。

"都给我出来，让那些死尸自己待着，我警告过你们多少次，我无法忍受这种事，恶心！龌龊！你们俩，他妈的真像两头野兽！该死的浑蛋，比野兽还糟糕！"

"好了好了，"波尔塔和气地说，"你生气了，你发火了，好好好，继续发吧。"

"有什么值得大惊小怪的？""小混球"不解，就当这世界"老大叔"根本不存在似的，"就像鸡窝里的鸡蛋，如果我们不拿，别人就会来拿。"

发了一通火，"老大叔"也跳进了弹坑，来到了我们身边，他刚刚跳下来，一阵火光点亮我们头上的夜空，我们立刻寻找隐蔽。

"这些家伙在我们头顶上，"小个子法国军团大兵无精打采地说，"又有好玩儿的事等着我们做了。"

一挺机枪开火了，一阵猛烈的火箭炮把黑夜变成了白昼。

"散开！"

我们要是还不跑就再也没机会了，我们拔腿就跑，像百米短跑一样全速冲刺，拼了全身力气穿过树林，掠过灌木，跨过沼泽，荆棘、树枝把我们全身上下撕成了条，最后，我们在一个废弃的机枪位上集合了，只有格里高没到。

"他到底去哪儿啦，""老大叔"很生气地问，"他到底去哪儿啦？"

"没人看见，"波尔塔说，"我去看看。"

老大立刻伸出一只手指着波尔塔，"我禁止你从这儿离开一步。"

"你脑子进水了！"波尔塔大喊一声，走了。

他消失在树林里，在我们回去的路上。我们听见他边跑边喊。

"格里高，你在哪儿？该死的蠢货！"

话音刚落，俄罗斯人的枪声响了，曳光子弹和火焰在我们头上飞梭。"老大叔"犹豫了片刻，轻轻地屏气凝神默默发誓，然后跳进空濛的旷野去追赶波尔塔，我们也追随他而去。我们在战争中一起经历了很多，所以我们不能撇下格里高一个人，让他落入俄罗斯人的手中。

夜空中的情形越来越危险，波尔塔扔出了满手的手榴弹，继续疯跑，其他人跟着他一起跑，我们发现格里高一个人囫囵蹲在一个狐狸洞里，这可把众人气坏了，我们一把将他拽了出来。

"该死的你认为你在玩儿什么？""老大叔"没好气地训斥，"坐在那里玩你的大拇指啊，你！像一只臭虫待在一块破烂的毯子上舒舒服服啊，是不是？我们像疯狗一样到处跑，找你，屁股后面跟着 900 万尖叫的俄罗斯兵……"

"不是我的错，"格里高蔫蔫地说，"他们全跟着我，我打不过他们，一个人对整个苏联红军。"

"你他妈的，那就对了！""老大叔"厉声说，"否则我们只有把你留在那里烂掉！"

接下来的旅途没有意外发生，"小混球"通知我们，据海德说，我们很快就要被送往华沙。海德是一个能够预知未来的人，而且他掌握的情况比实际发生的事还要多。

有 10 万英国伞兵在那儿，海德说的……整个城里都是波兰兵……我们在新年之前会到那儿，这都是海德说的。"

"哦嗬，"波尔塔冷笑，"我还以我们要及时赶回去过圣诞节呢！"

差不多花了将近一个小时的时间，我们才回到自己的营地，这里还算相对安全。"老大叔"在准备汇报材料，其他人都瘫倒在垫子上准备睡大觉，在这次侦察中我们根本没有片刻的休息时间，现在我们要抓紧每分每秒。刚刚合上眼，"老大叔"来了，他把我们摇醒。

"对不起，小伙子们，他们还不会放过我们的。"他摊开手做一个抱歉的姿势，"突击队要去破坏敌人的阵线，上面派我们去支援他们。"

波尔塔的行军床差不多因为这一次打击而坍塌，有那么一会儿，我们惊得目瞪口呆。"老大叔"却笑了，但是相当体贴。

"我很清楚，在公共利益方面我做得很不够，不过话又说回来，我也没办法，心有余而力不足，目前，毕竟还在打仗。"他无可奈何地耸起一只肩膀。

"滚开，"波尔塔带着很深的挖苦，"谁告诉你这些的？"

格里高坐起来，可怜兮兮地眨巴着一双皱巴巴的睡眼，朦胧地看着四周。

"为什么派我们去？"他抱怨，"为什么要派人去？为什么他们不用汽油弹把他们干掉？"

"因为我们没有弹药了。""老大叔"简短地说，"对不起，事情就是这样，我无能为力，用那种眼光看着我也没用，该死的战争又不是我发动的……"

我们阴着脸，一个个走出了战壕，来到了劳威中尉的后面。我们只携带了一些最基本的简陋装备，当你和突击队在一起的时候，你的动作要快，你不能带上那些没有用的家伙，似乎在这种情况下，我们还是得不到像坦克这样的常规装备，战争确实变得越来越恐怖。

我们看到了突击队，他们总共五个连组成一个作战单位，正准备出发，身边拖着各种款式的手榴弹，粘性手榴弹，小型武器和一些来自俄罗斯部队的汽油弹，每个连都装备了喷火筒。那些个突击队员名声都不好，我们发现他们处于一种奇怪的安静中，他们是一群缺乏沟通能力的人，他们只愿意沉溺于关于他们自己创造的残忍故事之中，这些故事既有敌人的也有他们共同的。我们到那里的时候，他们根本眼皮都不抬一下，当波尔塔问是否有人有多余的烟时，一个有烟的军官过来了，拿出一包烟，一句话没说，甚至连瞧都懒得他瞧一眼。

"他们怎么了？"格里高很性急地问，他转向一个阴沉着脸的下士，那位下士正在用尖尖的手指甲剔牙。"你们怎么了？是不是丢了该死的舌头，是不是？"

有人会认为这是一个相当有趣的问题，但是事出有因，这位下士选择把这件事当作一个意外，几秒钟之后，他和格里高揪住对方的喉咙。这下好了，两边的人都涌过来，如果时间足够的话每个人都会参与这场混战。"小混球"差点儿把一个吓坏了的列兵的命搞掉，要不是一个生气的声音叫我们听命令，我们才懒得理会到底是谁坏了我们的乐趣。

他是我们的老朋友少校，他和海卡上校有一些纠葛，他站在那里双腿叉开，两手放在屁股上，他面无表情，用冷峻的思索的眼神盯着我们，好像我们是一只只准备送往实验室的标本。他的身后站着劳威中尉。

"如果我是你们，"少校冷冷地说，"我就会把我的力气省下来去杀敌人，而不是杀同胞，我向你们保证，没有星期日主日学校的郊游和野营了，我的这位朋友、爱说话的下士，你过来，让我看一下你，我们彼此应该混得更加熟悉……"

好斗的波尔塔扫开他的路障走上前来。少校有好一会儿都盯着波尔塔的那顶黄色高顶帽，这顶黄色高帽子，波尔塔无论走到哪里都要戴在头上的，在战争刚开始时就戴着，聪明的军官们都学会了容忍他和他的这顶格外抢眼的帽子。

"快把你那恶心的玩意儿从脑袋上拿下来！"少尉厉声命令，"你他妈的到底认为那是个什么东西啊，你以为这里是化妆舞会？"

"我想我不知道，长官！"波尔塔把帽子很尊敬地举到他面前，像一个严肃的郑重其事的抬棺材的人，"我从来就没有去过化妆舞会。"

"休得无礼，下士，你在部队干了多长时间？"

"长官，他妈的太长了。"

上校的眉毛拧成一团。

"准确点儿，下士。"

"是，长官！"波尔塔站直了脚，"长官，允许您去看我的档案。"

少校喉咙里面发出一种很不耐烦的噪音。我看见劳威中尉急急忙忙收起一张笑脸，立刻转变为一张令人窒息的脸，呵斥：

"你是白痴啊，下士！"

"是的，长官。"波尔塔低头很抱歉的样子，"我曾经在波茨坦看过一次精神病医生，他确诊我有点儿天生的低能，这个病是治不好的，他让我不要跟别人离得太近，他说我……"

"哦，看在上帝的分儿上，你给我闭嘴，下士！"

少校放弃了这种不对等的博弈，他抬起脚后跟儿昂首挺胸地走了，后面跟着劳威中尉。劳威中尉还在边走边骂。波尔塔开心地笑了，他又把他的帽子戴上，朝楞次眨眼睛，楞次则用相当不情愿的崇拜表情观察他。

"这就是技巧。"他说，"要坚持，要让他们崩溃，就这样，哈，他们拿你一点儿办法都没有。"

执行任务的命令来了，突击队扎紧皮带准备出发，少校忙着把他的人送到几乎是确定无疑的死亡中去，他自己则坐在防空洞里很安全，还在抽一根大雪茄。与我们这边稀稀拉拉、有气无力的枪炮声相比，俄罗斯人的炮火发出来的声音很强健，很旺盛。

我们观摩着五个连被送去屠杀掉的全过程，他们被一个中尉带领，中尉的一双灰色眼睛眼窝深陷，看上去像一个90多岁的耄耋老人的眼睛，但它们却长在一张皮肤紧致平滑的年轻男孩儿的脸上，给人十分怪异的感觉。我们看到他们爬出战壕直接冲向敌人的枪口。

"真他妈的自杀啊，纯粹是自杀！"站在我旁边的马塞罗那说。

"真他妈的谋杀。"我说。我想起那个躲在防空洞里吸着圆滚滚的雪茄的少校。

他们前进还不到200码就给炸成了碎片了，只有一个中士带领的小组成功地到达目标。他们表现出出奇的冷静，显然对身旁呼呼乱飞的炮火毫不在意，他们把手榴弹扔到俄罗斯人的战壕里，然后跑向隐蔽处。

炮火平息下来，战场一片寂静，不见中士和其他人的任何人的踪影，眼前只有一条被战火扫平了的宽阔地带，到处是骨头和身体，没有手和腿的躯干，一堆堆扭曲的金属和一团团烧焦的肉，但是这一切还不够。少校命令第2连接着上，克奥兹中尉带领第2连出发了。他们踏着1连兄弟们的足迹，走他们同样的路线，穿过同样的迷雾和子弹，冲向俄罗斯人设下的屠宰场，脚底下是他们死去的同伴们七零八落的肢体，只有几个人活了下来，活下来的突破敌军阵线，继续拼死战斗。

上校把他的那肥大的雪茄烟嚼成碎条，疯狗一样嗥叫着让下一个连接着上，这一次是满腔热忱的新任指挥官，他刚刚从格罗斯·博恩学校出来，急于要为这种注定失败的事业去死，他把手臂举过头顶，向前猛冲，呼喊他的人紧跟着他，像一头训练得很好的野兽，事实也正是如此。

第一阵炮火咬住了年轻军官的肚子，第二阵从脚踝处切掉了他的两只脚，他用两根流血的脚桩子又往前跑了几步，手还在挥，呼喊着鼓励的话。毫无疑问，他死的时候，看到了神圣的铁十字架……

这一次，喷火筒投入了战斗，阻止了新一轮的攻击，但是他们还不到半路上，从俄罗斯阵地滚滚而来的磷火海洋吞噬了他们。他们的衣服着火了，转着圈儿狂跑，像蛇一样在地上翻滚，肉从骨头上"哔哔啵啵"剥落下来，剩下白白净净的骨头。只有六个人从地狱里打了个转身，其中一个是带队的中尉。

"对不起，长官。"他低头站在少校面前，他的脸让硝烟给熏得黢黑，制服烧得稀烂，眉毛和头发都烧焦了。"对不起，长官，但是，过去还是不可能……"

"不可能？不可能？该死的，你是什么意思，不可能？"

少校从嘴里拔出剩下的雪茄烟踩在脚底下碾碎。

"我以上帝的名义发誓，我可以就这件事把你们全都枪毙，面对敌人你们如此懦弱，你们是德国军队的耻辱。"

"对不起，长官，我们尽力了……"

"尽力，这也叫尽力？这是耻辱！"

"在那种情形下，请允许我……"

一声枪响，中尉瘫倒在少校的脚下。左轮手枪从他的手里滑落下来，掉到旁边的地上。少校发出一声绝望的吼叫，他盯着旁边剩下的军官，他的目光落在其中一位最年轻的人身上。

"戴特奥，戴特奥中尉。"

"长官！"

"出去，到那儿去，给那些该死的俄罗斯人看看，德国军队依然是值得重视的武装力量，以上帝的名义，叫我们演示给他们看看，我至少还有一个军官可以仰仗，执行我的命令吧。"

戴特奥中尉可不是一个鲁莽的傻瓜，他不希望在一项毫无希望的事业中丢掉自己的性命，但是命令就是命令，即使是死亡通牒，他除了遵从没有任何选择，他紧咬嘴唇走向门边，少校像父亲一样仁慈地拍了拍他的肩膀。

"向他们展示展示我们是什么做的，不必害怕，我的孩子。"

戴特奥中尉带领他们的人走向人生最后的旅途，我们用机枪为他们做掩护，他们走到还不到四分之一的路程就遇到了麻烦，少校立刻翻脸，骂戴特奥中尉傻瓜、懦夫，他说如果他胆敢活着回来，就当场击毙。

他粗暴地转向另一位军官。

"好了，波雷恩，去，该你了，去吧，把那一群哭哭啼啼猪摆出来的烂摊子给我扫平！"

波雷恩仅仅犹豫了一秒钟，他起身呼喊他的人跟上他，穿过烟雾和火焰，我们看到他继续前进，炮弹在他脚边爆炸，子弹从他头上呼啸而过，他仍然在迷雾中像魔鬼一样战斗，尖叫着让一堆尸体站起来走，向一个打算逃跑的中士开枪，比先前几拨敢死队更加靠近俄罗斯人的阵地。

俄罗斯人的喷火筒给端掉了，我们看到了戴特奥中尉也给炸成了碎片，我们还看到波雷恩冲进了俄罗斯的第一道战壕，双方进行了一场野蛮的肉搏。西伯利亚人像被训练出来的机器人专门用来杀人和被杀，他们战斗起来只有冷酷的决心，没有感觉，没有知觉，不在乎生与死，波雷恩和他的人进行最后一搏。他们看起来已经沉醉在眼前屠杀的快乐之中，尸体开始往上堆，一个堆一个，分不清是俄罗斯人还是德国人，有的喉咙切开，有的开膛剖肚，有的割断了头，肩膀上还连着一丝皮肉……

屠杀结束了，一小股人马给彻底清除，西伯利亚人平静地擦掉刀刃上的血，再一次回到他们的战壕，只有一个人活着回到了德国阵地，正当他张嘴要向少校报到时，却倒在少校脚下死了。

"傻瓜！"少校尖叫，"傻瓜和懦夫，无能的傻瓜和懦夫！"

他对着战地电话怒吼，我们听到他呼喊，恐吓，抱怨，这个团是傻子和懦夫做的，如果他打算有更进一步的突破，他需要更好的装甲兵来支援。他像一个自由市场上垂暮之年的老妪，只为了能够拿到进行下一轮攻坚战的迫击炮数量在讨价还价。

"十门？你说十门？不要这么荒唐，兄弟！你把那也叫支援，那根本伤不到一只跳蚤……给我二十门我还可以考虑……给我二十门，好了，就这样，十五门，如果那是你们能够提供的最好的，十五门好了，如果你们让我失望，上帝会帮助你们。"

他扔掉话筒，集合起他手下剩下的人，准备最后一次进攻。第一批手榴弹用完了，熟悉的人和武器的残片抛撒在战场远端的天空中，少校站在那儿数，一只手抬起来，当他数到十五时，突然撇下武器，向前跳去，他滑倒了，又爬起来，手臂高举过头拼命挥舞，往前猛冲，剩下的突击队残部也跟着冲。

这一次进攻成功了，俄罗斯人在杀戮中渐次往后撤退，手榴弹一股脑儿扔进了交火地带的战壕和土堡，爆炸声从张开的加农炮的嘴里吐出来，轻机枪"咔咔咔咔"地响，人一个接一个的被铲子削掉了头，或者被刺刀捅死。人们发现少校的时候，他嘴里叼着一根新鲜的大雪茄，仰面躺在一个俄罗斯军官身旁。他们只不过是当天死掉的一千人之中的两个。

在我们守住好不容易才拿到手的阵地的时候，西伯利亚人又发起了新一轮的进攻，他们一群群扑向我们，不知道从哪儿冒出来的。他们个头很小，眼睛斜乜，肩膀又宽又厚，短腿长胳膊，扯着沙哑的嗓子呼喊着斯大林万岁。我们在战壕里同他们交火，我们像溜冰一样踩着死者的血和内脏，"咯吱咯吱"响地在上面打滑，站不稳。西伯利亚人坚强不屈，不可撼动，而且一步一步地又把我们逼回到原来的地方。

　　除我在外，所有的人都在颠簸，倒下，哭泣。一只手榴弹向我滚来，我跨过它，算是死里逃生，然后我跳到一边，像一匹受惊的马，抓起它把它扔向一群正向我冲过来的西伯利人，爆炸把我甩到一边，我掉在一个弹坑里，直接降落在一个刚刚被杀死的尸体上，他伸直身子躺在自己的那一摊血里，一线皮搭在肩膀上，肚子被戳了个大窟窿，内面的东西全喷出在我的脚上，我发出恐怖的尖叫声，爬出来没头没脑地一阵疯跑，但是西伯人好像就在我们四周，他们从四面八方向我们开火，没有一条路是安全的，突然我看到了波尔塔。我边往后退边转身向屁股后面的敌人射击，我跌跌撞撞地奔向他，跌进弹坑又爬出来，滑倒了重新站起来，在血池和油池中，我奔逃着只为到他身边。当我来到他的身旁那一刻，我平静多了，波尔塔是我们这一群人中无人能敌的保护神，波尔塔是不可破坏的。不能想象有一颗敌人的子弹能够在这个结实的、骨瘦如柴的身体上找到它的落脚点儿，我只要得到他的庇护，就不担心了。

　　我们继续战斗，退到了一个只有上帝才知道的地方，在那里我们碰到了菲谢尔牧师，他在野地里乱逛，他的一边胸脯上开了一个很大的洞，从洞里可以看见肺，他与一个国防军被贬官同伴，爬过乱糟糟的碎石堆，在他身边安慰他。

"别怕，老头，我们会把你安全地带回去的，我们不会让你死的……"

对这个人来说，牧师菲谢尔不能死，这是极为重要的，也许在某种程度上他已经变成了一个护身符，他是希望的象征，如果他能活，当然其他人也能活，只有菲谢尔活着，就意味着上帝没有完全抛弃他们。一个抬担架的人跑过来，他一看是个国防军被贬官，立刻转身就走，跑去搜寻其他更值得帮助的人。吗啡很少，不能随便浪费在菲谢尔这样的人身上。

"让我死，"老人说，"让我留在这儿，让我死，我不重要。"

牧师的同伴把牧师的手费劲地拖过来，搭在自己的肩膀上，拖到一个弹坑里，这其实是一个虚幻的安全地。

"你不会死的，我不会让你死的，我要带你回去，我要带你去医院，如果我还有什么重要的事情要做的话，那就是让他们给你很好的治疗……别再那样呻吟了，老头儿，看在上帝的分儿上，别喊了，我在尽力，我还能为你做点儿什么呢？"

他们一起跌倒在坑里，牧师菲谢尔的头枕在他的大腿上，血染红了地面，在附近，有一颗炸弹爆炸了，在他们身后的森林里又有一挺机枪开火了。

"该怎么办哪，老头儿，和我说点儿什么，和我说点儿什么吧！你想说什么就说什么，只对我说，看在上帝的分儿上，别把我一个人留在这里！"

牧师的脸变成了死灰，渐渐阴沉下去，嘴唇呈蓝色。又有一个炸弹爆炸，比刚才那个更近。

"要不了多久，老头儿，还那么痛吗，好些了吗？"

"也许是的，也许没那么痛了，牧师菲谢尔是安静的，眼睛紧闭，嘴唇张开，血也不像刚才那么汩汩地往外冒了。"

"为什么你不祷告？为什么不为我们祷告，啊？这不会造成什么损害啊……"

祷告不可能有任何的损害，他只会带来好处，但是留给祷告者的时间来了又去了。牧师菲谢尔的生命终结了。

第四章 *Chapter Four*
到那边去

最好的政治武器就是恐怖。我们可以通过残忍的手段获得尊重，他们要恨我们那就让他们恨吧，我们不要他们爱，只要他们恐惧。

——1943 年 4 月 19 日希姆莱在哈尔科夫对党卫队军官的一次演讲。

尼古拉斯·卡明斯基原本只是乌克兰布良斯克一所学校的教师，他妈妈是波兰人，爸爸是德国人，他狂热地忠诚于纳粹事业。1941 年冬之后的一年时间里，他同一些与他有着同样想法的疯狂分子，参加了一场剿灭游击队的战争，那时，他三十五岁，从那以后，他的绰号就叫"残忍"。他的杀人手法是自己钻研出来的，据说比中国人发明的整人花样还要多。

经党卫队高级总队长伯杰的介绍，希姆莱得知他这个人的才干，把他招募过去，带他去了柏林。在柏林，卡明斯基因为高人一筹的整人技巧而得到了前所未有的尊重。从那以后，这位乌克兰人同德国人一样在党卫队帝国的领袖那里获得同等的地位。

　　卡明斯基在这项事业上可谓一夜成名。最初，由于他不属于德国上等种族，他遭遇了很多挫折，但最后还是毫无异议地成为了一名党卫队高级总队长和师级将军，不到三个月的时间，他在武装党卫军里权倾一时，甚至连武装部队的高级官员都不敢对他不恭。

　　1942年底，卡明斯基酝酿了一个计划，他要在洛科特省建立一个德国共和国的属地。那时洛科特政权被游击队推翻了，卡明斯基的部队只有六千人，大部分人是俄罗斯部队的逃兵，他把他们分成八个步兵团，一个坦克团，两个炮兵分队，一个哥萨克分队，还有一个突击连。卡明斯基和他的六千人横扫洛科特城，清除掉了这里所有的不合作者，他让这块土地成功地附属于德意志帝国。

　　1943年春天，希姆莱把卡明斯基的这支部队转移到波兰的林伯克地区，在那里，卡明斯基再次超越自己，他走到哪里就把死亡和摧毁带到哪里，他的名字变成了恨和恐惧的同义词，这就是希姆莱所说的"我们不要他们爱，只要他们恐惧。"

　　"贝尔中士！贝尔中士！"

我们玩 21 点牌玩得正在兴头上的时候听到这喊声，波尔塔眉毛一提，抬起头望了一眼，"老大叔"继续抽他那臭烘烘的烟，埋头研究手上的牌。

"我还要。"他说。"小混球"又给了他派发了一张，一丝满意的微笑在"老大叔"脸上漾开。"我不跟了。"他说完把一手牌摊在弹药箱上。弹药箱临时充当我们的牌桌。

"小混球"怒目而视，丢了第五张牌。

"贝尔中士！"喊声又来了，"有谁看到过贝尔中士吗？"

我收拢手中的牌，准备扔掉。"有人叫你！"我跟"老大叔"说。

我有一种模糊的感觉，可能有人要加入进来。我寻思着要抓到一张 A 就好了，结果这个想法落空了，我把明年的军饷全都压在了 10 和三张人头牌上 J、Q、K 上面，结果呢，抓来一手垃圾牌。"有个反坦克队分队的人找你。"我说，然后扭过头去看。

他注意到我在看他，立刻走了过来。

"你是贝尔中士！"

他的眼神在我们每个人身上都停了一会儿，最后停在了"老大叔"身上。

"你是贝尔中士吗？"他问，"我他妈找了你半个钟头了，你他妈的到底死哪儿去了？"

"一直在这里啊。""老大叔"嘀咕，"慌什么你？"

"你给我集合好你的队伍，跟我走，舒梅尔兹中校带着一队谋杀队已经上路了，你们准备加入他们，他们要到河那边去，我给你们带路。"

"集合你妈个头，滚开！"波尔塔说，眼睛没有离开牌。"我们有更有趣的事情要做……再给我来一张小一点儿的……"

"小混球"殷勤地给他翻出一张，"老大叔"充满希望地看着他的五张好牌，在执行任务和一大堆有可能到手的钱之间挣扎，我也处于同样的境地，但是站在我的立场上，要做出选择那就容易得多了。我甩下手里的牌，抓起来复枪，毛毛糙糙地站起身来，不小心打翻了弹药箱，"小混球"阴阳怪气地看着我。

"有人等不及了，想快点儿被杀死。"

"才不是呢。"我说。把帽子扣在脑袋上，皮带勒紧，"我只是不想让一个中校久等。"

"是你朋友？""小混球"冷笑。他完全知道我抓的是一手烂牌，早就等着散场。

波尔塔的老朋友沃尔夫出现了，要见我们。

"我赞美那个撒旦。"他说，"看样子你就要去见他了，在我要……"

我有一种不舒服的感觉，因为我们可能真的要见撒旦了，因为我这种表现出来的急切，不是怕舒尔姆兹中校等得太久，而是对中校的这种执行任务本能的不喜欢。

向导带着我们在枪林弹雨中过了河，在河那边，地势突然陡峭，我们还没走多远就发现我们稀里糊涂地走到一块狭窄的斜坡上，这面斜坡差不多要与地面垂直。

我们喘着粗气爬过那个地方的时候，"小混球"说："说说那该死的鬼，很有可能在我们去的路上碰到该死的圣•彼得。"

向导转过头来看着他，"你们没事的，你们会很好的。"他说。

"老大叔"停顿了下来调整一下呼吸。

"具体来说是什么？"他问。

"什么什么？"向导也停了下来。

他把手背在身后，嘲弄地笑："这么说吧，这就是他妈的自杀行动，纯粹是自杀。如果你想摆脱就听我的建议，摆脱他妈的在苏联红军来了之后的自杀。"他手指后面的桥，"你认为还要多久，到那个地方？"

"老大叔"皱着眉头待在那儿，"那你呢？"他问。"我？"那人笑，"你们安全到那里了我就走人，你别担心，我才不会呆在那里看流血。"

我们终于到了山顶，向中校报到。他看起来像是洪水之后残留的什么东西，他眼睑下垂，青筋暴露的手在发抖，显然如今的战争已经不是他年轻时的模式。

这个团的上尉讨好地把手伸向中校，"路在这里。"他指着狭窄坡道，"这是俄罗斯人发起进攻的唯一的通道，上下都没别的路，正如你们眼下所看到的，只消两挺机枪就把它守住了，晚上一般不会有什么问题，只是在白天的话……"他停了一下，耸耸肩，"不管怎么说，你们要多守几个小时，那就是你们要执行的任务，只要坚持几个小时，将军就是这么说的……一直坚持到信号出现，我们会发射三炷绿火，一看到它们你就下命令撤退，立刻回到桥边，在它被炸之前，没有别的路过河，所以你们别想冒自己殿后的险。我们只是让你们建立关卡，这里有一些天然的矮墙和防空洞。"上尉和他的人都走了，我们身边堆满了弹药盒、迫击炮篮子，还有堆成小山的手雷。

"小混球"像个孩子似的兴奋地在它们中间跑来跑去，他看起来真是无忧无虑、自由自在啊。

"所以这就是他们隐蔽的地方。"他抓起一只手雷，开始玩弄它，"我在1937年之后就没见过这种家伙了！"

"上帝知道他在这里干什么。"马塞罗那说。马塞罗那一直不吭声，他很不高兴，自从我们到这里之后，一直就这个样子。"我们会有很多的机会用它们的。"他向山边挥舞着手。"我们狗屁都不是，待在这块该死的岩石上，坐在这里的一群该死的鸭子，就是一个瞎了眼的带着玩具枪的人都不会错过我们。"

"你为什么不给你的屁股一次机会，闭上你该死的哼哼唧唧的臭嘴。"波尔塔说，"至少我们离开了满是粪便的战壕啊！"

"我宁愿待在那个臭屎沟里，也不愿坐在这里成为攻击目标。"马塞罗那反驳。

波尔塔不理他，舒舒服服地坐在一块岩头上，掏出一块绿色的小方布，放在地上展平。

"有谁想玩儿一把？"他说。

小个子法国军团大兵、"老大叔"加入了游戏。

我捡起躺在旁边的一个牛铃，试着摇了摇，没想到它弄出很大的噪音，大家都捂着耳朵以最快的速度冲出去找掩护。我不得不承认我自己相当狼狈。

最后一声回响消失在山谷里的时候，马塞罗那气喘吁吁地说："你再做一次看看！老子把靴子塞进你屁眼里！"

我格外小心地把铃铛放在草地上，"我怎么知道该死的声音这么大，我又不是头母牛。"我坐在那里沉思，他们又玩起刚刚被打断了的21点牌。中校摇摇晃晃走上前来，尽管他的身后有很多连，但看起来他是第一次上前线，一看就是怕死的种。"小混球"依然拖着他的奴隶，那个前盖世太保亚当·卢兹。他以前高大肥胖，而现在这个人看上去只是个灰色的阴影，他竟然奇迹般地活了下来，并且丝毫无损地活了下来。"我认为，这是你的一个大好机会。""小混球"好心地告诉他，"当他们发出撤退的信号后，我们就往后撤退，我就把你留在这里做掩护，你呢，尽可能地多杀俄国佬，好不好？待在这里别动，像个疯子一样猛烈开火，直到用光这里的弹药，到时他们会给你发一块勋章的。"

卢兹紧张地舔着嘴唇，波尔塔给了他一个邪恶的笑，"别担心，兄弟，你会青史留名的，一定会的，你会让这个团出名，将来人们会在图画书上读到你，那样的时代很快就到来，历史书上会这样描述：'前盖世太保亚当·卢兹冲向了向他袭来的敌人，尽管他的左腿被一个俄罗斯人的炸弹炸掉了胯部，但他又捡起那条腿，把它握在手中使劲挥舞着，像舞动着一根棍子。他成功地杀掉了六百个西伯利亚兵，最后，他被一门迫击炮击中，但他毫不屈服，毅然把头夹在腋窝下，继续战斗，只要他的心还在跳动……'上帝啊！"波尔塔说，抹了抹眼角的泪水，"感动吗？想想看，我们的祖国居然还能生产出这样的'英雄'。"

"说到英雄，"格里高说，"我想知道老头威尔绥姆怎么样了。"

"威尔绥姆？"我们空洞地看着他，"谁是威尔绥姆？"

这个名字像轻轻摇起一个铃铛，声音从遥远的地方飘来。小个子法国军团大兵承认，直到格里高把我们的记忆唤醒，我才意识到他在讲谁，沃尔特·巴伦·冯·威尔绥姆，我们的师长，他曾经短暂地视察过我们，在玛托瑞塔的沼泽地的泥巴地里，然后就带着他的闪闪发光的大钢琴和两卡车个人物品走了，从那以后，再也没有听到他的消息。

小个子法国军团大兵耸了一下肩。

"他肯定躺在铺着金砖的床上，喝杜松子酒，安逸得很，他一定想着他怎样为下一次战略撤退发出命令，然后成功地把它弄得像打了个大胜仗。"

"他可能已经发了命令。"马塞罗那忧郁地说，"整个德国军队都他妈的在撤退，我们是最蠢的，留在最后挥手说再见的蠢货，待在这块他妈的好远的一块岩石等着被屠杀。"

"任何像你这样的可怜的家伙，""小混球"说，"都他妈的该杀，你为什么不像卢兹一样留下来，等着得一枚勋章呢？"

中校不知疲倦地来回踱步，等着永远不会来的信号，午夜过后不久，地平线升起火焰，就在俄罗斯人发射重炮弹时，我们脚下的岩石地面开始晃动。

"咋回事？"舒梅尔兹抓起望远镜，"他妈的是谁在开火？"

"长官，是俄罗斯人。"老大就站在中校旁边，像往常一样对自己的判断自信而坚定。"在部队撤退的时候，他们一般都会采取进攻，如果他们不来攻击，那他们就是脑子进水了，这是一个绝好的机会。"他面无表情，朝烟雾弥漫的地平线望过去。中尉放下望远镜，"我们该怎么办？"他说。"他们再给一个信号，他们打算向我们发射火箭弹，我们要呆在这里不动，直到看到火焰。"他用手抚弄了一下眉毛。"你建议我们怎么做，中士？你可能……啊……对这地形更有经验。你在这个区域呆得比我久得多，告诉我，你认为我们该怎么做？"

"该死的火焰，去死吧。"波尔塔嘀咕着。

老大扬起眉表示警告，他转向发抖的中校。

"我想我们要下去看看，到底发生了什么，看看桥是不是还在，我看不出我们呆在这里有什么好处，我真的不知道……"

爆炸声突然撕破夜空，打断了老大的话，大家都冲过来，一起涌到矮墙边来观看，火焰像喷泉一样喷向夜空。

"浑蛋！"马塞罗那说，"该死的浑蛋，他们把桥给炸了。"

我看着上校，他的脸变得惨白，下嘴唇在抽搐。

"我知道是这个结局，""老大叔"说，"我知道，我们撤得太晚了。"

"胡扯！"中校直起身，"简直是胡扯，中士，他们决不会不给信号就把桥炸掉的。"他紧张地用一只薄如纸片的手打着手势，"带三个人，过去看看，到底发生了什么，我和连队的人跟上。"

"很好，长官！""老大叔"转向我们，"斯文、'小混球'、波尔塔……"他把来复枪甩过肩膀，把头扭向河流的方向，"走！"

"又是我们。"我抱怨。

"纯粹是笑话。"波尔塔嘀咕着。

"老大叔"转向他，很生气。

"你给我闭上你那张臭嘴，我要你怎么做你就怎么做，明白吗？"波尔塔叛逆地把帽子拍到头上，挂着来复枪当拐杖使，尾随"老大叔"而去。"小混球"滑了一跤，从陡峭的烂石坡上跌落下去，他的机枪"叮叮咣咣"地走在前面，"小混球"的吼骂声也跟着回响在山谷，发出闷雷般轰鸣。

"老天！""老大叔"没好气地咒骂。

马塞罗那从矮墙上弯过腰来对我们喊，"你们为什么不冲着高音喇叭喊，告诉他们我们来了。"还没走几步，我们连队的其他人就跟上了，看起来他们都下定决心不想在那儿等得太久，所以他们也扛起武器出发了，撇下中校一个人，跟不跟由他自己，很明显，那人不适合带队。

"一个胆小如鼠的老浑蛋。"波尔塔嘀咕，"他应该一直泡在腌菜坛子里。"

夜晚温暖而沉重。我们花了几个小时沿着这条狭长路的下来，现在我们同样又从这条狭窄的路爬上去，我们挥汗如雨，一团团长脚蚊訇然从下面的沼泽地里升腾起来，我们闻到了从沼泽地里冒出来的甜甜的腐烂的臭气，我们知道在那下面不远处就是敌人。

走在队伍前面的"小混球"突然开了两枪，表示警示，我们猜他可能闻到了俄罗斯人的味道，中校下了一道模糊的歇斯底里的命令，大家凭感觉爬上道路的一侧，占好地形，架好机枪和迫击炮。我看到卢兹蹲在一块儿大石头后面，他抖得很厉害，我都听到了他牙齿"咯咯咯"的磕碰声。

"看他，像个该死的糯米饭团！"马塞罗那嘲讽地说。战斗一开始，他又恢复了往日的幽默。

格里高爬到他身边，用左轮手枪顶住他的肋骨威胁他。

"记住，"他说，"错一步，你就得高高跳起，兄弟，我们在这里可不是那么喜欢盖世太保。"

路那头的远处再次响起一阵枪声，"老大叔"突然出现了，他四下里张望，探寻着中校的身影，最终在壕沟里发现了他，他平静地跑过去向他汇报。

"到处都是俄罗斯人，长官！我们没有任何突围的可能，我们虽然成功地打掉了一个分队，但是整个地区密密麻麻到处都是……我认为我们最好是待在原地不动，等待时机，看他们从哪条路跳出来。"在中校回答之前，我们头上的天空突然被一道亮光照亮，一阵欣喜和快乐，中校站起来。

"信号……"

"不，长官！""老大叔"用手即时将他压了下去，避免了从他头上掠过的子弹，"是敌军，长官，他们正想找到我们。"

没有人动，我们待在原地，隐藏在岩石中。火光像长明灯一样在我们头顶上盘旋。格里高依然用左轮手枪顶住卢兹的腰，"老大叔"尊敬地同长官待在壕沟里。这时候哪怕一丝移动都会暴露目标，最后一阵火光高高地照亮夜空。焰火在我们上头划过一道弧线，展示它着的明亮，它缓缓地跨过河去，燃成了灰烬。

"没事了，长官！""老大叔"把中校领出壕沟，开始往烟锅里装烟丝，"我认为，也许，我们该准备战斗了，长官。"

人员大部分都到位了，海德、小个子法国军团大兵正沿着狭窄的道路装 T 型炸弹，波尔塔忙于准备一种混合弹，格里高和马塞罗那正在树枝下伪装一台迫击炮。迫击炮的位置刚好在路上面的斜坡上，正指着俄罗斯人必来的地方。"小混球"坐在岩石上，兴致很浓地绑手榴弹，他把它们绑成一串儿，尽管弄这样的武器是走在自杀的边沿，但是一想到它发出的巨大响声，一切危险便抛在脑后了。他看起来十分投入，完全不在意自己脑袋随时会被爆掉，完全不在意手会从关节上脱下来，没有人愿意靠近他。中校从这一堆人群里跳到另一堆人群里，发布一些相互矛盾的命令。这些命令都被"老大叔"要么小心翼翼地取消，要么客客气气地更正。

"老大叔"紧紧地跟着他，中校来到"小混球"身边，"小混球"正坐在岩石上玩他的手榴弹弹盒子，中校一脸惊恐，转向"老大叔"。

"中士，你的这位下士，知道他在干什么吗？他的脑袋有问题吗？他知道不知道这样有可能炸掉自己？"

"没错，长官。"老大紧随着中校让他赶紧离开"小混球"和那些致命的玩具。

"这是他的玩法。"

"玩法？那家伙是白痴吗？"

"老大叔"懒得答理他。我们下面的某个地方有一挺机枪开火了，我们听到了破碎的岩石像瀑布一样滚落山崖。

"那就对了！""老大叔"平静地说，"他们来了。"

海德突然爬上了斜坡，他把手指放在嘴唇上，静静地指着路下的一丛灌木，我们都顺着他指的方向看着那些半黑暗的灌木丛，"老大叔"皱起眉来。

"发生什么事啦？我们要看什么呀？不就是一丛灌木吗？"

"一丛半个小时前还不在那里的灌木。"海德说。

"你确定吗？"

"百分之百，那地方除了石头，什么都没有。"

中校不耐烦地弹了弹舌头。

"无聊，讨厌。"他说，"你这人怎么啦，中士？你手下这帮全都不正常。"

"老大叔"皱眉。

"海德中士是我们连队最优秀的士兵，长官。"

的确是这么回事，这个人以前也许是个跳蚤、浑蛋、纳粹，但是叫他什么都可以，却不能否认他作为一个士兵的专业精神。尽管他对党有着疯狂的信仰，在战争结束二十年之后，他将成为俄罗斯军队的一个中校，但是对一个柏林平民街里长大的孩子来说，这也不算太差！"

中校傲慢地盯着海德，"你是想要告诉我们，那一丛树林都不知是从哪儿突然冒出来的？"

"是灌木，长官！"海德说。

"灌木还是树，中士，那有什么区别？你听说过灌木一小时长五英尺吗？"

"没有，长官。"海德说，"如果有我就会很高兴了。"

"老大叔"突然深吸一口气，所有的目光立刻注视着下面神秘的灌木丛，我们观察到，有两根灌木把它们自己拔起来开始走路，他们向前移动了几码，然后又蹲下来。另外又有两根跟着它们，接下来又有两根，又是两根，卢兹发出了一个恐怖的声音，格里高用手捂住他的嘴，"小混球"捡起他的自制武器，中校站在那里张大了嘴巴。

"注意我给的信号……""老大叔"说。

他举起一只手，我们像老鹰一样盯着他，他的手一落下，136颗手榴弹扔进了空中，走动的灌木痛苦地尖叫，黑影弹回到岩石上。爆炸声消失了，泥巴降落在一堆炸烂的肉和受伤很严重的肢体上，小个子法国军团大兵下去检查残部。

"蒙古人。"他在回来的时候说，"丑八怪，看来我们已经把他们吓跑了！”

"别担心，他们还会回来的。""老大叔"忧郁地回答。

我们又安静下来，紧张地等待下一拨进攻。中校看来依然不能保持不动，烦躁不安地走来走去，挥舞着手。波尔塔则一个人自顾自地在黑暗中玩骰子，左手对右手。马塞罗那又回到先前萎靡不振的状态，"一天一马克，一马克流血的一天，参军吧，让你的脑袋炸开花吧，那就是你所得到的一切，而我还有二十年的路走，万能的主啊，我肯定是……"

他突然停下来。"小混球"突然冲过来搬起枪在黑暗中疯狂扫射。老大点起一个火，通过他手中的火光我们可以看到"小混球"的尖耳朵又听到了什么，一捆一捆的草正在慢慢地爬上山来，他们几乎就在30码之外，当"小混球"打开机枪扫射时，他们摘掉了戴在身上的伪装，直接向我们奔来，发起进攻。他们是蒙古人，斜眼睛，宽而平的颧骨，俄罗斯部队里一群奇怪的兵，居然说不出一个俄语单词。

"随便射！""老大叔"说。

中校像往常一样浅薄地尖叫，幸运的是这讨厌的声音被来复枪的突突声淹没了。科波林中士和卢兹下士在没有戴钢手套的情况下，把炮弹一个接一个地往迫击炮的炮膛里塞，根本无暇顾及他们烧伤的正在冒水泡的手。海德抓起一个喷火筒，对准向他们扑过来的蒙古人开火，短而且精准。草烧成了灰烬，血沿着路流淌，一个人倒下，另一个人又跃起替代他的位置。

　　一群俄罗斯士兵出现在蒙古人的身后，我们把他们像苍蝇一样轰走，朝着一面开阔的斜坡开火，没有比这更致命的了，他们没有任何掩护，也没有任何保护措施，但是，他们仍然前进，一拨又一拨地冲进杀戮中。我很奇怪，为什么敌人要如此执著地消灭我们，我们只不过是整个德军溃逃途中被遗忘的连队。

　　"朝下面开火！""老大叔"喊，"瞄准那300个！"

　　这真是一场大屠杀，在这种情形下它不可能是别的什么。他们再多的数量也干不过我们有利的地形，我们占据狭窄通道的最顶端，他们一到达关隘下方，我们只需轻轻启动海德和小个子法国军团大兵早已埋好的地雷，爆炸的冲力震得我们往后仰，路面上炸成一个个巨大的弹坑，岩石沿着山体滚落，随着岩石滚落的还有一半敌人，另一半要么逃命，要么留下来等死。我们就着斜坡往下冲向他们，"小混球"领头，朝任何移动的东西开火，像个疯子一样大声呼喊，一个敌军军官戴着一顶嵌着一颗闪闪发光的红色五角星的皮帽子，突然从岩石后面走了出来，双手高举过头，每只手上握着一支S弹，不过，在他扔出来之前，机枪已经射出，他的脸给炸成玻璃杯子一样的碎片。波尔塔讽刺地笑，放下来复枪，尽管那个人眼睛和脸都没有了，但他依然向我们前进，"小混球"发出一声狂喜的尖叫，他一刺刀插向他，将他钉在地上。看起来世界已经疯了，我们在疯狂中为了杀戮而杀戮，像动物一样在血雨里打滚，山边渐渐平静下来，敌人撤退了，没有什么留下来可杀的了，只有死尸和等待救助的伤员，我们听到那些垂死的人在呻吟，就在我们回到岩石关卡时，听到海德拿起一个汽油灌，把它扔下斜坡。

"你要干什么！"中校到现在一直没有参加夜间行动，"你认为你在干什么？你在给一个火葬柴堆吗？"

海德低着头。

"这个办法最简单。"

"最简单的方法？你什么意思？"

"长官，就是把这个地方清理干净。"海德说。中校一直跟在他的后面，气呼呼的，"中士，那里有很多伤者。"

海德几乎不易察觉地耸了耸肩膀，"我听到了。"他说。

"我禁止你伤害他们任何人。"中校尖叫，"以上帝的名义，如果我们必须做，那就让我们尽量让它保持干净。"

"如您所愿，长官！"海德说，带着一种骄傲的漠视。

中校没有看到，"小混球"和波尔塔已经一起溜进了黑暗，他们一个拿着老虎钳，另一个拿着水磨皮包，去抢金牙和别的有用的货，"老大叔"过去尝试过多次，想要结束他们这种龌龊的战争过后的洗劫行为。这当口，"老大叔"只好耸耸肩，由着他们去。总有那么一天，他们的贪婪会让他们失去更多。

然而不光这一次，他们回来的时候，几乎没带什么东西，他们痛苦地抱怨，"俄罗斯人总是能够从德军嘴巴里获得丰厚的东西，而我们什么也没掏到。"

"一马克一天。"马塞罗那说。

中校一阵风飘过来了，他想要组织一支埋葬队，我们空洞地盯着他，我们则倾向于准备下一场战斗，难道他真要我们在岩石里挖洞吗？

"中士，你的人怎么都这副德性？"中校生气地转向"老大叔"，"他们都是从该死的地狱里爬出的来吗？你就不能控制他们吗？""小混球"举起一只手，做了一个不耐烦的手势，要求大家安静。中校的眼睛像靶盘一样死死地盯着他。"你那个白痴下士真的敢打断一个中校的命令？"中校用威胁的口吻说，"如果再这么无礼，休怪我不客气！"

"系紧你的皮带，可以吗？""小混球"说，"我听到坦克了。"

"坦克吗？"中校尖叫，他冲到矮墙后面向外张望，"你是说坦克吗？""小混球"这次同往常一样判断准确。没过多久我们大家也都听到了坦克碾在地上的声音，随着它们那庞大身躯的靠近，我们脚底下的山都在微微震动。中校用手背捂住嘴。

"我们完蛋了！"他说，"如果他们用坦克来搞我们，我们就彻底完蛋了！"

"我们可能面临许多不可预知的情况。""老大叔"恬淡地说，"有没有坦克我们都不会有多少机会。"

他把空烟筒塞进嘴里含了一会儿。"老子就是搞不懂，"他说，"他们为什么要死拽着我们不放，操他大爷的，他们要这么一块儿破石头干什么？"

"难道你真的不懂吗？"小个子法国军团大兵困惑地说，

"因为他们认为我们是党卫军，他们非杀我们不可了，在什么情况下……"他把一只手指横在他的脖子上做一个割喉的动作，"在那种情况下只有上帝能帮我们。"

有一小会儿停顿。

"为什么？"楞次问。

我们转过头都看着他。

"为什么？"格里高也问。

"为什么只有上帝能帮我们？"楞次又问。小个子法国军团大兵像父亲一样拍拍他的肩膀。

"我亲爱的孩子，因为我们落到了他们的手里，他们就会让我们慢慢地痛苦地死去，那就是为什么。他们当然不会留任何战俘，他们甚至不会仁慈地朝你后脑勺开一枪，他们会把你用绳子捆起来一刀一刀地剐，直到你到跨进死亡大门的最后一刻，他们想怎么整就怎么整，只要他们高兴……"

中校从矮墙上靠了过来，"那我们该怎么做呢？"他问，声音充满焦虑。

"老大叔"若有所思地嚼着烟嘴。

"我们不能打。"他说，"几个人不可能和一个坦克部队硬拼，这是肯定的，当然我也不会建议投降，除非你自己哭着喊着要去，被那些刽子手捆起来丢在这里烂掉……"中校艰难地吞咽了一下。"老大叔"把烟嘴从嘴里拿出来，站在那里愁眉苦脸地看着他，"试试看吧，如果您不相信我，长官，眼前这些杂种他们不是普通人，他们不光喜欢杀人,他们还会把您撕成一条一条的,一边撕一边笑,我看到过他们手工活,真是惨不忍睹。"

"那你是什么意见?"中校问,"集体自杀?"

"我建议我们撤,""老大叔"说,"待在这里一直打,打到粮尽弹绝了,然后就撤。"

"你建议我们走哪条路?"中校带着很深的挖苦,"直接下山落入俄罗斯人的手里吗?"

"我想过这个问题,""老大叔"低声说,"另辟一条路,这里没有其他路,你和我一样清楚,如果有路,我们老早就撤了。"

"我们显然不能从来的那一条路下山了,但是既然只有一条路,对我们来说,谈什么撤,谈这个毫无疑义嘛!"

"对不起,长官,确实有另一条路。""老大叔"用烟嘴指着矮墙的远端,"在我们来的路的正对面,就在俄罗斯人的坦克正向我们开来的方向。"中校那张松弛下陷的嘴张得老大:

"那是玩命,你脑子进水了,纯粹是自取灭亡,我们不妨先爬上月亮然后再下来。"

"好的,当然,那是您的感觉。"

"嘿,'老大叔'!""小混球"突然跌跌撞撞地出现在岩石后面,他拍着胸脯上的一个瓶子,脚打滑,腿一软差点儿瘫了下去,一只胳膊亲热地搂着"老大叔"的肩膀,吊着他摇摇欲坠,不停地打饱嗝,还想把瓶子塞到"老大叔"嘴里。

中校厌恶而恐惧地乜斜着他。

"贝尔中士，他喝醉了吗？"

"我想是的，长官。"

中校欠着身子来核实，结果一个酒气熏天的饱嗝迎面向他喷来，他匆忙向后退了一步。

"真是恶心，贝尔中士，真丢脸，你的人都是猪，比猪还恶心，比地里的所有动物还要低等，他们不适合待在德国军队里。"

"一马克一天。""小混球"说。这话没想到刺激了马塞罗那，他又开始抱怨。

"去他妈的一马克一天，"他举起瓶子，仰起脖子咕嘟咕嘟地灌了一通，"不值得！"他说，"这些装得起金牙的没有谁是一马克一天。"

中校的喉咙里弄出一种压抑的不愉快的声响，"我要把这个报上去。"他说，"如果我们还能活下去的话，我要亲自办这件事。"

他麻利地转过身去，朝矮墙那头走去研究那个可能成为我们逃生道路的位置。库奥斯，我们中一个担担架的人，他神经质地靠近"老大叔"，"你疯了！"他声音沙哑地质问，"你是个彻头彻尾的疯子。我们永远不可能成功撤退，如果我有路，在他们到达我们这里之前，我就会就在这里竖起白旗。"

"老大叔"厉声呵斥："可惜的是，你不可能找到你的路！"

"你会为此感到后悔的。"库奥斯说。

"你自己后悔吧。""老大叔"反驳，"你真的想和那一群杀人魔头谈条件？别傻了，兄弟，他们会立马把你撕成碎片。"

他向中校走去，神情严肃地站在他的身边，

"怎么样，长官？我可以问一下您做了什么决定吗？"

中校耸耸肩，他知道，我们大家都知道。已经有人为他做出决定了。如果"老大叔"说我们去那边，我们就去那边，就是这么简单。

"我们尽可能多守一会儿阵地。"中校从矮墙边转过身去。站在那里，焦虑地扯下巴，

"尽可能久，记住，中士，尽可能久，这样我们的撤退就不怎么丢脸了。"

"当然不丢脸。"

"老大叔"尊敬地低下头，火光突然腾空升起。就着火光我们看到一长列 T-34 型坦克沿着山坡向我们开来，健壮饱满的松树林"噼噼叭叭"地像小树枝一样折断，大块大块的岩石松动了，"轰隆隆"滚入山谷。每辆坦克后面都跟着黑压压的步兵，他们挤挤挨挨、摩肩接踵，像人造葡萄一串串挂在后面。

敌人的到来突然让"小混球"清醒了，他不再迷糊和打嗝，我看到他大踏步地向坦克驶来的方向走去，肩膀上挂着 T 型弹和手榴弹，楞次像一条忠诚的狗一样跟随着他，看上去生怕自己跟丢。

"你认为我们能活着出去吗？"他说，带着一种夸张地准备冒险的表情，这种表情谁也瞒不过。

"可能吧。""老大叔"说，平静地吸着自己的空烟筒，"可能吧，只要你保持清醒，别慌张，我们处理第一批坦克时，还有

一些步兵要考虑，尽可能让他们无处可逃。好了，别理想主义了，现在不是空谈的时候。唔，那些杀人狂不是你的血肉兄弟，而希姆莱却是。所以，开枪，杀人，一定要记住，要么你死，要么他们死，那就是所有的道理……把那颗手榴弹拿来，那里面还有好大一颗。"

"我吓坏了。"楞次说。

"老大叔"笑。

"谁不会呢？没什么值得羞耻的，别让害怕控制你就可以，就这么简单。"

第一批坦克来了，距离很近了。它们那长长的加农炮指着我们，领头的在狭窄的道路上滑了几下，晃晃悠悠，好像是要掉进下面的深渊，但是它们的轮子稳住了，每一次都在危险的边沿稳住了。我们站在关隘等待他们，"老大叔"把烟筒放进口袋，嚼着一块烟草思考问题。楞次站在那里，手握拳头，眉头紧皱，眼睛睁得溜圆，努力让他的神经得到控制，看到他的样子，我也被恐惧攫住。

在岩石的裂缝里，波尔塔正忙着吃一罐美国产的肉罐头，他总是在战前愚蠢地填肚子，他说这是神经反应。最有经验的战地医生建议，一个人最好不要吃饱了上战场，道理很简单，如果你的肠子不幸给弄断了，最大的危险就是腹膜炎。但是波尔塔声称，他宁愿吃饱了速死，也不愿饿个半死。我看着他现在正用刺刀尖儿挖出了一块明亮的粉红色的肉，用一瓶日本清酒把它冲进肚里，这瓶日本清酒是他从一个死去的蒙古人那里拿来的。他吃完第一罐之后，急着又去找另一罐，我看不清那是什么，但是从他往嘴里塞的样子来看，他似乎很享受。我看到他那个饕餮的样子，突然想呕。

打头的坦克慢慢盘旋上来了，突然"小混球"不知从哪儿冒了出来，他迎面冲向坦克，把一颗磁性弹粘到了坦克肚子下，立刻掉头折回原先的隐蔽处，"轰"的一声爆炸了，尘土和残片正好落在紧跟上来的第二辆 T-34 坦克身上，T-34"轰隆隆"而来，碾压在它的履带底下的人肉和金属都搅和得稀烂，一阵手榴弹雨点儿般地打在它身上，紧随其后的步兵都被击中了。步兵们从坦克的一侧扑簌簌地伏倒在地，承受第三个怪物的碾压，他们根本没有机会从先前那些人的血肉和碎骨中拯救自己。我听到楞次屏住呼吸，我向他看过去，同情对他来说没有用，让他自己留着吧：他早就该上这一课了。

小个子法国军团大兵沿途而下，走向领头的坦克，他向炮塔扔了一颗汽油弹，自己滚到一旁，停在一堆俄罗斯兵尸体旁边，俄罗斯坦克兵为了避免被炸弹炸死，打开舱口，一条长长的蓝色火焰从残废的坦克中冲向天空，一个人钻了出来，但是他没来得及跳下坦克逃生，就与其他困在坦克里的同伴一起被炸成了碎片。

第三辆坦克射出一发炮弹落在我们身后爆炸了，我转向四周瞧瞧，看有没有什么损害，发现之前利特华中士和他的人所在的地方出现一道深深的裂缝，他们小组全都给炸掉了，在弹坑里有一堆纠结在一起的人体的残余物，惨不忍睹，只需看上一眼，你的内脏就会翻腾。

我匆忙跑回自己的位置，看到"小混球"又跑了出来，右手抓着两只地雷，他跳上一辆坦克，用左轮手枪枪把敲打舱口，舱口慢慢打开，一张脸露出来，"小混球"立刻把他按压下去，随同下去的还有两颗地雷，他把舱口关上，自己跳到坦克背后，这一系列动作几乎都在瞬间完成。

"老大叔"手举过头顶挥舞着，呼喊着我们跟着他。我们带上刺刀、喷火筒跟着他下山去，俄罗斯人很迷惑，但是他们有重迫击炮在后面支援，我看到布拉斯克中士向前跑，跳过一个受伤的蒙古人的身体时绊倒了，在他从那个蒙古人脚边快速爬起来之前，蒙古人把一颗手榴弹的引信拔了出来，把他们两个人都炸飞在空中。

大地在猛烈的炮火中颤抖，在沿河的地方一定有猛烈的交战，我想知道桥是不是还在，但是在和不在都是理论问题，因为我们根本就没法抵达它。

迫击炮全面出动，我们被迫撤回平地，波尔塔超过我，后面紧紧跟着"小混球"，"小混球"挥舞着一条手臂对我喊：

"嗨，磨蹭什么，赶快离开这鬼地方！"

"伤员怎么办？"库奥斯气喘吁吁地说。库奥斯在他的手臂上画了一个红十字臂章，希望敌人有些尊重地对待他，"去他妈的伤兵。"波尔塔扭过头去喊。他根本不理会，或许他根本就没听见波尔塔的话，他其实心里很清楚，我们不可能把伤兵搬出矮墙，我们既没有这个时间，也没有必须的设备来把他们用绳子和担架放好。在平滑的岩石表面没有踩脚的洞，摆在眼前的问题是，如何才能从崖壁顶端降落到下面，我们尽可能不要有太多的断胳膊少腿的人到达底部，这些都只能靠运气了。

海德还在矮墙那头断后，他带着喷火筒一阵狂奔。中校也突然找到感觉，连续猛烈开火，给大家造成一阵恐慌，他想给我们这样的印象，是他点亮了我们下坡的路，在反复的明与暗交替中，我们像一群大脑发育不全的迷途羔羊，犹犹豫豫地靠边走，夜很深，但不太黑，我们看不出事物的整体轮廓，由于火光太亮，太晃眼，我们什么也看不见。中校大摇大摆地向"老大叔"走来，带着一种自以为是的愤怒：

"你的人到底是他妈的怎么回事，中士？他们是想让我把他们背下去吗？如果他们不快点儿行动的话，我就要发火了。"

海德跑向我们，"该走了。"他说。没有丁点儿犹豫，他从矮墙那边一跃而过。

在一阵尘土和石头的乱雨中，大家拼命奔逃，我本能地用手抱住头，弓着身子，蹦蹦跳跳，从这个岩石跳到那个岩石，我永远也不可能腾跃在空中。

有些人是用背滑下去的，把他们自己拉成条。有些人尝试抓住灌木，下坠的惯性使他们的手臂几乎从肩关节里挣脱出来，我听到波尔塔发出疯狂而欣喜地尖叫，他像一个人体长橇一样呼啸而下。有些人被抛进深渊，消失在只有上帝才知道的地方，我听到了毛骨悚然的惨叫声。我积蓄动能往下滑，脑子几乎一片空白，根本不知道自己是否还和山体有什么联系，或者我可能正掉落在一个张开大口的鸿沟里。我在山这边以头朝下的姿势飞行，突然让一棵松树给绊住了。我猛烈地撞向它，因为我俯冲的时速大约是每小时 50 英里，我的头盔掉了，我只能由着它自己滚下山去，从一个石头跳到另一个石头，我紧紧地抓住那棵树的树干，思考我到底断了几根骨头，血从我的鼻子和嘴里流出来，我感到恶心，头晕，巨大的恐惧几乎让我瘫痪。突然，我下面响起一阵吼声：

"快点儿跟上，我不会等你一整天的。"

是波尔塔，他依然活着，而且还很完整。他蹲在一块磐石上，不耐烦地对我吼。

"快点儿，你不能把整个战争的一半时间都花在坐在这个半山腰里。"

我的两只手臂抱着松树，因恐惧而发抖，像个婴儿尖叫，满身淌血。

"哦，上帝！"波尔塔厉声说，他爬上来帮我，我依然紧紧地抱着树，自我哀怜地呜咽。

"如果我狠心把你扔下，你就得死在这山里。"波尔塔怒吼，他把那瓶日本清酒塞在我的嘴里，逼着我喝。我被他灌得脸色发紫，差不多呛得半死。他把我的手从那棵保护着我的松树上掰开，然后拖着我，继续朝着陡峭的山坡往下走，现在好多了，有一些粗草和灌木丛从石头缝里钻出来，脚手总算可以够着一些石头疙瘩或小洞洞，我们至少可以控制速度和下降的方向，但是我的神经快要拧断了，在整个下到谷底的过度中，我尖叫，反抗。山谷底部，"小混球"接着我，在我脸上不停地"噼里啪啦"扇耳光，直到我完全振作起来。

"我他妈也跟你感受差不多。"他说，"恐怖到了极限。"

我们集合起来，在这个让人诅咒的山脚下，我们是一群看起来相当可悲的人，全身撕得稀烂，还有缺胳膊断腿的，脸上带着血和尘土，我们有一半的设备在着陆过程中弄坏了，从我们头顶上也就是刚才撤出来那个位置，传来一阵持续不断的炮火，显然敌人还没发现我们已经跑了，我们有了喘息的空间。

我平摊在地上，心依然在怦怦地敲打我的肋骨，慢慢地我开始意识到身体里的刺痛，我身体的右侧全是瘀伤，我脑袋上开了一道口子，我的嘴唇也撕裂了，鼻子肿得比平时两倍大，糟糕的是，事实上还远远不止这样，我的背好像断了，一条腿好像砸碎了。所以我得像一匹马一样被杀死才对。他们没办法把重伤员带在身边，一个人要么跟上，要么留下，留下就是他的结束，我们没有条件带伤者。

突然炮火断了，"老大叔"站了起来，

"我们走！"他说。

我们跟在他后面，长长的颠簸褴褛的一行人。中校依然跟我们在一起，耷拉着头，走在"老大叔"身边，继续忧郁地行军。

我们离开了山谷，穿过狭窄的峡谷底部。在峡谷的底部我们发现自己陷进了齐腰的粘乎乎的沼泽里，有几个稳不住重心的人陷进泥巴深处，一阵挣扎之后再也看不见人影儿。没时间停下来组织救援，每个人都只能自己救自己，尽可能地挣扎，没有能量浪费到救你自己以外的生命。

我们离开了沼泽，穿过一块玉米地，在我们的一侧有一个正在燃烧的村庄，在另一侧是一条河和俄罗斯炮兵部队。

"老大叔"不知疲倦地逼着我们赶路，我跟跟跄跄往前走，几乎要倒下的时候，格里高踢了我一脚。

"抬起脚，蠢得跟猪似的！"

我擦掉额头上的汗，血从我的脸上流下来，流进眼眶，弄得我半瞎。我肩膀上背包的带子勒进了我的肩膀，把它们变成了生肉，我听到了自己抽着哭的时候很强的呼吸声，黑夜突然变成了生动的鲜红色，我又跟跟跄跄走几步，这次格里高对我踢也没用了，我倒下了，躺在地上再也爬不起来，头枕着冰凉的地面，让他们继续没有我的行军吧，我不想再加入他们了，让俄罗斯人抓住我吧，想怎么办就怎么办，我不在乎了。

"把那个杀了！"中校尖叫。他跳过我的身体继续上前赶路，去追赶落在后头的士兵，前进必须继续。

"前进。"波尔塔冷笑，我认为它是战略撤退。

格里高和小个子法国军团大兵的共同努力让我站了起来，"小混球"敲开我的嘴将半瓶十分恶心的液体倒进我的喉咙，太恶心了，我当场就呕了。呕完了感觉好多了，只有上帝知道那是什么玩意，我没有勇气问。又走了半里路，我们来到森林的边沿。我们把自己拖拽到森林里，感觉舒服多了，在大树的荫庇之下继续前行。我们走进一个相当安全的环形灌木丛，终于在黎明到来的时候，找到了安宁。你可以在波兰找到一整支军队，但我们只是一个被遗弃的连，俄罗斯人在那儿永远找不到我们，除非你真的在走背时运。

　　我们躺在地上摊开四肢，地面如此柔软，如此舒服，像一张铺着松软的羽毛的大床，能够放松是一种绝对的奢侈，这让人感觉到，人毕竟还是活下去的好。

第五章 *Chapter Five*
波兰人

　　我们不要害怕流血，要么是外国人的血，要么是德国人的血。
这是国家对我们的要求。

　　——摘自1940年希姆莱在《人民观察家报》的文章。

　　贝拉伽加·萨加洛夫娜是苏联内卫队的上尉，卢布林波兰的
通讯官，她已经遭受了党卫队对她施加的17个小时的酷刑，直到
他们把她赤裸裸地放在一个燃烧的火炉上，她的意志才彻底被摧
垮，但那时她已经昏厥过去，他们还是六从她口中得到任何信息。

　　为了让她尽快苏醒过来，他们往她身上泼冰水。她的背部深
度烧伤，皮肉烤得焦糊，只需轻轻地碰触一下都会让她惨叫。她
是一个漂亮的女人，迪尔乐万格曾经跟她睡过几次。然而现在，
过往的风华与美艳已不复存在，剩下的只有眼前这一堆丑陋的人

体残骸，而这个残骸的意志要强于很多人所能忍受的底线，直到身体被剥了皮，火烧到了骨头，变成一个不成人型、呻吟着要死的生物。

他们终于从她嘴里捞到了一些信息，这才结束她的痛苦。他们在她的后颈上打进了一颗子弹。

我们在森林里足足待了 36 个小时。我们到达之后不久，天又下起了雨。大雨滂沱，好像没有停止的迹象，雨水从树上滴落下来变成洪流，在森林里冲刷成一道道深槽，软软的地面像海绵一样带有弹性，我们踩踏在上面它就"咯吱咯吱、咯吱咯吱"地响，然而，走在后面的人就没那么好玩了，他们不得不深一脚浅一脚地踩在没过脚踝的烂泥里。

我们在一个黑沉沉的沼泽地上停下来休息，波尔塔脱下靴子，把里面的水挤出来。海德的做派则让那些不认识他的人感到大为惊奇，他从背包里拿出一套清洁工具，开始庄重地在自己身上擦呀，打磨呀。他脱掉靴子，抹掉上面的泥巴，仔细检查鞋底，他发现靴子上的 33 颗钉子掉了三颗，他要动手修理了，那是自然的，因为是海德嘛，他从容地拿出备用的一罐钉子，这个罐子他走到那里带到那里，他把脚上的装备修整好了之后，接下来是制服。他用一块破布蘸在一池雨水里，"噌噌噌"地擦掉了粘在袖子上的干血和裤子上的泥巴，他数了数衣服上剩下的扣子，然后庄重地拿出另一块破布仔细打磨它们。就连中校也带着一种不加掩饰的兴趣观察他。

"每时每刻，"波尔塔说，"他都会检查他的阴毛，确认它们是不是一根不少。"

海德放下手中的刷子和抹布，他扣上上衣，抹平头发，慢腾腾地转过身来，盯着波尔塔，他的目光扫遍眼前这个污秽的身体：黑色的光脚丫子上，趾甲像鹰爪，满脸胡子巴茬，头发上粘着大块小块的泥巴。海德没有说话，只是冷冷地优越地笑了一下，开始收拾他的清洁工具。中校感兴趣的向"老大叔"靠过去。

"告诉我，中士，"他低声说，"那个兵是不是有毛病？"

"毛病？""老大叔"说。

"呶，这里。"中校说，他意味深长的用皮包骨的手指拍打着自己的额头，"这里有问题吗？"

"老大叔"微微笑了一下，"不，长官，他只是您所说的一种生活规律吧，就这么简单啊。"

"生活规律，中士？"

"就像在修道院里，长官！"

"啊，确实，是这样的。"中校慢慢地坐回去。他的视线始终没有离开海德。"难以置信，"他说，"绝对难以置信！"

列兵阿必特参军之前是个老师，他到部队来是为了"报效祖国"，说实在的他为他的祖国做不了什么有用的工作，一颗子弹打在了他的大腿上，从这边穿透到那边，留下两个干净利索的洞。

但是他走路的方式让你怀疑他的整条腿都被截掉了。他躺在地上大喊大叫，他要吗啡，而其他比他严重得多的人静静地坐在痛苦里，因为他们知道没有什么事情可以让他们做，我们有吗啡吗？很长一段时间我们根本就没有。列兵阿必特其实是了解情况的，但是他继续呜咽，抱怨，把我们都要逼疯了。

我在想，在打仗之前的那些好日子，他曾经把多少学生打得服服帖帖。孩子们在痛苦面前退缩的话都会被骂做懦夫，男孩从小受到的教育就是痛苦能够成就人，流泪会被耻笑和惩罚，而且屁股上免不了要挨上十来棍。我想知道有多少阿必特以前的学生正在欧洲战场上。阿必特躺在湿漉漉的泥巴地里流口水、发抖，就因为腿上的一个子弹洞。理论上为元首训练炮灰容易得多，轮到自己被人填进俄罗斯人的枪口里就没那么好玩儿了。

"小混球"坐在阿比特旁边，突然站起来朝中校走过去，以立正姿势站在他面前，中校抬起头有点儿迷惑。

"怎么了，下士，有什么事？"有好一会儿没人注意中校了，"小混球"的这一举动让他既惊讶又快乐，"说出来，兄弟，我不会责怪你的。"

"好，长官！""小混球"说，"不是为我自己，您明白的，而是为那边的他。"

他指着列兵阿必特，阿必特依然在表演似的握着他的一条腿在地上打滚。

"怎么啦，怎么啦？"中校急切地问，"他到底怎么啦？"

"这么说吧，他以为他要死了，长官，他不停地呻吟，他让我来问问您，您是否有……呃……好办法。"

"小混球"觑了一眼阿必特，阿必特正不停地点头，用热切配合的姿势表演，"小混球"鄙夷地耸了耸肩。"好的，这样，那么，"他说着转向中校，"他认为我们应该投降，例如，放弃，就此结束，跑到那边去……考虑到他认为他要死了。长官，他说他研究过苏联红军，苏联红军不像人们说的那么坏，他说他们是文明人，和我们差不多……"

"哦，他说的，是他说的吗？""老大叔"站起来，火气冲天地走向列兵阿必特，"哭哭啼啼的胆小鬼！你他妈才在部队待几天，你知道不知道？你有什么事你不晓得跟我讲，啊？你他妈的什么鸡毛蒜皮的事要去打扰长官？"

他提起阿必特的衣领一阵推搡。中校看着他，眼睛睁得大大的，什么都没说。我从没见过"老大叔"生这么大的气，我想也许他根本没把中校放在眼里。他只需要一些黄口小儿像列兵阿必特这样的小流氓们把他们的想法告诉他，在我们知道他有这个念头之前，我们得小心翼翼地把他交给慈悲文明的俄罗斯人。中校有时还是很好的，但毕竟他老了，害怕了，他在一战之前就该退休享受养老金。

"老大叔"挥挥手，示意阿必特走开，让他跟"小混球"去。"小混球"张开双手臂迎接他。

"这样吧，克鲁兹费尔德下士，他归你了，从现在开始，他听你的调遣，你让他干什么他就干什么，如果他想逃跑，你可以从背后一枪毙了他。"

"那是当然。""小混球"很兴奋地回答。

我们又出发了。我们排成单行行军，中校和"老大叔"走在前头，我们一直沿着沼泽地的边缘走，阿必特比以前更糟糕了，多亏他不停地呜咽，"小混球"把他的一半装备和冲锋枪三角架都放在了自己肩膀上。重压之下的"小混球"驼着背，额头都快触地了。卢兹发现他暂时被遗忘了，他巴不得这样，所以他拖拖拉拉落在队伍后面，保持绝对安静，最好让"小混球"抓不着他。

队伍中间，波尔塔和海德正在用脏话对骂，威胁着要把对方的脑袋从脖子里塞进去。海德骂波尔塔故意把他推进沼泽里，弄脏他刚擦干净的靴子，这种事波尔塔干得出，但他不承认，只是冷笑，刺激海德越发疯狂和愤怒，他们到了要拧断对方脖子的程度。"老大叔"举起一只手，示意队伍停下来。

"怎么回事，怎么回事？"中校问，"为什么我们要停下来？你听到了什么啦？从哪儿来？我们……"

"看在上帝的分儿上，闭嘴！""老大叔"简单地说，没有任何客套。这下把中校吓得暂时停了下来。"老大叔"示意"小混球"走到队伍前面来，他们俩站在那里倾听。

"像是狗叫，""小混球"说，又听了一会儿，"我认为他们是为了搜寻我们。"

"带着狗？"中校说，"纯粹是垃圾，无聊！"

他像往常一样不予理睬，"老大叔"开始布置任务，"其他人待着不动，我带上小分队上前侦察。"

"又是我们。"格里高抱怨。

我们悄无声息地往前摸去，进入森林，我现在也听到了偶尔传来的狗的呜咽声，树林渐渐开始稀疏了，我们发现我们正靠近一个小山村，"老大叔"挥手，再次叫停。我们蹲在灌木丛中，而他则用望远镜搜索外面的情况，我能辨别出是辆有美国标志的大卡车和一群穿苏联内卫队绿色制服的人。苏联内卫队的恐怖程度等同于德国党卫队。在队伍前头，六条长相凶猛的狗，类似于阿尔萨斯狗，但是更强壮，个头更大，它们使劲拽着链子急切地想出发，从牵狗人的衣服的厚度来判断，他们可能是西伯利亚人。

"是的，他们显然不是周末出来散步的。""老大叔"观察之后面无表情地说，"我认为他们追的就是我们。"

"如果他们让我们吃顿好的，晚上有张床睡，我就可以向他们投降，省得这么多麻烦。"格里高嘀咕。列兵阿必特听到这话突然一瘸一拐兴冲冲地走上前来，"为什么我们不试试？我们都到这里了。"他说，"如果我们自愿投降，说不定有很好的待遇……"

他停下来，因为"小混球"在他头上重重地敲了一拳头。

"再啰嗦，我把你扔去喂狗，快把机枪架起来，要快！"

"好的！"

"老大叔"转身示意我们站好位置，"波尔塔，你这一组和我就守在这里，格里高带着你的人在左侧散开，其余的人我一给信号你们就开火。"

我们蹲在树林里，等到出现在射程之内不期而至的俄罗斯人，狗还在呜咽，挣扎着想跑，它们显然嗅到了我们的味道。波尔塔又开吃了，他打开他的最后一个罐头，贪婪地舔舌头，"一流的牛肉。"他说，他发现我看着他，"你想吃点儿吗？"

"现在不吃，"我说，"不过我不介意闻它的味道。"

波尔塔把鼻子埋进灌头里，贪婪地吸气。牛肉对于我来说，就像一百个城市的垃圾筒，难怪那些狗那么急着要出来，波兰恐怕有一半的动物都会扭动它们的鼻孔，把头转向空中。

列兵阿必特坐在潮湿的草地上抱怨他的腿，子弹洞的边沿变成了蓝色，他的大腿肿得像个火腿，目前这种处境，我们已经不太在意还要不要我们的腿，某种程度上这反而是种解脱，我认为他没有什么值得呜咽的。

"你知道你想要什么，对吗？胆小鬼。"马塞罗那说，"我告诉一个土方子，很有效的，牵一头阉公羊来，让它朝着你的伤口撒尿，立竿见影。"说完他冷淡地走开了，一丝微笑挂在嘴唇上，阿必特拖着他。

"你个王八蛋！"他大骂，"王八蛋，你们这群遭上帝诅咒的王八蛋！"

"行了行了！""小混球"大声吼，一掌把他搡到地上，"留着骂俄罗斯人吧，别把这些话浪费在我们身上。"

在我的左侧。格里高正在给楞次讲一些长而且断章取义的故事，讲他曾经是怎样从房子的五楼搬着一台大钢琴走下旋转楼梯的，旋转楼梯没有扶手，故事还讲到了有关妓院和一个裸体瑞典妓女胸脯之类的情节。但是从我的人生经历来看，我还不能完全理解故事的内在涵义，从楞次的脸上看起来他也不是很理解。事实上我不是那么确定楞次是否在听，他盯着敌人有可能来的那片树林深处，也许他在想，在他被他的同胞兄弟们杀死之前他还能杀死多少人。

海德安静而严肃，他拿出一块干净抹布，入迷地擦他的机枪，它已经亮得像灯塔了，亮得可以让每一个在波兰的俄罗斯士兵找到我们的位置，但是海德还认为擦得不够亮。

小个子法国军团大兵在观察人和狗的靠近，对机枪枪手来说，现在只是距离远近的问题了，他们前进的时候手握着刺刀，狗链子缠在手上。那些狗低着头鼻子触地嗅个不停。走在最前头的是一位军官，他手里捏着一根驯狗的鞭子。

"500米。"小个子法国军团大兵说。

"老大叔"把来复枪扛在肩膀上，拉动保险栓。

"射程200。"马塞罗那向我转过头，"你准备好了吗？"我点头，指了指躺在我身边的那一堆手榴弹。

"好的，在第二批射击之后。"

"300。""小混球"说。阿必特发出一声低低的呜咽。被"小混球"打了一下，波尔塔不情愿的把那只空腌牛肉罐头扔掉，捡起来复枪。狗这时已经疯了，牵狗的人弯腰松手送了一把。

"250。"小个子法国军团大兵说。

"225，200。"

"开火！"

四挺机枪同时齐射，一个拿着鞭子的人从头到脚射满了窟窿。

"像在玩飞标游戏，"他说，"人做靶盘，"

俄罗斯人犹豫了，他们中有人试图转身回去，但是被两阵炮火锁住了，他们只好硬着头皮继续前进，摆在他们前面的是两挺德国机枪，拦在他们后面的是他们自己人，他们的一位军官用一挺自动机枪在他们头上开火表示警告。狗不需要任何鼓励，龇着两排白牙怒嚎，直接冲向我们。阿必特吓坏了，歇斯底里地尖叫，他没头没脑地一阵狂跑，幸运的是，他被一棵树杆绊倒，又被小个子法国军团大兵踢回队伍。"小混球"此时正忙着他的机枪，否则阿必特背上就是一颗子弹。

第二轮子弹齐射，除了一条狗，所有的人都倒了，那条剩下的狗是条长相粗野的黑狗，它疯狂地奔向"老大叔"，露着牙齿，淌着涎水，在它跑到跟前之前，"老大叔"平静地瞄准目标，扣动板机。他是一个不会恐慌的人，我想我从来没见过他在哪种情况下失去理智。狗向一边弹跳，发出痛苦的嚎叫，小个子法国军团大兵丝毫不动感情地取出左轮手枪，把子弹送进它的脑袋。

我的手榴弹几乎都没派上用场，战斗才开始就已经结束了。"老大叔"示意我们撤。

"要是战争总是这样有趣就好了。""小混球"声称。

"这种仗打得很过瘾，这真是一种奇怪的乐趣，"楞次悲伤地嘀咕，"它结束的时候会发生什么呢？我很想知道。"

"什么结束？什么时候？"

"战争啊，有趣啊，战斗啊……——"

"唔，好了，当它结束的时候就全部结束了，不是吗？"

"就这么简单吗？"楞次说，"我宁愿没有这么简单。很有可能情况是这样的，他们干掉了阿道夫之后，还会接着干，直到干掉对方，往后，那我们会在哪里呢？"楞次问。

小个子法国军团大兵笑。

"好的，那时候，我们知道你在哪里，不是吗？你在兵营里，挥舞着小红旗，为美国资本主义去送死。"

"我不知道，"楞次叹气，"我不知道……有时候我在想我已经看得太多了，这一切在我接下来的人生中都无法抹去。"

太阳快下山的时候，我们回到了中校和我们连队的人身边，中校见到我们就像见到了久别的亲人，几乎掉下快乐的眼泪，我想知道如果我们不回来会发生什么，我想知道谁来负责，他们是否会投敌。

"中士，我一直在想，"中校说，他一只手搭在"老大叔"的肩膀，"如果我能看到我们是怎样过河的，我就会遭诅咒。"有一阵停顿，"老大叔"尊敬地等待听他的下文，他花这么长时间思考出来的结果，但是结果是，没有结果。

"我懂。""老大叔"说。

"好，既然你懂了，你知道，"中校说，"概括起来那就是我的观点。"

"所以，啊，您认为我们该怎么办呢？"

"啊，是这样的，对于那……"中校把钢盔往后推了推，用一块破烂的手绢抹了一下他那个皱成一团的眉毛，"那当然，重要的是，是不是？"

"那是当然，长官！""老大叔"庄重的表示同意。

又有一阵停顿，中校看起来很沮丧，有些苦恼，看上去像是一具埋了半截的尸体，我真为他感到遗憾。

"你们想不想知道？"马塞罗那说，"我有个主意。"

我们充满希望地回头看他。马塞罗那不是常有主意的，但是一旦有主意都是值得听的。

"好的，听着，"他说，"这儿有一条河，这儿还有俄罗斯人，对吧？"

"正确，"中校说，"很了解战局，我们被包围了。"

"所以我们消灭他们，脱下他们的制服，我们沿途下到河边，看看桥还在不在，如果还在呢，我们就过河，没人会阻止我们的，因为他们认为我们是俄罗斯人，如果桥不在了呢……"他扭过身子，抬手越过肩膀指着波尔塔，"这里波尔塔能够说方言，他可以问路，打听还有没有别的过河的办法。如果这些都落空了，我们还可以自己修桥，很简单。怎么样？谁还有不同想法？"

"嗨，""小混球"叫喊，"这个主意不错！"他兴奋地转过头看着大家，"想想看，"他说，"穿上俄罗斯人的制服，我们可以一路行军到柏林！"

"除了要我去交谈。"波尔塔说。波尔塔发现在通常情况下，都是他前去跟人谈话。"那我希望当一个中校。"

"你想当什么就当什么吧，"马塞罗那说，"只要你带我们过河。"

中校这下急了。

"也许是，波尔塔和马塞罗那十分在行，如何计划变成实践。"中校清了清嗓子。"我们最好继续往前推进。"他焦虑地说。毫无疑问他看到了自己被逮捕，穿着旧俄罗斯人的制服被当作一名间谍枪毙掉，尽管这不会比穿德军制服被俄罗斯人当作敌人枪毙更糟糕。"你知道，中士，"他用一种神秘的口气对"老大叔"说，"你们这些人，居然有人出这种馊主意，让人脊背发凉。"

我们再一次冲进森林，行走在高大的树木之下。

地下植物像铺了厚厚一层毯子，雨停了，蒸气从沼泽地里袅袅升起，到处都是长脚蚊，它们像一团"嗡嗡"叫的云寸步不离地跟着我们，简直叫人发疯。"小混球"突然停止在脸上赶蚊子的动作，举起一只手示意我们提高警惕。

"俄罗斯人！"他说。

我们僵在那里，除了森林里的正常声音之外，我们不能辨别任何异常的声音，但是如果有谁对"小混球"的判断表示怀疑，那他就是一个非常自大的傻瓜。

“让我们冲啊！”库奥斯嘶叫，库奥斯现在两条袖子都戴上了红十字袖章，确定没人会把他弄错。

“别傻了。”“老大叔”制止他。我们站着屏气凝神静听，“小混球”定定地向前指着，我们向他手指的方向靠，慢慢地我能够辨别出一系列的声音，这些声音与树叶的“窸窸窣窣”声没有关系，它们是来复枪的声音，人的声音，踩在灌木丛中靴子的声音。

“去那儿。”“老大叔”朝路边冲了一步，那里有厚厚的树叶子堆积着，他用手拨掉一层，然后用刺刀挖进柔软湿润的泥土，他很快把自己埋齐了肩膀，我们这些人也像一只只硕大的鼹鼠，跟在他后面挖。

“你们确认这法子奏效吗？”中校气喘吁吁地说。

不管奏效不奏效，别的办法都太迟了。我们在泥巴似的巢穴里蜷起身子，头上是厚厚的叶子，泥巴从我们四周涌进来，俄罗斯人已经很近了，我听到来复枪上的安全栓拨得“喔喔”响，我能感觉到他们经过时重重的脚步，我听到他们在讲话。

“叽里咕噜，叽里咕噜……”

在泥土底下我快窒息了，我在泥巴表层留了一道小小的出气孔，现在我满脑子想的是那个孔被堵住了，我自己呼吸的废气让我中毒了，汗从我的背上、胸脯上往下淌，我弯着腰蜷缩一团像一个在子宫里的婴儿胚胎，膝盖顶到下巴，手臂抱着弯曲的双腿，恐惧完全淹没了我，我的肺要炸了，我再也受不了啦，我得出去了。我的牙齿紧紧咬住左轮手枪枪把。明亮的色彩透进来，像色彩斑斓的鱼儿游弋到我的眼前，我感觉有东西爬上我的脸、我的鼻子，我真的忍不住了，现在，我真的要打喷嚏了。

头顶上，俄罗斯人正踩着灌木丛互相叫喊。

"叽里呱啦，叽里呱啦……"

他们沿着小路大踏步走，在我们树叶的上面打探，拿枪戳我们，我感觉我的两条手臂开始绞痛，但是一点儿空间都没有，根本没法移动，连一根手指头的空隙都没有，外面有声枪响，我想了一分钟，我认为我们可能被发现了，我的脑海里装满了恐慌的洪流，我想象着他们在我们身上施加的各种酷刑，如果他们就这样抓住我们，我们埋在泥巴里完全没有能力抵抗，完全是活着的死人。

是不是还有更好的办法呢？如果我破土而出？好，现在，如果一个人还有机会的话，宁可死在甜甜的新鲜空气里，也不要慢慢地窒息而死，活埋在土里。

"叽里咕噜，叽里咕噜……"

"他们到底有多少？他们什么时候才会停止？这里安静下来还要多久？我的膀胱要胀破了，一阵热血在我全身痛苦地奔流，慢慢的，我感到一股热热乎乎的尿液在我的两腿之间流淌，这下我感到极大的放松，瞬间解决了我的所有问题。在我的头顶上，或者远一点儿的地方，有更多的笑声，更多的枪声，他们可能是对所有的移动的东西开枪：乌鸦、老鼠、甚至是蚊子。

我呼吸了一口陈腐的空气，我的脉搏在绝望的抗议中跳动，我现在知道了，当一个苹果放进一个装着干草的盒子里它是什么感觉，我记得小时候在学校里，我们把苹果放在干草盒子里，如果它在里面放了很久，会开始慢慢地变熟，那就是我现在的状况，可以肯定的是，外面的人一定看到了蒸汽……

"嗨，真好玩，"波尔塔说，"斯文在哪儿？"

"我就在底下，"我说，"我就在底下。"

我绝望的挣扎着，我要转动脑袋，从叶子中清理出一条通道，但是似乎脖子以下的部位都瘫痪了。我大声呼喊求救，但是我的声音被淹没了。

"他一定就在附近。""小混球"说。他脱下一只泥乎乎的靴子在我头顶上敲。

他们把我抠了出来，使劲摇晃我，拍我的胸脯，扇我的脸，库奥斯戴着红十字臂章上蹿下跳，指导他们该怎么做，整了几分钟之后，我差不多感觉正常了，并且意识到了裤子里那块热乎乎的潮湿。

"我以为你死了呢。"波尔塔亲切地说。

我们继续前进，穿过没有尽头的森林。我们断粮很久了，因为饥饿折磨得肚子开始咕噜咕噜叫，尤其是波尔塔，食物的匮乏最令他不能忍受。他开始想象着一顿丰盛的筵席，他把菜名逐个逐个地都大声说出来，"老大叔"终于受不了了，他简明扼要地说了两个字"闭嘴"。波尔塔憋着一肚火但也只好闭嘴，差不多有十来分钟他没有同任何人说一句话。

　　夜幕降临时我们终于停了下来，在树下扎营。极度的疲劳让我们很快入睡，列兵阿必特被叫去站第一班岗，恐惧使得他几乎要呕吐，每一个阴影，每一点儿动静都会让他跳起来，他风声鹤唳，草木皆兵，大腿在瑟瑟地抖。这时，他发现他的腿已经长蛆了。他从口袋里小心翼翼地摸出一张纸，这张纸他秘密隐藏了很多天，这是一张敌军空投下来的劝降书，诱惑那些轻易听信别人的傻瓜归顺他们。这东西让列兵阿必特捡着了，他对熟睡的战友们背过身去，借着星光再次温习那张纸。

　　上面写着"安全行动保证"，"对任何一位来自德国武装部队的，凡是愿意把他的忠诚转向给俄罗斯军队的人，在这里我们保证他的安全通道。签名（M.S. 马林将军，K.K. 洛科索夫斯基大元帅，俄罗斯波兰武装部队）"

　　阿必特把纸折好小心地放回口袋。他打开弹药袋取出一小块面包，他嚼着面包思考了几分钟，终于，他下定了决心，他悄悄走进树林，一到林子里拔腿就跑，好像地狱里所有的恶魔都跟在他屁股后面，他把左轮手枪和半打手榴弹扔向灌森丛中，扯下皮带和弹药袋，丢掉头盔和来复枪，一直向前奔跑，穿过树林，去投奔被俄罗斯军队占领的村庄。

　　"别开枪，别开枪，我是来投靠你们的，我有你们将军的安全行动保证书。"

　　两个西伯利亚人站起来审查他，他穿过一片艰难的沼泽地，跌跌撞撞地向他们靠拢，手里捏着一块脏不拉叽的手帕举过头顶挥舞着，作为一个投降的标志。那些人看到他没带武器，即使他不出声，也一眼就能认出他是个德国逃兵。

西伯利人举起他们的轻机枪准备开火。

"别开枪，别开枪啊！"阿必特尖叫，"我不是纳粹！"

他站在他们面前，一只手继续挥舞着他的休战旗帜，另一只手挥舞着保证书，铁石心肠的西伯利亚人把他炸飞了，他倒地的时候嘴里还在嘶叫着请求得到仁慈地对待。

风抓住了那块手帕，把它抛向高高的树梢，安全保证书则沿着地面翻滚，消失在树林中。马塞罗那发现我们的准逃兵终于离开了我们。

"为什么不在我们还有机会的时候枪毙那个杂种？"波尔塔抱怨。

唯一的小安慰是他成功的到达敌人那里，最后也是死路一条。警报响起来了，俄罗斯人一定要出来找我们了，我们付不起任何投机的代价。

在夜晚余下的时间和第二天早上，我们尽可能快地向前推进，我们在茂密地灌木丛中砍出一条路，荆棘和小树枝，把我们的制服撕成了一条条的布，我们从泥巴坡滑下去，在恶臭的沼泽地里跋涉。快到中午的时候我们到达一块开阔地，有一条宽阔的蜿蜒的路从开阔地中间穿过，路上满是向西行军的俄罗斯士兵。我们悄无声息地退到树下隐蔽起来，如果我们不能穿过眼前那条路，就意味着我们得多绕几英里地，而且我们还会在广袤的森林里迷路，除了隐藏在灌木丛中等待黑夜降临，我们别无选择，我们希望到那时部队的行动已经停止。

黄昏来临，道路上的交通依然是一片繁忙的景象，没有丝毫松懈下来的意思。我们等待了足足一个小时，现在天已经全黑了，看起来整个俄罗斯部队都在这条路上行军，很可能整个晚上都是如此。

"就这样窝在这里，真他妈该死！"波尔塔压低嗓门抱怨，"我们按这样的速度得走到世界末日，我的肚子再也受不了这种折磨了。"

"那么，准确地说，""老大叔"用僵硬的语气说，"准确地说你想做什么？"

波尔塔若有所思地看着路，又抬头望了望夜空，夜空中乌云覆盖，看不到星星，他又往回看看路，在有人能阻止他之前，他已经站起来飞跑了。在一辆卡车轮子底下，他开枪射击，从左边到右边，我们等待着恐慌和俄罗斯部队火力的到来，但是运输线仍旧同以前一样平静。

"这个怎么样？"小个子法国军团大兵说，"值得试一下吗？"

"老大叔"耸起一只肩膀。

一个人可以走的地方，我想其他人就可以跟着走，

半个小时之内我们居然都安全地过去了，在恐慌和犹豫中，我的脚陷进了一辆正在开来的 T-34 坦克的车道里，在灾难来临之前的几秒钟，我终于拔出了脚，当笨拙的坦克碾压过去之前，我

缩在壕沟里。坦克喷得我从头到脚都是泥，我们继续前进，走进黑暗的树林，又花了几个小时蹲在灌木丛中，我们再一次行动，在黑夜里行军，快到黎明的时候，我们听见了河流的响声，水流拍打着两岸，好像就在我的脚底下某个地方。靠近树林的边沿，我们在狭窄的小路上走成单行，"小混球"和波尔塔领头，他们俩嬉笑着说一些让人放松的段子，就好像他们是周末下午的一个小旅行，离危险有成千上万里。我一直以来都没搞清楚，这两个家伙到底是有钢铁般的意志，还是缺乏想象力？除了他们表面的不在乎，他们实际上还是保持着高度警惕，我们突然看到"小混球""噗通"跪下去，招呼他身后的波尔塔也做相同的动作，"老大叔"举起一只警示的手，整个队伍停了下来，慢慢地、静静地，我们肚皮贴着地面，匍匐前行，一寸一寸地爬过岩石地面。

肥沃的农田郁郁葱葱，沿着河的两岸铺展开来，桥已经被炸毁了，扭曲的残骸指向空中，像从深水里抻出来向人提出警告的手指。附近是一栋建筑物的废墟，燃烧过后还有一点点灰烬后的余烟，它可能是一座桥头堡，在我们正下方是一栋农舍，"老大叔"通过望远镜研究了它一会儿。

"俄罗斯骑兵，哥萨克骑兵。"

他的话还没说完，几码之外的树林里走出一个男人，他沿着小路走，离我们有一段距离，他没有朝我们这个方向看，显然他完全没有意识到我们的存在。"小混球"跑过去跟着他，敏捷、准确、一声不响地伸出一只手臂钳住那人的脖子，把左轮手枪顶住他的肋骨。

"叫一声就给你子弹吃。"

那人过度惊吓，不敢弄出任何声响，他嘴巴张得老大，眼睛直愣愣的。我想了一会儿，觉得他过去曾经被抓过，他没有武器，显然是一个非战斗人员。

"可以了，让他走。""老大叔"向波尔塔示意，波尔塔不情愿地松开猎物的脖子，"你是谁，在这里做什么？"

"我，战友。"这家伙热切地说，"我，朋友，不，共产党，朋友……你懂吗？"

"是的，我们懂，"波尔塔冷笑，"你，不，共产党，你，朋友……是的，这些我们都知道，兄弟。"他转过身，轻蔑地往路上啐了一口，"妈的，这都是讲故事。"

"可是，求求你，长官，是真的，是真的……"

"哦，是吗？"波尔塔说，"你知道么？真的很让我吃惊呢，这几天有好多俄罗斯人都声称自己不是共产党，真的让我吃惊……一分钟之前，他们还仰着脖子瞻仰着斯大林，下一分钟他们会说，我，不，共产党，我，朋友……"

那人热切地向前移动，在空中挥舞着双手像只兴奋的兔子。

"我，不，俄罗斯，我，不，俄罗斯，波卡，叽里咕噜，叽里咕噜。"

"又来了。""小混球"说。

那人用手指戳着自己的胸脯对我们笑，他抬起手臂指向农田那边，"我的房子，在那里，我的房子。"

"你的房子？""老大叔"扬起眉。

"全是俄罗斯士兵，潘中士，他们把它抢走，潘中士，我的妻子和孩子，他们还在那里，我的妹妹也是，我的爸爸。"他再一次指着，这一次是越过山谷指向还在冒烟的卫兵室岗楼。"我的父亲，他们杀了，他守桥，他们杀了他，烧了房子。"

有一个停顿，我们看着那个男人和农田，再看看被毁的桥，从表面上看他的故事似乎令人可信。

"你呢？""老大叔"问，"你怎么样？"

"我从战争回家，我看见俄罗斯人，我跑，我不知道干什么……"

"杀了这个杂种！"库奥斯突然尖叫着向前冲来，"杀了他，不要相信波兰人，你和我一样清楚，他在撒谎，为了骗我们下去，割断他的喉咙，把他给他们送回去。"

"那种话现在已经说够了，"中校冷冷地说，"你给我好好记住，我是这里负责的。"

库奥斯反叛地看着他。波尔塔把他的酒瓶拿给发抖的波兰人，波兰人接受了，嘴唇紧张地扭动着说"谢谢"。

"告诉我，""老大叔"说，"既然桥炸了还有别的路吗？你能带我们过去吗？"

"塔克加斯特（波兰语：是），潘中士，只是……"他朝农舍的方向点头，张开手做出一种无助的姿势，"俄罗斯人，潘中士……"

"别担心俄罗斯人，""老大叔"肯定地说，"他们是我们的事，我们会为你搞定俄罗斯人的，集中精力想一想怎么带我们过河。"

当我们小心谨慎地靠近被占领的农舍时，我们发现俄罗斯人在院子里寻欢作乐，他们烧起了一堆巨大的篝火，把一头牛切开来烤。他们喝酒，叫喊，围着火堆跳舞。有一个人脚下一滑，跌倒在正在燃烧的火堆外围的灰烬上。不知道是不是他的同伴因为喝得太醉，没有注意到他，还是根本就不在意，但是不管是怎样，他们都没有采取任何行动把他拉回到安全地带。

"要是他们没让他着火就好了，"波尔塔嘀咕，他指的是牛肉不是那个人。

在我们一路走过去的时候，"小混球"一直用双筒望远镜仔细地观察整个烤牛的过程，他越来越焦急。等我们到那里的时候，万一肉烤糊了怎么办？

"去他妈的肉，""小混球"说，"我只在乎酒。"他转过头不耐烦地对"老大叔"说，"我们可以前进吗？可以吗？那才是真正的俄罗斯伏特加！"

"好了，别慌，""老大叔"和蔼地说，"我们不是正在路上走吗？"他叫我们停下。"马塞罗那，你和格里高待在这里，给我们掩护，'小混球'，你和……"他犹豫了下，"库奥斯、拉迪思拉斯走在前面，其他的人跟着我，别用手榴弹，那里有三个老百姓，我希望把他们活着带出来。"他对那位焦急的波兰人说，

"好了，拉迪思拉斯，你可以走了。"

"小混球"朝农田走去，拉迪思拉斯、"老大叔"充满期待地看着库奥斯。

"嗨，你听懂我说的话了吗？"库奥斯点头。

"我听到了，但是如果，你想象一下吧，我这一去等于是把自己的脖子伸进一个绞索里，而这一切只是为了解救几个可恶的波兰女人和一个流着鼻涕哭哭啼啼的浑蛋，你就不会想想……"

"你到底走还是不走！""老大叔"厉声呵斥，"你在抗拒命令！"库奥斯反叛地白了他一眼。他不得不在尘土中移动脚趾，"我们根本不需要听那个傻瓜波兰人告诉我们怎么过河……为什么不在他脑袋里送一粒子弹，让他留在这里腐烂？"

"因为中校是这里的负责人，中校是这么决定的。"

我们都转头看着中校。中校用一种庄重的军队的威严，清理一下喉咙，展开双肩。

"确实如此，"他说，"你被逮捕了，"他对格里高示意。"看着他！"

"是，长官！"格里高说，带着一种恶意的嘲弄。

库奥斯怒视他。

"你们没把话听完，"他冲着"老大叔"和中校说，"你们不能这么做，我的一个兄弟在德国中央保安局，他会出面摆平你们这些人的，你们为一个撒谎的波兰人，拿德国士兵的生命去冒险，我很遗憾。"

格里高用来复枪的枪托使劲地捅库奥斯的腰。

"真该死，库奥斯，你在国家安全局的兄弟已经看到你最后的……"

农舍外面有两个哨兵显然是喝得很醉，一个呕得一塌糊涂，另外一个想要跳舞，坐在脚跟儿上甩动他的一条腿，在一系列乱七八糟的动作中，"小混球"和小个子法国军团大兵偷偷地靠近他们，他们的死又快又安静，因为他们实在是喝得太醉了，可能都不知道是怎么死的。"小混球"热切地举起一个伏特加酒瓶放在嘴唇边，是空的，他厌恶地把它扔在一边。对着最近的一具尸体气急败坏地踢了一脚。

"贪婪的杂种！"

他通过在死人身上抢劫金子来安慰自己，在波尔塔跳过来之前，他已经成功地拔出三颗金牙，当"小混球"跑过来搜查第二个哨兵的尸体时，"小混球"把他的水磨皮包里的内容全倒在掌心，很陶醉地看了一会儿他的战利品。"老大叔"摇摇头。

"总有一天，这些小玩意儿会要了你们的命，你们不管是谁哪一天栽在这件事上，我一滴同情的眼泪都没有。"

"谁招惹他了？"波尔塔问，他正在用钳子忙活。

"小混球"耸耸肩。

"针对我的，我刚刚又惹得他不高兴。"

波尔塔摇摇头，深沉地继续他那的可怕的工作。如今，他早已习惯了"老大叔"的良苦用心，一旦发现他又有假装圣洁的苗

头时，最好的办法就是不理他。他和"小混球"早已预料到战争过后是什么处境，他们会一无所有，只有一马克一天，或者是肚子上的一颗子弹。好事到了家门口，为什么不为自己谋点福利呢？

"一个人总得有所依靠，"波尔塔说，一副相当理智的样子，"战争不会永远打下去，你得在人生中看远一点儿。"

我们继续前进，靠近了农舍。院子满是痛饮的哥萨克骑兵，他们站成一个圆圈，双手搭着同伴的肩膀，一个接着一个，转着圈儿载歌载舞，时不时就有一个人松了手，跨过火堆，响起一阵雷鸣般的掌声。马厩里传来踢踏声，有两个人正坐在那里安静地喝酒，抽烟。我们发现只有他们两个人，没有别的哨兵了，我们在房子对面赶紧架起一挺机关枪。波尔塔很遗憾地摇摇头，这些粗鲁的哥萨克骑兵是和他心性相通的人，要不是场这该死的战争，要是在别的场合下，他一定会跑过去加入他们的狂欢，但是，现实既然是这样，他就不得不准备屠杀，为了让他的长官满意，也为了保全自己这副臭皮囊。

"真遗憾，破坏这么带劲儿的一个篝火晚会……"

"别在意晚会！"海德厉声呵斥，"走吧，干活去。你要搞明白，这些人是共产党，是国际犹太人的马屁精。"

"舔我屁股的马屁精！"波尔塔说，"谁让你说那么一大堆废话。"

我们都缄口不言，静静地站在那里观看哥萨克骑兵滑稽的跳舞动作，在我们身后的树林里，有一只雄狐狸在叫，还有一只猫头鹰发出汽车喇叭似的"叭叭"声。夜色来临，火光星星点点地亮起来，照亮了黑夜，照亮了周围半里地。夜色更深了，他们也喝够了，一个接一个醉倒了。他们开始踉踉跄跄地走进农舍，有几个留在屋外，就地躺下打呼噜。现在这个地方终于平静下来了。"老大叔"回头冲着我们。

"准备好了吗？"他轻轻地说。

我们爬上前去，在高高的草丛中蹲下身子。农舍已囫囵没入黑暗中，窗户里一星一点的光亮都没有，马厩里的马开始发出嘶鸣，它们踩踏着地板，踢踹着门，想要冲出去，想要自由，这真是一些好战马啊，它们本能地感觉到了我们带给它们的危险，但是它们那些醉得不省人事的主人对它们警报毫无反应。温暖而又甜丝丝的干草味，马的气味儿，以及呕吐物酸臭味儿与倒地的酒瓶流出的伏特加味儿混合在一起。即将熄灭的火堆里升起来的薄烟朝我们飘过来，带来了烤肉的香味儿，我们经过火堆，波尔塔用刺刀切肉。香喷喷的烤肉很容易从骨头上分离，波尔塔切了一大块儿放进嘴里，肉汁顺着他的下巴流，流进他的衣领，他的眼睛在纯粹的快乐中模糊了，恍惚中他伸出了一只手想再多拿一些。

"不，别，不能。"小个子法国军团大兵理智地劝告，他用喷火筒管子捅了他，指着农舍，"如果我们不把这个地方清理干净了，你就回不去了。"

楼梯底下躺着十几个哥萨克骑兵，乱七八糟地码着，分不清是手还是脚。

"和新兵一样蠢。"格里高说。

马塞罗那试探性地拨了拨其中一个，那人在睡梦中露出了微笑，伸出一只手，淫邪地抓住格里高的一条腿。

"甜心！"他梦呓。

"神经病！"马塞罗那说着挣脱了那人的手。

"杀了那杂种。"库奥斯建议。

楼梯顶端，"老大叔"挥舞着手让我们安静，

"闭嘴，跟着我。"

他小心地推开了重重地木门，门轴的铰链需要上油了，发出尖锐而且高分贝的音量足足可以惊醒死人。俄罗斯人还在打鼾，拉迪思拉斯踮起脚横着走，地上到处躺着俄罗斯人，有盘在椅子里的，有四肢伸展躺在地上的，有挂在楼梯扶手栏杆上的，有一大堆歪七倒八的空瓶子，还有一池子的尿和呕吐物。拉迪思拉斯眼睛眯成了一条细缝儿，他看起来不再像一只兔子，而是一个敢于面对最糟糕的事情的铁铮铮的汉子，准备要为自己报仇雪耻。他抓住"老大叔"的手臂，指向另一个楼层的卧室。"老大叔"点点头，我们沿着大厅跨过身体向前走。在楼梯的转角处，有两个哥萨克中士，他们肩并肩坐在同一级楼梯上，冲锋枪放在腿上，头垂到了胸前，正在酣睡。我们抓住机会，"小混球"徒手把他们两个勒死。

我们继续往前走，在大厅下面，库奥斯又在嘀嘀咕咕说他的在国家安全局兄弟的事，格里高在他耳边痛打一拳，让他住嘴，

他果然住嘴了。

就在我小心翼翼地绕过两个死去的中士身边时，突然传来一阵嘈杂声，一只伏特加瓶子向我扔来，接下来是"小混球"猛地向前一个趔趄。"小混球"踩在伏特加酒瓶上，在半黑暗中没站稳脚。他们俩都摔倒在石头地板上，一个昏睡的俄罗斯人睁开眼睛，慌慌张张坐起来，但是，在他还没有弄懂发生什么事之前，海德就割断了他的喉咙。"小混球"边吼边跳，迎面有一面很高的镜子，镜子里面有一个跟他自己差不多的巨大身影向他扑过来，在黑暗中他误以为那是敌人，他一声怒吼，端起来复枪"叭叭"开了两枪，当他自己的影子在一阵下雨似的碎玻璃中消失时，他发出一声满意的嘀咕。

"看在上帝的分儿上！"站在楼梯顶部的"老大叔"嘶叫，"下面发生了什么？"

"是'小混球'撞到了假想敌。"我说。

"小混球"将我一把推开从我身边走过去，接着他又猛然飞也似的跳回来，他满脸都是血，脸上扎满了细小的碎玻璃碴。

"我杀了那个杂种。"他说。

楞次看着我的眼睛，一只手捂住嘴，发出一声驴叫似的笑。

"什么杂种？"波尔塔问。

"向我扑过来的杂种。""小混球"说，"我砸碎了他的脸。"

楞次笑得太厉害，差点儿从栏杆里翻了出去，我很高兴第一次看到他这么开心。

　　我们到达楼梯的平台处，拉迪思拉斯推开"老大叔"往前走，冲向一个门，"老大叔"拉住了他，我们在门外听，里面有一阵像蜜蜂一样的"嗡嗡"声。

　　"好的，打开."

　　"老大叔"点头，小个子法国军团大兵轻轻地转动门把手，一堆发抖的赤裸的肉躺在床上，这是一串有规律的鼾声，低低的"嗡嗡"声正回响在房间里，从他脱掉的衣服看，我们可以判断他是一个少校。看上去很像一团肉球，在床脚下蜷缩着一位年轻姑娘，姑娘已昏厥过去，拉迪思拉斯站在那里盯着她，面色惨白，全身发抖。

　　"你妻子？""老大叔"轻声问，拉迪思拉斯摇了摇头。

　　"你妹妹？"拉迪思拉斯慢慢地点点头，他扭过头面向墙壁，小个子法国军团大兵拖出三八式步枪，压在少校的太阳穴上，但是"小混球"突然扑上来把他推开。

　　"让我来，"他说，"我喜欢杀俄罗斯人。"

　　他最喜欢徒手干掉他们，又快又干净，没有声音，只有几声轻轻的哽咽，少校就见阎王了。

　　"这里还有一个。"格里高不动感情地说。他指着一只从床底下伸出来的手，"小混球"立刻抓住那只手，一个上尉出现了，没穿上衣，没穿袜子，他的一只手臂弯里抱着一个伏特加瓶子，他正在微笑，唱着歌，"小混球"拧断他的脖子时他还在笑。

　　就在这时姑娘慢慢恢复了意识。她睁开双眼，惊恐地看着四周，看到的是满屋子的大兵。我敢说我们个个都是一副邋遢相，没刮过脸，胡子拉茬，满身是泥，浑身汗臭，制服破破烂烂。"小混球"向姑娘凑过去，他那张丑脸上立刻显现出一副淫荡的表情，他伸出篮子似的大手，姑娘尖叫起来。对他的这种表现，我一点儿都不感到吃惊，我也没有责备他的意思，因为波尔塔已经坐在床上，并且坐在姑娘旁边，微笑着意味深长地看着她。姑娘张口就咬，牙齿陷进了波尔塔的手臂，我认为这不能全怪她。

"让她自己待着！""老大叔"冷冷地说。"小混球"和波尔塔转向他。

"你怎么回事，'老大叔'！"

"我说让她一个人待着！""老大叔"厉声说。

他捡起上校丢掉的上衣，递给姑娘，姑娘不说话，把衣服裹在身上。

"走！"

"老大叔"把她领到拉迪思拉斯旁边，拉迪思拉斯靠着墙站着，双手捂着脸，好像即使已经经过五年痛苦而漫长的战争，他还没有认识到这就是人的粗野的真相。

"我们必须找到你的妻子，""老大叔"说，"带我们到其他房间找找看。"

下到地下室，我们找到了他们，他妻子和儿子被一群喝得烂醉瘫倒在地的哥萨克人围着，他们坐在受害者的血泊中，女人被强奸了，然后用刀子割开。孩子用刺刀刺死了。看到这个场景你就不想再看第二眼了。

我们站在那里没出声，楞次转过身，一只手捂住嘴。"老大叔"朝拉迪思拉斯伸出一条手臂指了指，小个子法国军团大兵带着姑娘走了出去，就连波尔塔都不想说话。

就在这时，突然间那位温柔，胆怯，像兔子一样畏畏缩缩的拉迪思拉斯发出一声痛苦的吼叫，冲向最近的一个哥萨克，在"小混球"找到感觉之前，拉迪思拉斯已经干掉了三个。"小混球"跳上前去，加入屠杀，几分钟之内，屠杀完成，没有留下活口。

我们从地下室的楼梯爬上来，来到院子里，没有必要再搜索屋子了，从来不会因为过度感伤而痛苦的"小混球"和波尔塔，一有机会便扑向剩余的食物和饮料。库奥斯又在讲他的兄弟。马厩后面传来了一阵水声，像是从一个灌子里倒出来的，我和小个子法国军团大兵蹑手蹑脚前去探查，发现一个迷迷糊糊的哥萨克正往一个雨槽里撒尿，小个子法国军团大兵向我扭过头来眨眨眼，他从靴子的一侧拔出刀，不说话，我鼓励他去做。

有人围在农舍旁边宰牛、剥皮，火还在冒烟，未燃尽柴火的还在黑暗中闪着暗红色的光。"小混球"和波尔塔不见了，我们在外屋找到了他们，他们坐在一桶家酿的葡萄酒旁边，用沙哑的嗓音大声唱爱国歌曲，他们只用了十分钟就喝酩酊大醉。

马塞罗那走了进来，他打探到了一个消息，他说，他在树林里发现了三辆装满汽油桶的俄罗斯部队的卡车。这时中校从只有上帝才知道的某个地方现身了，一身伏特加酒气，脚底下软绵绵地站不稳。他打探来的消息和马塞罗那是一样的内容。

"中士，我们等什么？"他大着舌头含糊不清地说，"在树下有三辆完美的好车，我们为什么不用？"

我们再一次冲进开阔地，跟着马塞罗那和中校穿过院子，在离开之前，我们大大方方地把汽油撒遍了这个地方，房子，外屋，马厩。我们开门找马，在惊讶中，它们抬起头冲进森林的安全地带。

"它们真他妈的命好啊！"格里高嫉妒地说，"对于它们来说，战争已经结束了。"

"也对！"中校说，"不会说话的动物在该死的人搞出的事情中没什么好处。"他突然伸出手勾住格里高的脖子，神秘兮兮地斜过身去，"你知道吗？"他说，"在战争开始之前，我曾经有一个马厩，里面全是最好的牲口，好牲口，啊，好牲口，你从来没见过……你知道发生了什么吗？"

"不，发生了什么？"格里高说，

"他们把它们拿走了，他们为了吃马肉把它们拿走了，坏透了！"

"真可怕。"格里高同情地说。

"老大叔"正在尽力把每一个人都集中起来，为出发做准备，连队里有一半人已经喝得不省人事，另一半人还在农舍里觅食，为了路上有吃的去找奶酪和烤好的火腿，没有人不带上一两瓶伏特加或者别的酒放进口袋里的。

总的来说大家都不愿意离开，直到拉迪拉斯发了疯，把划燃了的一根火柴扔向院子，"老大叔"没来得及发布集合命令，士兵们从各个地方跑了出来，当汽油跳起千万条咆哮的火舌时，不幸的是卡车还没有移动，它们是在接下来的大火中第一批消失的东西。

我们走进树林，大火吞噬了整个农舍，我想起那些农舍里昏迷的哥萨克人。我在想如何在没有意识的时候从活过渡到死。

"这种死法不算太糟糕。"马塞罗那坐在我旁边说，"一个醉酒后的火堆葬礼……不算一个太糟糕的死法。"

第六章 *Chapter Six*
过河的路

我希望德国的年轻人，大胆、勇敢、暴力、无情……

——1938 年 8 月 19 日希姆莱致党卫队一级突击中队长布鲁诺·舒尔兹博士的信。

华沙起义一小时之后，党卫队帝国领袖海因里希·希姆莱得到了这个消息，起初他还不相信，他认为那是不可能的，那些阴沟里的老鼠，那些波兰人，那些可恶的犹太人竟然起来反抗德国军队，竟然想摆脱德国军队。没有哪位波兰——犹太人——敢如此地疯狂，这无异于自杀，难道他们疯了吗？

这个消息千真万确，他们真的疯了，党卫队帝国领袖陷入了一种巨大的焦虑中，他在房间里踱来踱去。从这边走到那边，他摘下眼镜，用一只手反复摩挲白花花的眉毛。

"很好，"他说，"很好，哼……我会好好向他们展示我们是如何处理这些无礼的牲口的，他们竟敢对着自己的主人龇牙。"他朝下属转过脸去，下属正谦卑地站在巨大的房间中央等待他的命令。"因为这件事，我们要扫平华沙，让它从地图上消失，男人、女人、孩子，甚至所有的生物。每个建筑物都给我夷平，每一块地砖给我翻过来。"

他走到窗前，在那里站定，手背在身后，然后转动脚踝，张大鼻孔呼呼吹气，身子痉挛似地颤动。"而且，"他说，他转过身眼睛定定地盯着下属，"每一个集中营里的波兰人都给我清除掉，我说清楚了吗？"

"是，党卫队帝国领袖。"党卫队高级总队长伯杰垂下头。

"所有那些在华沙出生，和有亲戚住在华沙的人今天晚上全部枪杀，我要亲自核实这件事，我希望在二十四小时之内得到一张完整的死亡名单。"

"很好，党卫队帝国领袖！"

希姆莱鼻孔紧缩长长地吸了一口气，他再一次向窗外望去，望着雨，雨落在冷冷的尘土里。

"至于菲斯希尔省长，"他说，"他没能阻止起义，要被绞死。"

武装党卫队的艾瑞克凡·德蒙·巴赫·扎勒韦斯基将军被派去镇压华沙起义。不论是他还是党卫队帝国元首都没想到，一支小小的波兰游击队居然给他们带来这么大的麻烦。在这个地区驻扎着1万2000名德国军队，还加上卡明斯基旅的1万名党卫队。

真是难以置信，那位菲斯希尔省长怎么会让事情发展到无法控制的地步的？希姆莱和巴赫·扎勒韦斯基现在是否真正地了解到了起义的力量，是值得怀疑的，不过他的这种无知不会延续太久。波兰人在前奥地利军队军官波·科莫诺夫斯基将军的领导下迅速挺进，占领了沃拉地区和整个城市的中心地带，端掉了盖世太保总部和德国卫戍部队的指挥所，他们接着又控制了发电厂，中心电话局。第三天，德国人撤退，胜利的波兰人占领了几个军火库和临时成立的几个军火供应站。

希姆莱被迫从俄罗斯前线撤回三个党卫队小分队和六个国防军师，俄罗斯前线在当时非常的平静，所以才把他们招回来收拾残局。9 月初，华沙的德国部队得到了一批新的武器，三个配备着斯图卡式俯冲轰炸机的空军中队被派往华沙进行轰炸。

希姆莱在玩骰子。但是仍然有一小股游击队拒绝投降，他现在手上只剩下最后一张王牌了，他的王牌就是，以每天屠杀 5000 名波兰集中营囚犯的方式，直到最后一个人投降。

在接下来的那个夜晚和第二天一整天，我们和拉迪思拉斯以及他的妹妹穿过森林走向可以过河的地点。我们缓慢地行军，为了躲开敌军的巡逻，我们时不时地停歇。库奥斯一直在抱怨我们被领进一个圈套，等到他不幸言中的那一刻时我们会为此感到遗憾。我们在路上东绕一下西绕一下，迂回往复，这样的想法确实在我的脑海里也出现过，但是我们没有理由不相信向导。"老大叔"看起来很愿意跟他走。

第二天午夜，我们来到一处悬崖绝壁，突兀的崖嘴悬在河岸的高处，底下是深深的峡谷，崖壁十分陡峭，在峡谷底部，奔腾的河水咆哮怒吼，"哗哗"地冲击河岸的岩石，卷起一团团白色的高高抛撒在空中的浪花，我看到崖嘴像动物尖利的獠牙，我迅速从陡峭的悬崖边沿缩回来，摇摇晃晃地加入队列中。

"我们要干什么，下一步？"库奥斯酸不溜秋地问，"用翅膀飞吗？"

"老大叔"用手指着上游。

根据那个波兰人的话，再走半英里就有一座桥，但是晚上过桥太冒险，我们得挨过晚上几小时，准备早上过河。

"桥？"库奥斯说，"简直他妈的在讲故事！"

我也是这么想，我确实看不到任何桥的影子，而且，即使有的话那也是重兵把守，当然，我们的向导肯定是了解这个地区的。他领着我们走进峡谷里的一条通道，通过一段"一线天"的狭小的缝隙，我们进入到一个很开阔的山洞，我们就在这里过夜。我们在洞口架起机枪，用匍匐植物和树枝做好伪装，我想我们应该是到了一个相对安全的地方，在经历了可怕的泥潭和沼泽地之后，岩洞就像一间豪华套房，它温暖而干燥，在这些天里，我们第一次拥有足够的食物和饮料，对于我们这些长期只能在嘈杂的环境中打盹儿的人来说，今天晚上真的可以美美地睡上一大觉了。

　　小个子法国军团大兵整个晚上一动不动地蜷缩成一个球，我自己却无法排遣一种烦恼，这个烦恼是因为海德和波尔塔因喝酒而发生的吵闹，更麻烦的是，他们的吵闹引来"小混球"愚蠢的狂笑。还有河水的咆哮声和人们的打嗝声，快到黎明的时候才眯了一会儿眼。天空中的第一道亮光照进来时，我充满感激。"老大叔"叫我们站起来，我们扛着机枪出发了，跟在波兰人和他的妹妹身后，沿着陡峭的山顶走。天空是灰色的，地平线处镶嵌着金色的滚边。一只乌鸦悠闲地拍动波浪似的翅膀缓缓地从河流上空滑翔过去，而我们脚下的路却是这样艰难，我突然有一种怔怔地感觉。

　　"小心！"拉迪思拉斯说，他忽然站住指着上游，在他手指的方向有一棵巨大的松树倒卧在那里，铺展在峡谷之上，它拨出来的根连在峡谷的这一边，树梢搁在那一边，这是我们必须走的路。

　　就连"老大叔"也有片刻犹豫。

　　"安全吗？"他说。

　　"安全？"拉迪思拉斯说。他耸起一只不经意的肩膀，"谁又敢说安全还是不安全？也许是它掉下去，也许是我们掉下去，也许它会断，也许风会吹，也许俄罗斯人会来，"他摊开双手，"谁在乎呢？"他说。

　　显然拉迪思拉斯或是他妹妹都不在乎，他们俩手牵手一起走向那棵倒下来的松树，就算他们真的过了，他们也觉得这个世界上没什么值得留念的，所以他们无所谓，那就让他们自杀吧，我们这些人并不那么积极。

"我跟你们是怎么说的？"库奥斯蛮横地说，"我是怎么告诉你们的？"

拉迪思拉斯走在前头，后面紧跟着他妹妹，就在他们脱下靴子光脚走上他们临时的桥时，我们往后退缩。

"以前像这样过过河吗？"马塞罗那随便问了一声。

"从来没有。"拉迪思拉斯说。

"为什么我们要打这里过呢？"他妹妹补充，"以前总是有桥可走，我们为什么要走这里？"

慢慢地，小心翼翼地，一只脚接另一只脚，他们在空中移动着。为了保持平衡，拉迪思拉斯把手放在臀部，女孩则平肩展开双臂。他们两人都把头高高昂起，眼睛直盯着对岸，他们像梦游的人一样慢慢地移动。就在他们走到一半路程的时候，树杆开始摇晃，女孩屏住呼吸，一只脚站定一会儿，拉迪思拉斯两脚分开努力稳住自己，向他妹妹伸出一只手，女孩稍稍往后倾，拉迪思拉斯腰以上部位微微向前倾，很明显，他们用这种办法保持平衡是不可能的，但是，一寸一寸地调整，女孩再一次成功地站稳了，他们继续走在摇晃的树杆上，在离对岸还有大约两米的位置，树杆变得非常狭窄，只有一只鞋的宽度。树杆在两个人的重压之开始下垂，对于拉迪思拉斯来说，肯定有一种想飞奔上岸的冲动。但是还不等他这么做的时候，女孩被一根柔软的树枝的反弹一下差点儿扔到空中。他情绪开始不稳定，但还是继续一小步一小步地走到了最后。他终于到达了对岸，急忙转身伸出一只手，女孩抓住他，两人一起瘫倒在安全的地方。

"只要一个人能过，""老大叔"带着一丝浅浅的微笑对着小个子法国军团大兵说，"其他人也一定能过……谁是下一个？"

只有安静，就连波尔塔都不吱声，拉迪思拉斯和他妹妹站在河对岸朝我们挥手喊叫。但是我能看到的只有晃动的树杆，我能听到的只有下面河水的怒吼。"老大叔"在喉咙里发出一声不耐烦的声音。

"好了，继续。"他说，"我们不能整天在这里逗留，我们只有一条路可走，那就是过河……过河又只有一条路，这条路就是我们要走的路。"

"该死，"库奥斯怒吼，他把嘴唇卷起，像一头发怒的狗露出他的牙龈，"我就待在这里，谁都别想逼我！"

"老大叔"向他走了一步，库奥斯后退，他用来复枪指着"老大叔"。

"你再走一步我就杀了你，杀了你！"

"老大叔"往前走了一步，用一只手狠狠地扇了库奥斯一耳光，另一只手夺走他的来复枪，冷冷地轻蔑地把它扔下悬崖。

"如果我还有麻烦要找你的话，那就是你了结的地方。"他情绪阴郁地说，然后转向我们，"接下来谁上高空缆绳。"

"不是我。"我说。

往下一看就让我头晕，有那么一会儿我对库奥斯满怀同情，八匹野马也不能把我拉到那根树杆上去。

"非得要我用枪尖儿逼着你们吗？""老大叔"问。

大家都"叽叽咕咕"地讨论，腿禁不住在发抖。"小混球"突然发出一声怒吼，冲向前去，他脱下靴子，把它们挂在脖子上，然后掏出一瓶剩下的覆盆子酒，"咕嘟咕嘟"全部灌进喉咙，空瓶子跟着库奥斯的来复枪的足迹飞到悬崖下，有那么一会儿我认为"小混球"就要过去了，他向前猛冲，低着头像一辆失控的坦克，他已经走了树杆的一半，在这里，他突然滑了一下失去平衡。有人尖叫，树枝像一只橡皮筋上下颤动，"小混球"两只手抱住树杆，两条腿悬在空中打晃。我身体里的血变成了水，我咬着下嘴唇，好像它是一块咬不动的滚刀肉。无论我多么想把眼睛转向别的方向，但是我做不到，我还是忍不住要看。

"他做不到的。"马塞罗那说，他的手指紧紧扣住手臂，指甲陷进肉里。"他永远不会成功的。"

"小混球"身子一甩，把自己扔了上去，用腿勾住树杆，慢慢地像一头树袋熊那样悬挂着，他沿着树杆一寸一寸地前移，手换手，脚换脚，他终于移到了最后两米，这时突然传来了不祥的尖叫，拉迪思拉斯和姑娘抓住"小混球"的手，似乎他们加起来的体重能够对"小混球"巨大的身躯起到一个平衡作用。

"万能的上帝啊，"格里高说，"他的脸像一块色彩驳杂变了质的蘑菇。亲爱的万能的主啊……"

"小混球"终于到达了树杆的那一端，他伸手一把薅住一棵长在悬崖石溏里发育不良的树，他的一只脚尖儿四处探寻，企图摸索到个缝隙或者一个突出的石头疙瘩，他终于找到了一个，他哆哆嗦嗦地小心转移到一个安全的地方，一屁股坐下来，从口袋里摸出一块臭烘烘的沾染着斑斑血迹的破布，这块破布曾经是他的手帕，他擦了一把额头。

"过来！"他喊叫，"没什么了。"

"下一个！""老大叔"简短地说。

听他那口气让人想起我们这些人是在排队看牙医，他焦虑地回头察看我们昨天过来的那个方向，我们听到森林深处的枪响，苏联内卫队正在追我们。

"赶紧行动起来，看在上帝的分儿上。""老大叔"拉住离他最近的一个，把他一掌推到悬崖边，要是我的话，我宁愿拔开腿一阵猛跑，去寻找前进中的俄罗斯人，向他们求助，也不愿意跟着"小混球"像玩杂耍一样穿过那条张开着大嘴的峡谷。现在是马塞罗那，他先是发毒誓，然后坐下来脱掉靴子。

走到树杆的一半时他突然停了下来，在这之前，他一直像一个走钢丝绳的人一样带着百分之百的信心向前移动，他把来复枪当作平衡棒，他甚至没有打过一个趔趄，也不可能滑倒，是什么东西让他突然情绪不稳的呢，我永远也不知道，也许他犯了一个低级错误：往下觑了一眼奔涌的洪流，也许他刚好走到了"小混球"曾经陷入险境那个节骨眼儿上，也许只是心理作用。但是无论原因是什么，马塞罗那完全停了下来，老大的威胁和"小混球"的鼓励都不能让他继续向前走。

"我们现在怎么办？"格里高说。

看到眼前的场景和他们的语气，我感到一丝解脱和放松。如果要说是什么让我得到解脱，那就是我们不妨就此罢休,然后回家,没人指望一定要过到那一边去，因为马塞罗那正在那独木桥上胡言乱语……"到底发生了什么？"他说。

小个子法国军团大兵扭着嘴唇。

"难道我们非得要过他妈的这条女人胯裆吗？"他野蛮地说,然后把靴子挂在脖子上，动身过桥。他一小步一小步地移动，每一步都走得很稳妥，他看起来非常淡定，毫无危险，但是他要带着吓坏了的马塞罗那一起走。马塞罗那现在开始失去控制，来复枪从他手里滑落，掉进了深渊。马塞罗那身子晃动了几下，还是掉下去了。如果没有小个子法国军团大兵及时弯腰用一只结实大手钳住他的肩膀，他就真的掉下去了。有那么一会儿，他们俩蹲在那里像两尊雕塑一动不动。在这极其危险的边沿，他们终于开始慢慢移动，马塞罗那开始往前爬。两人加起来的重量是树杆所能承受的极限，"小混球"突然跳出来打算伸出援手，有一个声音制止了他，然后整件事开始逆转。

"退后！""老大叔"吼，"退后，看在上帝的分儿上。"

"小混球"幸运地认识到了危险，即时改变了这个可能三个人都掉下去的灾难，他悻悻然地退回到悬崖上面。等到他够得着马塞罗那伸出手时，他一把将他拉上安全地带。

小个子法国军团大兵轻松地完成他的旅行，站在那边平静地吸烟，等待我们。

"老大叔"抬头转向波尔塔。

"你上！"

"为什么是我？"波尔塔说。

"是的，就是你。""老大叔"说。

有一个短暂的停顿。

"我非得走吗？"波尔塔说。

"我想这个值得推荐，我本来早就想要你做个榜样。"

"不！"波尔塔说，"不，我懂的，我知道你不愿意让我做示范。"波尔塔做了个鬼脸，把来复枪扔到肩膀上，"好吧，那么，现在就走。"

"你的靴子呢？""老大叔"警告，"你穿着靴子你永远过不了河！"

"该死的靴子！"波尔塔开心地说，他转身给我们来了个飞吻，"上帝保佑你们，我的孩子们！"

波尔塔当然不会采用"小混球"那种传统模式过桥，他两腿叉开，横跨着坐在树杆上，像在玩跳跳马游戏。走到一半，他感到需要刺激一下神经，他甩下背包掏出一个酒瓶喝了一口，那玩意肯定比覆盆子酒威力大得多，因为从那时起，他精力充沛，开始扯开嗓门大声唱歌，但又不得不偶尔打断一下，他挥动一只虚幻的马鞭，敲打着自己的瘦屁股，大声吆喝："驾、走！"他用一种令我惊讶的速度向前进。

"中士，那人怎么了？"中校说，"他脑子有问题吗？"

接下来是格里高，他全身汗涔涔，非常害怕。但是格里高不是那种会表演的人。他也像波尔塔那样横跨在树杆上。他把自己慢慢地小心地往前拉，从这头儿到那头儿，快到岸了，几双热乎乎的手一齐来迎接，把他带到了安全地带，一着地他便昏厥过去。但是不管怎么样，这是一个令人印象深刻的展示。

"看到了没有？""老大叔"说，"很简单。"

海德已经到了半路上，他的靴子整齐地挂在脖子上，高昂着头，肩膀往后靠，好像是在接受阅兵式上的检阅，他把整个过程弄得简单到了荒唐的地步。

其他人可没有这么幸运，卢兹不得不在枪口的威逼下过河，还有两个也跟着他一起掉进了深渊，当他们掉下去的时候，我们听到他们的尖叫声和尖叫声的回音。

现在只剩下四个人了，中校、"老大叔"、库奥斯和我，轮到我了，我再也没有理由拖延了，"老大叔"推着我走向峡谷的边沿。

"不！"我说，"不，我不想过去，我宁愿在这里等俄罗斯人，我宁愿待在这里死。"

"别傻了。""老大叔"平静地说，他弯下腰为我脱掉靴子，"脱掉它们，赶紧过去。"

"我不去，我不过去，"我说，"你去，你和中校去，我和库奥斯在这里掩护你们。"

中校一直待在后面，他突然变得极度焦虑，且不断地来回跑，手中挥舞着左轮手枪，威胁说如果我再敢违抗命令他就把我一枪毙了。

"我又没有阻止谁。"我说。

中校发出疯狂地尖叫。

"看在上帝的分儿上，中士，如果我数到十，还没让那个人走上桥，我就把你们杀掉。"

"老大叔"慈父般地拍拍我的肩膀。

"好吧，现在听我说，斯文，你就按我说的做，你把靴子脱下来，准备踩上那座桥，像前面所有走过去的人那样去走，我紧跟在你后面，所以不必恐慌。如果你感觉很糟糕的时候，就告诉我，我们一起停下来，休息一下，真的没什么事情值得这么害怕的。我们设想一下，如果那棵树平躺在地上，你会想都不用想就过了嘛，你需要记牢一点儿的是千万别往下看，眼睛直直地盯着前方，绝对不会有错。"

在他的安抚和影响之下，我鼓起最大的勇气，把靴子挂在脖子上，把来复枪挂在肩膀上，迈开步子，开始犹犹豫豫地走向虚无。我假装我就是一个孩子，在一个倒下去的木头上做平衡游戏，或者是沿着砖头墙走，没有什么值得害怕的，"老大叔"说的非常正确，如果地面离我只有一两尺高，我想都不用想就走过去了。

我的眼睛直直地锁定在我的战友身上，他们正在远处的那一边等着，他们能做到，我也能做到，绝对没有什么值得害怕的。

从峡谷中突然刮起一阵风，如果在地面，它顶多不过是一阵微熏的和风，但是在这上面，在这个莫名其妙的东西的正中间，它刮起来就像一阵台风。我发现我自己在发抖，我盯着我站在树杆上的脚，我看见了下面的河与岩石，我看到我自己掉下去加入他们，我想尖叫，我想抓住能够不让我掉下去的任何东西，但是没有东西可抓，在我和死亡之间，什么都没有，除了空空的虚无，我站在这里，全身像筛糠一样地发抖。

"继续走啊！""老大叔"说，他伸手抓住我的皮带，"继续走，他说，别往下看，无论发生什么都别往下看！"

我们已经走到整个路程的最后几米，在这里树杆开始变得狭窄，即使是最小的动作，也能让它摇晃，"老大叔"把手从皮带上抽出来，轻轻地推着我向前，我知道他是在暗示我，我应当依靠我自己的力量，独立完成最后的旅行。我知道，最后的两米，他可能不想让我们把体重加在一起，我知道那样的话我会让我们两个人都处在危险中，但是我没有他的手的安抚和引导，根本不能继续我的旅程，他们在河岸上对我呼喊，中校在另一端狂热地尖叫，"老大叔"在后面催着我，但是我仍然动不了，我蹲得很低，两手抓住树杆，四肢因为恐惧而僵硬，"老大叔"蹲在我旁边。

"现在，走，斯文，振作起来。你不能在这个阶段放弃，我们只有几码的路要走了，你怕什么，你不是看到其他人都做到了吗？"

是的，我看到其他人都做了，而且我看到"小混球"倒挂着，我看到三个死了，而且现在的任何一分钟我都可能加入他们。因为我再也坚持不住了……

"斯文，大声哭出来，大声叫出来。"

"老大叔"激动了。也难怪，谁不会呢，在离地六七十米的高空中蹲着，一个叽里咕噜的傻瓜就蹲在你的几码之外，换做谁都有可能发疯，都有可一起被拖进虚无……

"我动不了，我动不了，"我说，"没用，我真的动不了。"

在树杆上有成千上万的蚂蚁跑来跑去，整个国家的蚂蚁都来了，它们沿着侧路，裂缝，成群结队，有些从我手上抄近路。它们匆匆忙忙在我的大拇指的骨节上经过，然后滑到另一侧，我看着它们穿过我手上细细的汗毛丛林，我知道如果我把眼睛从它们身上离开哪怕一秒钟，我就会垂直掉下去，撞到下面的岩石上……

"好了，哼，你就在这儿待着！该死的，就待在这里烂掉。"

"老大叔"终于失去耐心了，他从我头上爬过去，爬过最后两米到达安全地带。我听到波尔塔在岸上喊我，我失去了所有行动的力量，我甚至不再抬起头看他们，突然，树杆下沉，在一个比"老大叔"更重的新的身体重压下，一双强壮的手臂伸向我，手臂把我从我的栖息地拽上来，手臂抓住我悬在空中。

"好了，""小混球"说，"好了，我抓到了这个浑蛋了，把他拖进来了。"

很多手伸过来像拖一艘搁浅的船。在我安全着陆的那一刻，暴风雨来了，不再有友好的微笑，鼓励的话语，只有谩骂和责备，现在暴雨般的咒骂从四面八方包围了我。只有马塞罗那对我投以同情的轻微感到耻辱的眼色。突然从峡谷的那边传来枪声。我刚才的失败和可耻一下子全都抛在脑后。我们看着可怕的戏剧正在对岸上演，中校命令库奥斯过桥，库奥斯处在一种我能理解的极度恐惧中，抽出左轮手枪对准逼他过桥的人一顿乱射，中校还击，两个人都闪到岩石后面，开始上演一部西部枪战片。子弹在他们之间呼啸穿梭，"小混球"将两根手指含进嘴里使劲吹，口哨声回响在峡谷中。波尔塔不停地上下跺脚、高声欢呼，他显得很开心。一颗子弹打中了库奥斯的肩膀，他扑倒在地，当他爬起来要跑时候，却踩在松动的石头上滑了一跤，跌下斜坡，冲向悬崖，掉进咆哮的冒着白沫的水里。他掉下去的时候，我病态地站在岸边观看，他的身体撞到了岩石的尖端，身体破裂了，就像一个塞满锯末灰的玩具开了线缝，内容全都倒出来了。中校摸出一块儿手帕擦额头，他把左轮手枪放回枪套里，慢条斯理地坐下来脱靴子，他把靴子系好挂在脖子上，然后，掏出左轮手枪，仔细检查里面的子弹数目，对于一个很急切想过河的人来说，他现在看起来极不情愿。他踏上晃晃悠悠动的树杆，"小混球"和波尔塔开始学猫叫，老大焦虑地喊。

"长官，最好还是放开步走！"

中校清了清喉咙。

"很好，中士，我来了。"

他小心翼翼地抬脚踏上树杆。刚刚才走出几步摇摇晃晃的步子，这时一阵枪响，中校立刻放弃了直立的体位，他伏倒，双腿叉开骑在树杆上继续往前走。他全身开始神经质地扭动、前挪，他把自己拼命往前拉，扭一下挪一点儿。一群俄罗斯兵从森林里冲了出来，小个子法国军团大兵骂骂咧咧地架好冲锋枪，一阵枪雨和手榴弹在峡谷中呼啸，不幸的是，中校正处在炮火中央，让我们惊奇的是，一些俄罗斯士兵在他们长官的威逼之下，现在居然也打算过河。

"可怜的傻瓜。"格里高说。

更令人惊奇的是，他们的脚步都很稳，一点儿都不慌乱，尽管树杆在摇晃，尽管他们肯定也知道自己正在走向可能的死亡。只要中校在那儿，我们就会继续开火。等到中校到达安全地带，等他们移到我们这一边，我们就把他们一个个杀掉。

可是，中校永远没有到达安全地带，一个俄罗斯人的子弹击中了他的脑袋，很可能在他一头栽到七十米下的露出牙齿的河里之前就已经死了。

"好了！""老大叔"用轻快的语调说，这个语调暗示着至少解决了一个问题。

"把桥炸掉，然后撤！"

当我们与敌人交战时，马塞罗那掩护，"小混球"和波尔塔把几颗锡弹用绳子捆在一起，挂在树杆的末端，几秒钟之后就是一声粉碎性的爆炸，不仅炸掉了松树树杆，抖落了一行正在树杆上行走的呆头呆脑的俄罗斯兵，而且还炸掉了一大块悬崖，引起了一阵岩石的滑坡——那就是敌人想要过来加入我们的结局。

我们又出发了，又开始了一段艰难而疲劳的行军，这个行军持续了几个小时，穿过被雨浸渍的乡村的道路，这种感觉跟往常一样的可怕和不舒服，皮带和肩带深深地勒进夹克，硌破了衬衣，而且还切进了光光的肉里。没穿袜子的脚在沤乱的靴子里磨出了生肉，我们没有剩下什么吃的和喝的，就算对部队的成功撤退很满意，也不知道要去哪里。当俄罗斯空军中队战斗机从云层里俯冲下来袭击我们时，我们两次被迫卧倒，肚皮平贴在路边臭烘烘的阴沟里。

快到黄昏的时候，一种绝望又开始在我身上蔓延，它像一颗病牙折磨着我，它戳我、打我、捶我，我们往哪里行军？为什么要行军到那个地方去？我们最后到那里了又能干什么？真正问我们要去做什么，答案很简单，我们什么都不会做，没有什么可以留下来可以做，我们也没有什么地方可去，我们根本就不是行军，而是俄罗斯人追着我们逃跑，但是我们不能漫无目的地跑，战争结束了，我们知道，德国人打败了，阿道夫·希特勒，光荣的德国武装部队的残部被人追赶。有一半的路程已经深入到了欧洲腹地，我们被赶进了角落。

这一切都是这般毫无意义，既然你完全可以做到待在原地不动，以一种相对舒服的状态被屠杀，为什么我们要把生命浪费在从一个地方到另一个漫无目的的行军中？

"纯粹是笑话。"我说。

我把我的机枪扔在一边，也把我自己扔在路边。我舒服舒服地盘在那里，观察那些经过的脚，可怜的傻瓜们，他们走啊，走，漫无目的地行军,行军。沿着一条不知道要走到哪里的走不完的路,可怜的傻瓜们啊!

一只手突然揪住了我的头发把我提了起来,我很痛,另一只手把我的枪塞给了我,在我屁股后面重重地踹了一脚,我愤怒地转过头,是波尔塔,他正恶意地斜睨着我。

"你肚子痛吗?"他问,"耶稣要背十字架,你要背机枪,我看这很公平。"

在我想出合适的话来反驳他之前,我们听到远处传来一声枪响。

"停,谁在那儿?"

无论是谁,他都不是在等待回答,一声枪响,碰巧站在前面的马塞罗那被击倒在地,左边手臂和肩膀被炸掉了。很显然我们跟上了我们正在撤退的部队。

"哪个蠢货干的!""老大叔"咆哮。

一个大约16岁的孩子穿着党卫队制服,从一棵树后面紧张兮兮地走出来,一把轻机枪斜不拉垮地抱在臂弯里,好像是孩子的玩具。

"你他妈的真的疯了吗?""老大叔"咆哮。

孩子垂下了头。

"我以为你们是俄罗斯人。"他咕哝着。

"俄罗斯人?"格里高很生气说,"我们他妈的看起来像俄罗斯人吗?"

　　他在马塞罗那身边跪下来，撕开他破烂的制服。他的手臂炸碎了，全是血，但是子弹没有打中骨头。他本来指望这下走运了，真的，这时，战争可能几乎就要结束了，就因为没打中骨头，他还要加入行动部队作战。我自己倒是不敢想像有一条被炸烂的手臂。一个党卫队四级小队长露面了，后面跟着一队年轻的党卫军步兵，他们看起来更像学校的学生而不是士兵。

　　"发生什么事了？"党卫队四级小队长问，"你们是什么人？你们从哪儿来？"

　　"从山那边很远的地方来，""老大叔"没好气地说，"我们刚和俄罗斯人开了一场茶话会，我们跑的时候所有的最好的银子都塞到我们屁眼儿里了，我们从哪儿来关你什么事？你们就是经常杀自己兄弟的那帮浑蛋吧！"

　　党卫队四级小队长抱歉地耸了耸肩。

　　"你们能干什么？"他一边指着那群脸色平静的小天使一边说，然后转过身来，"他们昨天才到这儿，他们刚从摇篮里出来，希望我们带着他们打仗。真的没什么指望，他们连枪在哪一头都搞不清。"

　　"这么说你在这里待了很久了？""老大叔"忧郁地说，"而且他们很快就会发现，苏联红军正走在朝我们这儿来的路上，我敢打赌，他们随时会赶上我们。"

　　"俄罗斯人！往这儿来的路上？"

　　"我是这么说的。""老大叔"说。

党卫队四级小队长小心翼翼地用一块布垫一样的材料抹了一把脸，他脸颊上根本没有肉，他的左眼皱巴巴的，像一块破布，"他们有坦克吗？"他问。

"当然，他们不会坐着独轮手推车穿过森林的，我敢肯定。"

党卫队一级突击中队长也赶到了现场了，他步态悠闲，就像在自己的庄园里漫步。他听完"老大叔"的报告之后很不满地皱着眉头。

"为什么你们连队没有和其他师旅一起撤退呢？"

"我们从来没有得到任何撤退令，他们告诉我，要我们等信号，但是信号始终没来。"

党卫队一级突击中队长立刻把所有的细节都记了下来，包括冯·威尔绥姆将军的名字和他的大钢琴。冯·威尔绥姆该为这次大溃败负责。波尔塔和"小混球"不想掩饰他们的快乐，期待一位声望很高的将军为他的渎职而负责，那才是真正甜蜜的事。

马塞罗那被安全地转运到一辆救护车上，但是，很显然，这次旅行肯定不会让他感到愉快，这个救护车装得太满，他不得不和别人分享一个担架，那人肯定到不了目的地，出发不久就会死掉。一个小时之后，我们都撤退了，按顺序跟在长长的卡车和救护车后面去往华沙，队伍里还掺杂着一些波兰难民，他们把财产放在枕头套里，抓在手里，或放在推车上。我们还没走多远，那群死盯着我们的战斗机又咆哮着冲出云层，向我们冲来。

我们坐的那辆卡车被掀翻，离开路面翻进沟里，在它着火毁掉之前我们赶紧爬了出来，奔向路边的草地，扑倒在篱笆下。战斗直接扑向我们，击中我们运输线上的机动车，传来一阵阵震耳欲聋的爆炸声。在山下那边的田野里，一辆 KW-2 坦克进入了我们的视线，旁边跟着几辆 T-34 坦克。我们观察着它们，坦克直接穿过步兵，"轰隆隆"向前推进。还没等我们回过神来，一个先遣小分队向我们奔来，以令人惊奇的速度，破坏了我们周围的火箭筒。火箭筒全部消失了，"老大叔"逃到路边，像一只弯曲着短腿的螃蟹那样偷偷跑开了，他轻轻地拍了拍我和格里高的肩膀。

"听好，斯文，你搞定领头的 T-34，格里高搞定第二辆，我让波尔塔拿掉 KW-2，'小混球'处理剩下的，所有人都别开枪了，直到——"

他的话突然被一阵准备不充分的火箭筒发射声打断了，声音来自队伍的最前面，炮弹投向领头那辆坦克，毫发无损地从坦克炮塔上跳飞了，淅淅地抛向空中，"噼噼叭叭"地像放鞭炮。"老大叔"回过头，脸上因为愤怒而皱成一团。

"谁他妈的干的？"

无论是谁干的它都打乱了我们的全盘计划，坦克已经意识到我们的存在，它们犹豫了片刻，好像只为了换口气，马上组成战斗编队，目的明确地向我们开来。加农炮开始发射，一小队救护车和抬担架的人被它们从路面上清理干净，救护车变成了碎片，伤兵横七竖八地躺在泥巴里，有一些不幸被坦克履带抓住，碾成了肉泥。我看到其中有一个抬担架的人，坐在自己的抬的那副担架上，眼睛空洞不理解地看着自己的腿，他的腿被坦克从大腿上齐刷刷地碾断，残肢正躺在他旁边的地面。一个步兵团的少校像一只没头的鸡奔跑着，大股的血如同喷泉从他的脖子里喷射出来。一个中士蹲下来，捡起自己受伤的手，可是，就在他捡起自己的手的那一刹那，一颗飞来的俄罗斯人的炮弹把他炸成了碎片。领头的T-34坦克越来越近，我紧紧地握住我的火箭筒，那一台KW-2体重有八吨，它每发射一枚炮弹身子便哆嗦一下。坦克前面档板涂上油彩，看起来像一个食人鲨鱼张着血盆大口，牙齿都涂上了一层亮闪闪的金光油彩，不知哪位傻瓜丢的两颗手榴弹因为投得太潦草，从它的肚子上弹了回来。在50米以外对它开火是毫无意义的，手榴弹根本无法穿透它的厚厚的钢皮，我们的眼睛死死地盯着它，足足有30米，但是还是太远，我努力使自己保持平静和耐心，这中间都是有诱惑的，大家都参与进来，失去理智，开始发怒，"老大叔"手举起准备给开火的信号。

有两个人被领头的T-34抓住，撕掉了他们的四肢，抛撒到了空中。我瞥见了一个军官，那军官在打开的舱口向外面不经意地看了一眼，但是在我举枪瞄准之前，他消失了。

这些天，据说俄罗斯人在他们的坦克人员中安排了女性通讯员，我定定地看着靠近的T-34，T-34是我的指定目标，我在想我是不是马上就要杀死某个可怜的女人，我不是别的意思，说老实话这时候也没心思伤情感怀。当一辆60吨的坦克向你滚滚驶来时，如果真的有妇女在里面，我在判断她是不是塔妮娅，因为塔妮娅曾经救过我的命，我不想杀她。

塔妮娅救过很多人的命。她是一位年轻的外科医生，苏联红军里的一个上尉，曾经在我们哈尔科夫的师部医院做战俘。我们因为缺医生，所以塔妮娅不得不处理大部分手术。有一次一颗子弹在我的脚下爆炸差点儿要了我的性命，是塔妮娅小心地取出我身体里的所有弹片。有一个晚上，在一次俄罗斯部队的突击行动中她消失了。之前，她跑到每个病房和每个病人挥手，说祝他们幸运，然后在黑暗中溜走。据推测，她又重新加入了她那边的部队，我总是在想她会发生什么，俄罗斯人决不会轻易原谅她，她治好了这么多德国伤兵，她很可能就坐在那辆 T-34 里，撤销了所有官职，送到前线来"立功"。

"开火！"

我们前面的田地消失在滚滚的火的海洋里，我击中了领头的坦克上半部的炮塔，那里一直是我瞄准的地方——因为万一里面坐着一位像塔妮娅那样的姑娘，这样的话最后让她多一次逃生的机会。之前看到的那个军官被爆炸炸了出来了，他被高高抛掷在空中，双腿叉开，坐在一条巨大的蓝色火舌上。火焰"轰"地一声腾空，喷射出来的烟雾变成巨大的黑伞遮蔽了整个天空。三辆坦克终于被踢出了战局，但是第四辆毫发无损，"小混球"愤怒地盯着它，他似乎无法相信在我们这几个人之中只有他没能击中目标。他野蛮地踢他的火箭筒，好像它该负全部责任，他抓起一颗磁性弹，带着它跑着去追坦克，什么事也没发生：那是颗哑弹。

先头部队的一个中士看见了一个丢弃的火箭筒，捡起来放在肩膀上准备开火，火箭筒炸在他的脸上，一条大约 20 米长的火焰向后燃烧，把他紧紧裹住，他尖叫着跳进一条水沟，没有谁能帮得了他，几秒钟之内，他看起来像一块在煎烤中的牛肉，而不是人，肉从骨头上剥落，我们闻到一股刺鼻的烧焦的肉味儿。难以置信的是那个东西还活着，他从沟里站起来，把他弯曲的爪子伸向我们，他的脸已经不存在，那一双不再看得见的眼睛似乎在企求我们的同情。我因为厌恶而反弹，撞到了站在我背后的格里高，他用肘尖儿把我捅到前面去。

"做点儿什么，"他说，"做点儿什么。"

我掏出左轮手枪，扳掉安全栓，然后犹豫不决地走向壕沟里的那个东西。在我瞄准他之前，他用光骨头的手指指着曾经是嘴巴的那个黑洞，枪响了，我站在那里没说话，极度恐惧。最后剩下的那些烧得焦糊的肉从骨头架上掉下来，那个生物的剩下部分一头栽倒在壕沟里，死了。

T-34 坦克执著地向前进，我们放弃阵地逃跑了。在我们离开篱笆的掩护逃跑的时候，那只战斗机中队"嗡嗡"地飞过我们头顶，低低地掠过田野。炸掉我们所能看到的一切，接着又不断地吐汽油弹。整个世界都着火了，田野在燃烧，道路在燃烧，就连大树的树梢也着火了，男人、女人、孩子、士兵都着火了，平民处在炼狱的正中间，在恐慌中被烧死。那些站在边沿的人有更多逃生的机会，因为他们很年轻。年老的、病的、伤的都给留了下来，加入了这一场火葬。我看见一个农夫的肚子被剖开了，他沿路拖着流出体外的内脏往前爬；我看见一个妈妈抱着一个孩子，那孩子的两条手臂都炸掉了；我看到了一个男人，他的衣服着火了……

战斗机再一次在我们头顶呼啸。一个我完全不认识的一等兵突然抢走我的火箭筒，把它举上天空。

"别傻了，"我喊叫，"你那样做一点儿用都没有！"

"你想打赌吗？"他说。

我可以打赌，但是没时间了。我从来没有见过有谁用反坦克火箭筒射掉一架轰炸机。那些轰炸机真是超级自信，它们像燕子一样俯冲。有一架犯了一个错误，它离我的那位拿着火箭筒的仁兄太近了。当它坠落在树林里粉碎成片后我们一起呼喊胜利。

"非常聪明！""老大叔"说，"现在你们满意了。"

我们责备地看着他。

"我们刚才干掉一架战斗机呃。"我说。

"那是的！"他厉声说，"在你傻里傻气地轰炸战斗机时，他们也许逃过了你的注意力，正在进行一个全面的撤退。"

他驱使我们俩到前面去，不知为什么，我忽然陷入一种疑惑中。我们站稳脚跟，继续加入战斗。战斗持续了三小时，我们继续往前走，路上是到处散落着被放弃的人的和烧掉的机动车，死掉和快死的都留给俄罗斯人去清理，没有时间浪费在几乎没有什么用的人身上。伤者如果他们足够幸运的话，就会被捡起扔进卡车或救护车，没有绷带，没有软膏，没有吗啡，他们认为自己没有被遗弃在路上已经很幸运了。

突然不知道从哪儿冒出来一个 T-34 坦克连，后面还跟着一群像粘蚊纸上的苍蝇一样多的西伯利亚步兵，我们的队伍立刻散开，冲去找地方隐蔽，有些人跑得不够快，坦克直接冲进人群中，一下子就端掉了我们整个连，我被一颗流弹击中了脖子，我立刻跳出来，在一个救护车里找一个空位子坐下，我在喷血，我确定这颗子弹打在我的颈椎上，我随时有可能全身瘫痪，照顾我的勤务兵是个既丑陋又粗鲁而且毫无医学常识的家伙。

"子弹？"他说，"我看不到该死的子弹，兄弟，你这不过是轻微的刮伤。"

"轻微的刮伤？"我说，"你疯了吧，我脖子里射进了一颗子弹，如果你不赶快把我送到医院，你手上抱着的就是一具尸体。"

他耸耸肩膀，显然根本不在意。

"医院？"他说，"那是个好地方。"

"在这里，"我说，"你要为这个伤口做点儿什么还是不做点儿什么。"

"不做！"他说，他朝我眨眼睛。"下次吧，宝贝，看能不能把你的脑袋炸下来，你有更多的机会。"他转向下一个顾客，这位顾客正沾沾自喜地坐在地上，他的曾经长着脚的地方是一对桩子。

"这个千真万确。"勤务兵高兴地说。

他从身边那一堆东西里面扯出一张红色表格，对我笑，"这就是我们做事的方式。"他说。

但是我戴不上我的钢盔，我移不动我的脑袋，

"一个德国士兵别想着移动他的脑袋，"他捡起一个硬橡皮章盖在表格上，"你需要看的只不过是一直向前看。"

显然和这样一个家伙吵架毫无意义，我的眼睛从那一堆表格移开了。一张红表格和一个章，那就是需要的一切。我偷偷伸手去拿。

"你给我住手！"勤务兵转过身来，像闪电一样快，把我抓了个现行。

"去，让你自己体面地被撕成碎片，到了那个地步我也许可以考虑。现在，从这里出去，不要再和我纠缠了，还有很多人等着看病。"两位中士架着我，把我弄出来扔在地上，交给了一个最近的军警。

"喂，你，看着这个浑蛋，不要让他再搞出什么闹剧来。"

我挣扎着站起来，发现我的额头顶着一只自动式来复枪枪筒。

"闹剧，哼，你再试试看！"

"试就试！"我生气地说，"我的颈椎里头打进了一颗子弹，那头猪居然不送我去医院！"

"那太糟糕了，"他说，"真是太糟糕了……我认为你可能想摸一个红色护照，多一个自由自在的假期。"

我从枪筒上抬起眼睛，看见他是个下士，我稍稍放松了一点儿。你和一个下士就有公平的机会，你可以像人一样和他们说话。

"我认识一个干这个活儿的人，"我说，"在五年的战争之后。"

有个停顿。

他本来可以为这句话杀掉我，那要看他是一个普鲁士人还是波尔塔人。他慢慢地放下枪。

"我想你是对的，"他说，"兄弟，麻烦的是，每个人都有同样的想法，你是第十四个做这种尝试的人，如果我认为我也可以带着它离开，我也会试，但是没希望，根本没希望。"

"杂种，"我说，"我对我脖子上的洞感到很好奇，我很高兴它一直在流血，我想我还是回到我的连队去，尽管我怀疑我有没有这么好的运气，也许我根本就回不了连队，在那之前早就生蛆了。"

下士把来复枪扔到肩膀上，我们一起出发。

"你是幸运的，"他说，"如果你在没生蛆之前还活着，在这里和华沙之间，都布满了宪兵，你知道为什么吗？就是为了杀逃兵。"

"我不是逃兵。"我说。

"这些日子里每个人都是逃兵。他们看到你一个人在乡村闲逛，一看到你就立马杀掉，那就是他们做事的方法，见一个杀一个，这就是我们要执行的任务，看起来该死的军队都走错了方向，仍然……"他闭上一只眼睛，拉长一张狡猾的脸，"别担心，兄弟，跟着我你就没事了，我会帮你摆平这件事。"

我们沿着那条路一起走，走得非常开心，没有敌军来打扰我们，至少有半个小时我们都是自己在走，跟着撤退部队的足迹，踩着大屠杀过后的荒凉寻找我们的路。我忘记了压住我颈椎的子弹，有那么一会儿我们踢着石子玩，在尸体和机动残骸的外面或者里面，像放学后走在回家路上的孩子一样地笑。我们正踢在兴头上，被一辆卡车打断，卡车载着克虏伯大炮，一个中士不耐烦地从满是汽油臭味儿的驾驶室里冲我们喊，要我们离开路面，但是一看到军警，他立刻把脑袋缩了回去，继续开他的车，走在呼呼卷起的尘土云里。

"逃兵，"我的同伴说，他耸起一个无所谓的肩膀。他们不可能成功的，可怜的傻瓜，前面到处都有警戒线，他们一点儿机会都没有。

我们在篱笆下歇脚，下士拿出三包骆驼烟，坚持要给我。

"你拿着吧，我还能拿到很多呢……"

没有理由打穿我们的脖子，为了到达一个根本不知道的地方。我们坐在那里聊天，抽烟，大约一个小时，直到一队党卫军的坦克出现，坦克履带将坑坑洼洼的路面上的油和污泥扬起，溅得我们满身都是。

"杂种，"下士说，"他们到了警戒线就会干掉所有走在路上的人。"30分钟之后，我们也到达了警戒，路上全是宪兵，一个紧抿嘴唇的上尉向我们走来，多亏那位下士，我得以安全地通过进入死亡的前厅，继续走在路上不受打扰，我看到很多人没这么幸运，我走了很远才转过头来，对我那个同伴挥手告别，他已经站在路障的后面自己的岗位上。他不再是刚才跟我一抽烟，一起聊天，一起踢石子的人。他现在是一个擅长杀戮的军事机器，我抬起手做再见姿势。他的眼睛里因为认识有点儿闪烁，但是他没回我的礼。

在灰蒙蒙充满威胁的天空下，我继续踽踽独行。

第七章　*Chapter Seven*
受欢迎的 "山羊"

我们的一生其实离死亡很近，但我们要把它变成一种优势，要学会很好地利用它……如果德意志民族想要有一个好的未来的话，现在必须拓展空间，必须在整个欧洲范围内清理掉那些劣等民族。

——希姆莱在魏玛对党卫军将军们的讲话。

"哪怕只有一个波兰人还活在华沙，这都是德意志武装部队的污点。"希姆莱对党卫队高级总队长伯杰有些愠怒，"你为什么没有执行我的命令，难道我没有告诉过你，要把他们杀到最后一个男人、女人和孩子吗？为什么没有做？"

伯杰用一只抖得厉害的手擦拭汗涔涔的额头。

"党卫队帝国领袖，我们已经尽我们能力做了一切，损失很大很吓人。华沙的起义已经让我们损失了2000名德国士兵……"

"别跟我提损失，我对你的悲伤故事不感兴趣，我只看结果，你认为祖国要坐下来为每个死在战场上的士兵哭泣吗？笑话！祖国应当为他拥有这样的儿子而骄傲，他们是为自己的祖国而放弃生命的。"

"是的，确实，党卫队帝国领袖，但是……"

"别跟我说但是！"

希姆莱捏紧拳头"咚"的一声砸在桌子上，"我给你一道命令，我就期望命令被执行，夷平华沙，把它从地图上抹掉，德意志帝国没有它的位置了，它丧失了这样的荣誉，我说清楚了吗？如果不能，"希姆来说，带着一丝冷冰冰的微笑，"总还是可以把你安排到俄罗斯前线去的，党卫军里没有那些吓得不肯流一滴血的人的位置，血，知道吗？我亲爱的伯杰！血是战争的通行货币，强大的民族诞生在血的河流中。记住，并且根据这一条行动！"党卫队帝国领袖从房间里冲了出去。伯杰收起手帕，立刻走向电话。

"迪尔乐万格，我是伯杰。你为什么不执行我的命令？我认为我已经告诉你了，要把华沙夷为平地，为什么它还存在？"

有一阵小心谨慎的停顿。

"怎么了？"伯杰呵斥。

"我亲爱的兄弟，"迪尔乐万格说，"我已经尽我最大的努力了，也许你不知道我们为了终结这个地方，损失了百分之九十。"

　　"我对你的损失不感兴趣，如果你认为你的任务超过了你的能力，你说出来，我把你安排到俄罗斯前线去，这很容易，要不然我就给你 48 小时完成这个工作，到那时候，我希望华沙的名字永远消失在地图上！"

　　华沙。格里高和波尔塔在一辆被炸掉的约瑟夫·斯大林坦克上，他们俩传递一瓶伏特加，波尔塔的脚冷冷地踢着一具烧焦了的俄罗斯少校的尸体，格里高支棱着手肘托着下巴。

　　"那是一个人尽皆知的事实，"波尔塔说，"邱吉尔收集了这个国家每一个纳粹的名单，他发誓要把他们全都绞死。"

　　"据我所知，他要活剥他们的皮，还要把内脏挖出来，"格里高恶毒地说，"并为他们好好服务。"他抓住伏特加瓶若有所思地看着它。"我不懂的是，"他说，"为什么阿道夫要把英格兰当作第一个要清扫的地方？"

　　"他受不了邱吉尔，"波尔塔说，"那是一个众所周知的事实。"

　　格里高一口喝下二两没有加水的伏特加。

　　"上帝会惩罚英国人，"他正义地说，"那是恺撒说的。"

　　"阿道夫认为他是自己的上帝。"波尔塔说。他斜靠着，手放在脑后，翘着个二郎腿。少校的腿有一只脚掉了下去。格里高淡淡地看着它滚下去消失在臭水沟里。

　　"知道吗？"他说。

"什么？"波尔塔说，两只眼睛闭着。

"我认为我会很高兴，战争结束的时候。"格里高说。

波尔塔耸了肩。

"谁不会呢？但愿最后能够和平安宁。"

格里高捡起一个炮弹壳儿，恨恨地把它扔到那具烧得焦黑躺在水沟的尸体上。

"也许现在我们已经从欧洲或者其他地方被踢了出来，他们再急吼吼地要吵架了。"

"你想打赌吗？"波尔塔带有讽刺意味地说，"是他们挑起的战争，他们以为很容易，不是吗？他们挑起战争，我们为他们干脏活儿，他们甚至不知道有仗在打，他们逍遥得很。"

格里高又捡起一个弹壳儿。

"都是骗局。"他说。

"你是对的，"波尔塔同意，"整个生命都是他妈的骗局，对不对？"

在城里的布拉伽那一边，他们正在为阿道夫·希特勒打一场仗。为得到科曼旦托，阿米加·克拉左瓦和他的游击队正驻扎在那里。他们屠杀了所有的人，现在，他们被迫和德国部队进入一场猛烈的战斗。德国人一直想要在两个小时之内把他们干掉，但是没有成功。波兰人现在用从德国人手里缴获的枪支向他们开火。我们听着这场战斗的激烈程度还在加码，炮弹在离我们很近的地方爆炸。一片飞来的弹片嵌在波尔塔的脸颊上，波尔塔站起身来诅咒。

"这个地方马上就要倒霉了。"他抱怨，从格里高手中抓起珍贵的伏特加酒瓶，从坦克残骸上跳了下来，沿着街道走。

"我们走吧！"他说。

我们穿过广场，还没走几步，这时候一通机枪炮火向我们射来，害得我们冲到最近的门口去隐蔽。我们缩在里面，在成堆的尸体中艰难地走。

两位姑娘从眼前跑过去，裙子高高飞起，"小混球"冒着生命危险从门口探出来，向她们打口哨，这下引来广场那头的一场子弹雨。

"该死的，回来！""老大叔"厉声说。

我们立刻回到人体沙包做成的栅栏里。

"大声叫出来！"波尔塔说，半边屋的天花板垮下来砸在我们头上，房间里覆盖了一层厚厚的灰，他焦急地抓起伏特加酒瓶，"我们不能一整天都待在这里。"

"没事的，""老大叔"盯着他，"我们得待在这儿，直到我说走为止。"

又一阵机枪的火力。波尔塔的伏特加酒瓶打碎了，他发出一声怒吼，但是被一个下士的痛苦尖叫声淹没了，这个先遣部队的下士是这一天早些时候加入我们的，我转头看到一股黏稠得发紫的血从他嘴里喷出，然后他向前扑倒，趴在尸体堆成的防护墙上。

"开什么玩笑！"波尔塔怒吼，把他的破酒瓶扔到边上。

"从对面那所房子来的。"我指着说。

波尔塔转头生气地看着我。

"如果你晓得它打哪儿来，为什么不给点儿颜色看看，站在这里像个饭桶一样放屁有个卵用。"

"我只是想帮忙。"我说。

"帮忙？狗屁，没用的饭桶！"

"为什么你要我去做呢？"我冷冷地说，"有本事过去搞定他们啊。"

在我和波尔塔把事情弄得更糟，甚至打算把对方谋杀之前，"小混球"从袋子里掏出两个手榴弹，跳过尸体做的矮墙，穿过街道，他冲到一辆打翻的车后面找掩护。这时候从一个窗户里扔出一个手榴弹，落在他面前，"小混球"立刻抓住它，把它扔了回去，一阵爆炸，房子的一面墙都给炸没了。三个没有受伤的男人从瓦砾中爬出来准备跑，但是小个子法国军团大兵的轻机枪一阵咆哮，结束了他们三个。

"赶紧走！"格里高说。

我们从房子里逃出来，绕过广场的街角，来到一条狭窄的街道。街道上滚滚浓烟中和着一些烤肉的臭味儿。国家安全局的人炸掉了中心监狱和所有的犯人，华沙必须从地图上抹掉，每一个男人、女人、孩子都得被清除。

波尔塔在抱怨肚子饿，离他上一次吃饭已经两小时了，就连"老大叔"也赞同地说，如果还不停下来补充能量的话，他也不指望可以走远一点儿。华沙只有一个地方可以停下来，那就是"受欢迎的山羊"。这是"小混球"在他到达城里一个小时之内发现的一个小酒馆。这地方又小又邋遢，而且人多，很吵，一股难闻的汗臭脚味道，但是波尔塔和皮沃特有某种预约，皮沃特是这个店的主人，留着个大红胡子。他保证我们能吃到最好的。

我们坐在一个没有收拾的桌子旁，上面摆放着昨天留下的剩饭剩菜，正在变馊发臭。皮沃特拿来菜单，问我们吃什么。

"我想今天想试试鸟肉怎么样？"波尔塔说。

一位坐在隔壁桌子上的军警冷冷地晃了一下头，他的眼睛因为对某事感到疑惑而发亮。他永远不用担心，鸟肉只是一只乌鸦，被煮得烂熟的乌鸦尝起来像一块旧洗碗布。同时端上来的还有狗肉片儿，接下来又来了一道臭气熏天的腌鱼。每一道菜看都得用烈性红酒灌下去。这是波尔塔和皮沃特两人理财计划的一部分，他具体是怎么安排的，我们永远都不知道，在这个话题上最好是保持缄默，永远不要对"小混球"的商务活动探究得太深，尤其是你自己正在受益的情况下。不管是煮乌鸦还是狗肉片，总比阴沟里的大老鼠或者老鼠腿要好。在我们不远处坐着一个随军牧师，他研究了我们一会儿，但他看起来似乎对一位军官更感兴趣，那个军官在屋子角落的火炉旁边坐下来喝啤酒。他一再地回头看这个男人，最后，他站起身来走向他。

"打扰一下，上尉……"他拉过一张椅子，"我坐这儿，你介意吗？"

军官从啤酒杯里抬起头来，他的脑袋和一只眼睛被裹在厚厚的血迹斑斑的绷带里，有半张脸伤得很厉害，皮肤皱巴巴的，呈红色，所有的特征都给扭曲了。他的制服破破烂烂的，粘满了泥巴、血迹、油污。他拿杯子的手在颤抖。牧师面带温柔而虔诚的微笑坐在他旁边。

"我想知道，"他说，"你是不是不愿意让我来帮助你？"

"帮助我？"

上尉把剩下的一点儿啤酒倒进喉咙，招呼站在吧台后的索夫佳给他添杯酒。

"你打算怎么帮我？"他问，"当然，除非你给我一个团。"

"不是指那种帮助，我的孩子。"

"不是？"上尉说。他卷起嘴唇露出一个拙笨的微笑，"一张新脸,怎么样？我把我的旧脸遗留在某个地方了,我相当不小心,所以为什么不再给我来一张脸？你懂的。一个人在他的一生中只有一张脸，只有他自己能决定他在这张脸后是个什么样子。你明白吗？"他举起啤酒杯，"祝你健康，神父，希望美丽永远不会抛弃你！"

牧师庄重地摇了摇头。

"美不是外表的，主看人不是看他的外表，他看人不是通过他的肉的质量，而是通过他的灵魂的质量。"

"看在上帝的分儿上，别让我听那让人作呕的话。"上尉把杯子放回桌上，他用手背揩了一把嘴巴，摇摇晃晃地站了起来。

"走，去别的地方聊吧，你在我这里唠唠叨叨好半天了，去，出去，否则的话我就会让你的一半儿脑袋炸掉，然后回来告诉我感觉如何，到那时我可能更愿意听你诉说。"

他跟跟跄跄走出酒吧，门在身后关上，牧师一动不动。过一会儿，他站起身，他做了一个简短的保佑动作。

"上帝与你同在。"他嘀咕着，跟着上尉走出去进了街道。

"神经兮兮的老山羊。"波尔塔说。

他伸手去拿桌子上的伏特加酒瓶，在他拿到之前，传来一声爆炸，所有的灯都灭了，门从门框里炸脱了，飞出房间，桌子和椅子都翻了过来，窗户震得粉碎，人被扔得满地都是。

我们就地在摔倒的地方躺在了一会儿，泥灰浆碎片从天花板下雨似的掉到我们身上，我脚下的地板裂开了，烟和尘土慢慢散去，我们小心翼翼地爬起来，看着周围的破坏。皮沃特从吧台后站了起来，像个鬼似的，他的头和肩膀上覆盖着一层厚厚的灰土，通过那扇炸开的窗户，我们看到街对面的通讯大楼，波兰游击队安放了一台迫击炮。六个德国兵参与了这次爬墙行动。他们手换手沿着长绳子往上爬。长绳子系在阳台栏杆上。

皮沃特和老大竭力要把门放进门框里，我们大家开始摆椅子和桌子，估算打碎的瓶子和杯子的价值。"小混球"走出去，想要近距离地看一下攀登者的情况，他回来的时候带回一个消息，有半打尸体躺在人行道上。

"随军牧师怎么样？""老大叔"问，"他肯定刚好走在正中间。"

皮沃特夸张地用手拍拍自己的额头。

"唉，我本该提醒他的，一千五百个小时，每一天像摆钟一样有规律，从没变过。""砰"的一声，他的拳头砸在桌子上，桌子立刻坍塌了。

"那么说他在那里？""老大叔"问，他向"小混球"转过头，"你看见他了吗？"

"小混球"耸起一只肩膀。

"我没有停下来看，有好多事情在那儿发生，都是我感兴趣的。"

"那就完了！"皮沃特说。

今天他们收工了，他们不会再搞了，除非武装部队来骚扰他们。我们"咚咚咚"地下楼，为了寻找牧师，结果发现他残破的身体躺在几米外的一摊血里，我记得有一个毁掉了脸的上尉和他的血迹斑斑的绷带，愿你健康，愿你的美永远跟随你。

"是的，上帝看一个人不是通过他的肉的质量而是通过灵魂的质量，但是这个时候上帝也无暇顾及了，和所有的人一样。"我嘀咕着，放开胆量盯着那些纠缠在一起的遗体。

"和什么一样？""老大叔"问，他弯下身子去找身份卡和个人资料。

"不是一样的，"我说，"上帝不是太在意外貌。"

"老大叔"皱眉。

"这不是开玩笑，真的不是开玩笑。"我说。

一辆军用吉普车开了过来，随着一声长而尖的刹车声，一位上校走了出来，后面跟着一位生着一张老鼠脸的小个子下士。

"那是什么？"他说。他用拐杖指着躺在路上的牧师遗体。

那位下士小心谨慎地走上前来。

"是一具尸体，长官。"他弯下腰去，做近距离察看，"应该是一位神职人员，我想。"

少校看起来很痛苦。

"牧师，"他说，"亲爱的上帝，这世上还有神圣的事吗？"

他淡然地昂首挺胸走过马路，用他的拐杖尖儿戳来戳去，尸体的头和肢干滚过来面对他。有一个很长的停顿，上校抬起眼眺望维斯瓦河的方向，但是什么都看不见。我看到他的喉结在移动，他清了一下喉咙，把拐杖夹在腋窝下。

"下士，"他说，"你留下确保这个人得到一个体面的葬礼，我们不能让一个牧师这样躺在马路中间，太不体面了。"他爬进吉普车，自己开车，"我把他交给你了，下士，处理他，按照我的命令。"

"是，长官！"

这个下士敬了一个很精准的礼，吉普车像子弹一样射了出去。等上校离开视线，他放下手，用粗鲁的两个指头指着牧师的遗体。

"体面的葬礼，哼，体面个卵！他得到的不比别人少。"他转过身朝阴沟里吐了口口水，"两面三刀的老饭桶，该死的牧师算个什么？"

"小混球"往前走，向那个离开的男人挥手。

"你走了，兄弟。"他说，"我会给他一个体面的葬礼的，你不用管了。"

他收集起那一堆纠缠在一起的遗体，把它丢进河里，河面上溅起一个大大的水花后一切归于平静。

没过多久，"小混球"回来了，一只手上提着一双靴子，另一只手上拿着十字架。

"你从哪儿拿的？""老大叔"问。

"这些，""小混球"说，"我捡到的不行吗？在河里捡到的。"

我们开始往回走，准备重新加入我们的连队。但是到现在为止，在莫莫洛桥的方向，波兰人一直在火力攻击，我们无法通过，被迫在一个废弃的房子的一楼躲起来，任由炮弹在我们周围爆炸。旁边一个教堂的塔楼遭到炮火的轰炸，雷鸣般的坍塌下来。费了很大的劲儿，"老大叔"才阻止"小混球"跑去察看。"小混球"想看看教堂的十字架是不是金子做的。两颗炮弹端掉了隔壁那一栋楼，天花板砸到我们头上。

顶楼起火了，有倒塌的危险，我们终于被烟呛了出来。周围的街道全是火，重型炮弹轰炸整个地区，一些建筑物随着一阵阵轰隆隆地巨响，整座楼都倒塌了。

我们终于跟上我们连队的人，他们整个乱成一团，劳威中尉正在指挥改编。劳威中尉的一只手缠着厚厚的绷带，他的一边脸也被燃烧的汽油溅到了。

第二天的中午，我们被拉出战斗区，允许有几个小时的休整。

大家的想法是立刻找到食物。我、"小混球"还有波尔塔，都是那些不幸的人，我们被第二分队挑选出来去寻找食物，战地厨房离我们很远，为了到达那里，我们每踩一脚都不得不百般谨慎，那个区域时常都处于地雷的爆炸声中。

我们终于找到了那个装食物的罐子，带着它们冲进呼啸的炮弹和飞梭的子弹中。一阵火焰突然腾空而起，呛得我们直往后退。我们转到旁边的路上，听到在旁边的一栋建筑物屋顶上落了一颗炸弹，我们赶紧扑倒在地，躲过掉下来的瓦片。我们刚转角，突然碰到一阵呼啸而来的机枪子弹。几米之外的一个屋顶上，狙击手拿着自动来复枪开始占好位置向我们射击。

"看在上帝的分儿上。""小混球"咆哮，几乎就在他发脾气的同时，把他们搞定。

让我们惊奇的是，炮火突然停了，我们盯着"小混球"，带着一种新的尊敬。

"你必须再试一次……我在想它是否对 T-34 有用。"

三个战地厨房建在维斯瓦河区域，三个战地厨房，三支队伍，每支队伍有半英里长，我们排在其中一支队伍的后面，虽然安定了下来，但非常不开心。

"等到轮到我们，今天吃什么？"波尔塔喊，"袜子煮饺子？"

厨师在队伍里酸酸地瞥了他一眼。他们两个是老对头。

"到了就知道了。"他说。

已经走过的人自愿告诉我们信息，是浓味鱼肉汤。浓味鱼肉汤，一种嘲讽的快乐扩散开来。浓味鱼肉汤是一种礼貌的说法，用来描述一堆烂鱼骨头漂在一池油渍渍的灰色液体上。不过它还是要比波尔塔的袜子煮饺子要好，袜子煮饺子是大家都知道的牛肉炖蔬菜。即使是腐烂的鱼肉味道也能够残留二十四小时，在二十四小时没有任何食物的情况下，还能让我们美滋滋地舔嘴唇。

我们慢慢地向队伍前面移动，过程相当漫长，可望而不可及，但是很诱人。波尔塔开始给我们讲他在法国吃过的一顿真正的浓味鱼肉汤，他用一种让人嘴巴淌口水的细节给我们描述，每一口都病态的停留一下，吊我们的胃口，直到你可以闻到它、尝到它。我闭上眼睛，能感觉到它慢悠悠地沿着我的喉咙往下流，流到我充满感激的肚子里。就连皮沃特的烤乌鸦和狗肉片儿那样的稀有美食，也不能满足浓味鱼肉汤不时来袭的渴望。

爆炸声让我突然回过神儿来，我睁开眼睛，发现周围全是烟，人们在恐慌中目瞪口呆，手里的碗都是空的。

"该死的食物不见了！"波尔塔大声喊，一颗流弹落在这个区域的正中间，波尔塔的老对头厨师被肢解，但是别在意他，问题的关键是浓味鱼肉汤，我们盯着我们的脚处于一种难以相信的恐惧中，在整个广场的表面流淌着油渍渍的灰色液体，一道道灰色的小河带动它的货船流向阴沟，货船就是烂鱼骨头。

第八章　*Chapter Eight*
妓院

知识性的教育方法提不起我的兴趣，我关注的是怎样把我们
的年轻人推到忍受力的极限，甚至超过那个极限，这样的话，在
那些活下来的人之中，就能产生一个新的种族，这个种族知道如
何超越死亡的恐惧。

——1938 年 5 月 14 日希姆莱至 K·A·埃克哈特教授的信。

精锐部队科迪夫团仍然坚持在平民区战斗，波·科莫洛夫斯
基将军下了一道命令，要不惜一切代价守住平民区，因为它是这
个市中心的唯一街区。苏萨保斯基将军和他的伞兵部队将在这里
着陆，战斗团将继续战斗，但是这几乎是一场注定失败的战斗，
造成战斗失败的原因不是苏萨保斯基将军的伞兵部队，而是从莫
斯科来的波兰共产党。波·科莫洛夫斯基将军和他的部队注定被

判死刑，判他死刑的不光是柏林的希姆莱，还有克里姆林宫的斯大林。德国人进行的这一场大规模屠杀实际上正在为俄罗斯人开路，斯大林可以坐收渔翁之利，他不着急，让党卫队帝国领袖完成这个破坏任务，到时候再动手不迟。

伞兵部队未能如期到达，波·科莫洛夫斯基失望地把一个中校派往莫斯科向俄罗斯元帅洛克索夫斯基求情，中校为波兰游击队进行了长达一个半小时的辩护，他用煽动人心的细节描述他们的困境。但是俄罗斯人只是静静地听着，没有任何动摇的迹象。

"我们的要求并不过分，只要你们给两个师的支援，我们也不奢望你们派你们自己的部队来支援我们，我们只要求释放我们的人，让他们来到我身边……看在上帝的分儿上，有人愿意哪怕抬起一个手指头来帮助我们吗？"

没人愿意，英国人不会，俄罗斯人不会，这个任务注定要失败。中校在回到华沙的路上失踪了，没有人知道他发生了什么，洛克索夫斯基苦等着他的两个师的救援也落空了，他们就像苏萨保斯基和他的英国伞兵部队一样根本没来过。

"小混球"和波尔塔带着我们这帮兄弟们走上了恺撒之夜夜总会的楼梯，靴子踩在没铺地毯的楼梯上发出一阵巨大的声响，像一群奔跑的野公牛，噪声穿透了黑暗。在楼梯平台处等待我们的是佐希娅·克鲁森希夫人。佐希娅是这家豪华妓院的老板娘，可以说在伏尔加河和莱茵河之间的任何地方不可能找到第二家这么豪华的妓院。她站在那里，双臂交叉着放在她的巨大的肿胀的胸部上，脸上的表情明显写着"禁止"两个字。"小混球"冲上最后几级楼梯，踉踉跄跄撞上墙壁，一个放在壁柜里的花瓶被甩过楼梯的栏杆，碎在一楼，发出炸弹一样的爆炸声，格里高立刻卧倒在地，双手放在脑袋上。

我们都喝醉了，格里高比我们更醉得更厉害。女士看了我们一眼，眼神很明显是让我们离开。

"我将很感激，"她说，"如果你们这些绅士们不弄出这么大的动静来的话。"

海德把一只手指放在嘴唇上，格里高想抓住楼梯扶手站起来，但楼梯扶手在他体重的重压下折断了，一大块木头追随着花瓶掉到地上。

"嘘！"海德说。他气得满脸通红。

"浑蛋！"格里高喊叫。

他手脚并用爬上楼梯，抓着壁柜站了起来，壁柜被他扳得倾斜，最后终于倒塌下来。格里高以迅雷不及掩耳之势抓住第一件来到他手上的东西，不幸的事情又发生了，他抓到了女士硕大的乳房。

"妓女在哪里？"格里高粗鲁地说。

女士一个转身，迅速抬起尖尖的手肘对准格里高的肋骨狠狠地捅，格里高趔趄了一下，往后向"小混球"倒去。

"妓女在哪里？"他拼命追问，"我是来这儿找妓女的，你这个丑婆娘你是谁？你肯定不是，对不对？"他站直身子，扯过一张"小混球"正举着的票。"看这里，"他说，把它戳到女士的鼻子底下，"我花了一千二百个兹罗提（波兰的货币单位）才来到这个垃圾堆，现在你却扣在手上不给我们，我要求见她们。"

女士平静地把一根俄罗斯香烟装进一个长烟嘴里。

"都随我来吧。"

她带着我们走进一个巨大的房间，房间里陈设着很多小摆件。"这是一个很高级的地方，你们知道，我们只迎接那些有品味的，有判断力的顾客。"

"带妓女上来！"格里高叫。

女士叹了口气。她走到一个柜子前，拖出两本很大的相册摆在我们面前的桌子上。

"那，你们先翻一遍吧，然后再作选择。"她建议。"不过有一点儿你们要理解，我不能保证所有的年轻姑娘都有空。"

"浑蛋！"波尔塔说，把两本相册摔到地上。

女士扭过头冷冰冰地看着他。

"请你再说一遍。"她说。

"我说浑蛋。"波尔塔吼道，"格里高说得对，带她们上来，要开始干活了。"他抓住女士的手腕，重重地打在她的屁股上，"如果你的屁眼和你的乳头一样大的话，"他告诉她，"我忍不住要痛打你一顿。"

海德几乎与格里高一样醉，他看到笼子里有一只鹦鹉，便伸过手去，穿过笼子的小隔栏戳它。那只鸟往后退，用爪子猛烈地击打那只手。

"该死的！"海德诅咒。

"你也该死！"鹦鹉回骂，"你的眼睛该死，去地狱活活烧死！"

海德抄起笼子乱戳乱搞。

"该死的鹦鹉，该死的犹太人，看它的嘴巴，就是个该死的犹太。"

他提起笼子扔过房间，正好落在我的手上，我接住笼子站在那里寻思，是继续玩游戏还是把它当作要炸烂我的脸的手榴弹？

"浑蛋！"鹦鹉说。

我把笼子放在地上，桌子上的银色烛台上竖着一根蜡烛，格里高想点燃它，这是他的第三次尝试，在烧到自己的头发之前他已经试过两次了，"小混球"不得不用一杯苏打水来灭火。

"这事好丢脸，"女士说，她把波尔塔推到一边，像一艘战列舰一样威严地朝窗边走去，"我要叫警察，"她说，"我要叫警察逮捕你们。"

她折腾了好一阵子，但是窗户还是没打开，"小混球"很仗义地借出一只手，他抓起苏打水瓶子扔过房间，窗户玻璃打破了，一阵碎玻璃雨哗哗落下去，边缘的碎片如同参差不齐的锯齿一般，尖锐，锋利。

"怎么样，""小混球"说，"现在你可以把脑袋伸出去了。"

海德已经退到地板上，因为他自己完全没有能力保持直立，他又爬向鹦鹉，这鸟让他很感兴趣，他研究了一会儿，然后用手指严肃地画了一个鹦鹉嘴巴的轮廓，他摸了摸自己的鼻子，比较它们的形状。

"它是犹太，"他说，"这里有肮脏的犹太浑蛋，我要杀了它。"

他拉开笼子门，两只手卡住鹦鹉的脖子，鹦鹉伸出一只爪子，在海德脸上一阵乱抓，抓出一道道红印子。

"打鹦鹉，十个对一个。"格里高喊叫，开始变得很兴奋。

我弯下腰去看空笼子，有一种模糊的打算，想帮忙把海德装进去，我还没来得及实施，他已经把我摁到地上，张开牙齿要咬破我的喉咙。

"十个对一个，打鹦鹉。"格里高喊叫，追着鹦鹉满屋子跑，门突然开了，鹦鹉尖叫着逃了出去。

"流氓！"它用它最大的声音喊叫，就在那时一颗子弹嵌进了天花板，伍乐·希卡金伦和他的六个芬兰游击队队员进来了。

"我的奶奶，你躲哪儿了？"第二颗子弹呼啸而来穿过房间钉在对面的墙上，所有的人立刻卧倒，隐蔽。

"我们要货，你这个妓女贩子，老母狗。我们要赶走俄罗斯人，我们正在驱赶俄罗斯人，你们却扭着肥屁股流涎水……大捞钱财，我认为我们应该快活一把，我们现在是老百姓，你知道不知道？"

女士从她的隐蔽处站起来，她全身发抖，像一个巨大的粉红色果冻，但是我想这颤抖更多的来自于愤怒而不是恐惧。

"从这里滚出去，"她尖叫，她的声音失去假装的温柔后是那么刺耳，那么粗俗不堪，这个声音回归到了她的本色，这才像一个老婊子的声音。"你们这堆屎，我不会让你们任何一个人靠近我的姑娘，你们他们妈的操猪都不配。"伍乐往后甩头，很欣赏地笑了。波尔塔把一条腿高高地抬起来放了个响屁。

"你介意吗？""小混球"说。

"那是一个很高级的地方，被一个很高级的女人经营。"格里高补充。他把一只手放在嘴上，弄出一个声音，这个声音比波尔塔刚才那一响更胜一筹。

这个十分高级的女士恶狠狠地踢他的胯部。格里高抓住她的脖子，把她紧紧地压在胸前，他手里有一把刀，他把刀锋压在她肚子的滚滚肥肉上，"怎么样，自己选，老母牛，你自己上还是叫姑娘来？"他斜眼看着她的脸，"你这个又老又丑的中年妇女，我们真想在你头上套一个口袋闷死你。"他揪着她面向我们，"你们怎么认为？"他说，"谁来捅第一刀？"

海德仍然躺在地板上，整整齐齐地吐了一堆呕吐物在鹦鹉笼子里。

"一次两个，"他说着坐了起来，用袖子擦擦了擦嘴巴，"一个在前面，一个在后面，我们会相当快活的。"

"让我看看里面是什么？""小混球"说着，开始毛手毛脚地行动起来。他的手在妇人的两条肥腿之间摩挲，"你那个像马圈一样的东西，我很乐意往里面打炮。"

女士挣脱格里高，她从壁炉架上抓起一把党卫队的刀，"你要过去的话就踩着我的尸体吧。"她说。

伍乐急切地往前跳跃，他的左轮手枪在手里转着圈儿。

"那是很容易安排的。"

枪响了，女士发出尖叫，往后一倒，她躺在地板上堆成一大堆活生生的肉，海德爬过来查看她，他坐在脚后跟儿上，抬起头来好奇地看着我们。

"你知道吗？我从来没搞过死的。"他说。

"我也没有搞过。"我说。

格里高踢了一下颤抖的肉一脚。

"你不是那么幸运，"他冷笑，"都是你的，伙计，上吧！"

海德把手伸进女士的裙子里试探。女士尖叫，那堆肉坐了起来，握一只拳头直击海德的脸。

"把你的手从我身上拿开，你这臭纳粹。"海德鼻子流血往后倒地。

女士立刻站了起来，对于一个负担着这么多肉的人来说，她的身姿令人惊奇得灵活，她抓起一个养在花盆里的仙人掌，"嗖"地朝伍乐扔过去，伍乐还未来得及躲闪，仙人掌已经砸到头顶上了。伍乐痛苦地往地板上缩，女士狂暴地盯着四周寻找别的武器。

"哦，别，老女人。"

一个比"小混球"还大的大块头芬兰人向前走来，抓住她脖子上的肉卷，他把两只手都陷进喉咙，往中间挤，女士脸色慢慢的从明亮的粉红变成了紫色。她的眼睛开始往外鼓，她的身体开始绵软无力。

"好了，"波尔塔说，"那会出人命的，放开她吧，我想她现在该有合作精神了。"

他说得很正确，女士在非常短的时间内连续两次被打，看起来像死了一样，她现在知道，我们也是生意了。

我们把她扶起来坐好，拍她的脸，往她的喉咙里灌了半瓶白兰地，她终于跟跟跄跄站起来，十分温柔地去找姑娘了。

这些姑娘是值得等待的，她们不是普通的妓女，她们有一种特别的气质，她们是妓女中的佼佼者。女士硕大的胸脯装满了骄傲，她把她们放在我们面前展示，她像一位将军，昂首挺胸，高视阔步。当她的部队排成队，等待她的检阅时，她带领她的队伍向前走，一个接一个，鹦鹉也走在队列中，叽叽喳喳叫个不停，满口骂人的脏话。女士把它扔笼子里，又扔了一块桌布盖上它，它安静了。

"好了，绅士们。"她说。

她十分严峻地看着我们，她的视线在海德身上停了一会儿，海德的鼻子在流血，她又扫视伍乐一遍，伍乐还盘在地板上，一半仙人掌钉在他头上，她的视线继续移动，从波尔塔到"小混球"再到格里高，这三个人是最低级别的人渣，一阵寒意流过她的身体，这个地方差不多像个战场了，她就像赶着一群刚从猪栏里出来的猪。

“好了，绅士们，”她接着说，“我希望我们不会有麻烦。”

她撂下这句话便走了。每个人的注意力都盯在姑娘身上，海德和伍乐摇摇晃晃站起来，有一阵子十分安静。“小混球”第一个发出一声快乐的吼叫，他向前跳跃，抓住离他最近的一个姑娘的腰，手直接插进姑娘的裙子里。女孩发出一声轻微地夹杂着愤怒和快乐的尖叫。女士向“小混球”走过来，像一只被激怒的母老虎，她挥动两只拳头打他，踢他的腿，骂脏话丑话，那些话甚至连鹦鹉都没有梦见过。“小混球”身体弓起来，像狗甩掉身上的水珠一样把她甩开了，女士扶着墙往窗户边走去，她把头插进锯齿状的碎玻璃孔里，用最高声量喊警察。伍乐发出一声巨大的狂笑，他穿过房间把女士拉回屋子里。

“我就喜欢有点儿脾气的妇人。”他说，当她挣扎着反抗他时，他快乐地笑了。

她抓得越凶，咬得越狠，骂得越难听，伍乐就越开心，“乖乖，来得更猛烈一些吧，你这可恶的老婊子，我不会放过你的，直到我干完你。”

那堆姑娘站在那里咯咯笑，摇摇摆摆，亭亭玉立，其中有一位看着我的眼睛吃吃地笑。蒙在桌布下面的鹦鹉开始尖叫着要空气。

“这很带劲。”格里高说着冲向前去。

“小混球”把他的猎物扔到巨大的钢琴顶盖上，像一个捆绑了半年的人突然松了绑一样，他压在她的身上酣畅淋漓地干了起来，姑娘没有表示她不喜欢这种方式。

女士的牙齿咬进了伍乐的脖子，像一头斗牛犬一样死咬着不放。海德扯来一块桌布擦鼻子，擦干净准备进入战斗。刚才吃吃笑的姑娘，看了一眼女士，突然离开了，她吊我的胃口。我正要走过去认领她，把她当作我的私人财产。这时很重的脚步声在外面的过道里响起。

"这里怎么回事，刚才谁在窗户边叫我呀？"

房间里狂欢的景象冻住了，女士把她的牙齿从伍乐的喉咙上拿开，海德站起来张开嘴，用一块桌布包把他自己包得像个参议员，那只鹦鹉突然感到敞亮了，它满意了，不再叽叽喳喳叫了。吃吃笑的姑娘用手拍嘴巴。只有"小混球"置若罔闻，继续在钢琴盖上运动。

是一个宪兵，他走进房间来。

"有人叫警察，"他说，"我想知道是谁。"他很固执地问。

"没有人，"女士说，她像一个超重的谢尔福滑过地毯，"我想一定是搞错了，长官，这是一所私人房子，我的一些朋友在这儿开晚会，我不喜欢这种不被邀请的造访。"

男人眯着眼，立刻伸手去摸手枪套，但是在他拿出左轮手枪之前，伍乐已经来到他的前面，"你听到女士所说的话吗，这是一个私人晚会，她讨厌你的入侵，出去。"

我想这下完了，必定有麻烦了，但是最后，他把事情轻易地了结了。他看着伍乐那宽阔的胸脯上挂满了缎带和勋章，他看着他的六个芬兰游击队员围成圈站在他的身后，构成威胁的姿势，他们明显地满意于自己威胁的姿势和暗示，提示我们倘若和警察起冲的时候该怎么做。他踏踏踏地向后转走下楼梯，我们听到前门"砰"地一声在他身后关上了，女士向我们转过身来，伸出手臂展示一个开放的姿势。

"绅士们，来吧，放松吧，这个地方任你们处置。"她抓住伍乐的手，卖弄风情地笑着，"来，我给你们带路。"

另一层楼的卧室，像一个个自成一体的小皇宫，我们从这个跑到那个，呼喊，大笑，在我们的视察途中手里拖着姑娘。波茨坦包间有大理石地面，一个床浮在一湖水面上。格里高试了试，抱怨说有晕船的感觉，赶紧转移到另一个房间。土耳其包间里挂着很长的地毡，地毡边缘缀着深红色的流苏，闻起来有一种熏香的甜味儿。波尔塔在一个有七个花园的房间里待着，每一面墙上都装着层层叠叠的水簇箱，那里面明亮彩色的鱼儿从一个池子跃到另一个池子里。

在这个通道的远端，有一个地方像一个广阔的华盖，我们在那里看到了两个帝国保安部的人和妓女在一起，我们追着他们下楼,把他们赤裸裸地赶到大街上,然后把他们的制服从窗户扔下去。那当然是我们把口袋掏空、瓜分完钱财之后。

被他们抛弃的妓女其中一位，站在我们面前对我们进行逐个逐个地审察之后，她走向我，用手臂弯弯地搂住我的脖子。

"为什么你们要对那些人那样？"她责备地说。我耸了一个不在意的肩膀，"因为他们是官员，因为他们隶属于帝国保安部，因为我们不喜欢他们的长相，因为我们喝醉了……"我拉着她沿途走，进了那个华盖。

"你选择。"我说。

她引诱似的微笑着对我，"所有的方式。"她说。

她的德语带着很重的俄罗斯口音。她看起来比其他姑娘聪明，她肯定是一个间谍。我猜想，她选择我是因为我最年轻，最嫩，最有可能掏出话来，但是在这种时刻本不该在意这些的，刚开始的那半个小时，我们俩都没有很多机会说话，因为有重要得多的事情要办……只是在后来，在暂时的筋疲力尽之后，我们肩并肩躺在巨大的环形床中间，抽烟，喝伏特加，她想起了自己的任务，她支着一只手肘，微笑着看着我，她的长头发垂下来，撩拨我的喉咙。

"有趣，"她说，"但是，我感觉我们好像似曾相识……你有那种感觉吗？"

"没有，"我说，"我不能说我有那种感觉，也许我还没有来得及读我的剧本。"

"你的剧本？"

我耸起一只肩膀。

"我还不大记得我的台词。"

"哦。"她又笑。

她用一只手搂着我的大腿。

"我感觉我们见过，你最近去过哪儿，在来波兰之前你在哪儿？"

"我不在哪儿？"我说，"客观上来讲，除了南极我到处都在。"

"俄罗斯？"

"是的，我去过俄罗斯。"

"你喜欢那里吗？"

"我喜欢那里的战壕，很可爱，是我见过的最好的战壕之一，我能够完完整整地介绍它。"听到这句话，她咧开嘴笑了，喝了一口伏特加，努力掩饰。

"你住哪儿？"

"我没住哪儿？我和部队在一起，你不能把那种叫作'住'。"

"你在哪里出生？"

我把烟掐灭，又去摸一根。

"我没有出生，我是发明出来，是像弗兰克斯坦创造魔鬼那样一块块拼凑起来的，我不是人，我是机器。"

"机器？"她说，她点了两根烟，放了一根在我嘴里，"你在坦克团吗？"

"坦克团？"我说，"炸坏了，我们救世军里没有坦克团。"

我们那个晚上一直待在那个环形大床上。在环形大床上方有一顶雪白的华盖，黎明的时候我们醒来洗了一个香熏浴，战场的屠杀似乎离我们很遥远，很久，痛苦中的男人的尖叫不再穿刺我的耳膜，临死前的人的血似乎也没那么红。

我愿意永久待在这个房间里，女孩走出来，身上滴着水，她伸展四肢，趴在我的身体上，手绕住我的脖子，腿勾住我的腿。

"你们不得不攻打华沙吗？"她说。

"我怎么能知道呢？"我嘀咕，"我只是一台机器，我不能作决定，我只能等待装入程序。"

她的舌头舔她的牙齿，然后把她身子压在我身上。

"我来给你装程序。"她说。

五分钟之后，一声爆炸撼动了整栋楼，华盖跨在我们身上，床被甩到房间的另一端。我们听到了墙倒塌下来的声音，断断续续的火苗的"滋滋"声。我们好不容易才钻出团团裹住我们的华盖，女孩向门口跑去，那扇门从门框里爆了出来了，倾向一边，我从浴缸边抓起我的衣服追赶她，我们来到过道时，天花板塌了，大块的灰浆掉下来，接下来是木质的横梁，横梁两端着火了，床上的铺盖立刻着火，但是我们不能待在后面救火，过道里全是赤裸的女孩子和半赤裸的男人。我看到波尔塔一路跳跃着赤条条地跑出来，他只穿了一双袜子。女士自己穿着华丽的樱桃红缎子女便服，这件便服可以成功地展示她的特点。女士带领我们走下楼梯。

接下来的那层楼损坏得不算太糟糕，如果火势没有得到控制的话，我们尽量从废墟里抢救一些东西出来，我们把衣服一包包扔出来，把波斯毯从地板上拖出来，每个人在能够保证成功下楼的情况下抓得尽可能多。"小混球"和伍乐抬着大钢琴，波尔塔进厨房搜寻，我救了鹦鹉。女士站在人行道上检查抢救出来的东西，像鹰一样的眼睛注视着，以防有人带着银子跑掉。

"小气的老山羊，"波尔塔说，"这里……"他把一只手伸进口袋里，拿出一包新铸的卢布。"小小的分别礼物，如果俄罗斯人来了也许用得着。"他朝她眨眼睛，他说，"不过你得注意，在你准备使用它们之前，你得小心把它们拢在一起，那样看起来会好一些，让人感觉不是特别明显……你知道我是什么意思吗？"

女士热切地抓起那一捆不合法的东西，然后她抓住"小混球"，搂进她瀑布一样的胸脯里，抱着他像一个妈一样哭。

"多悲伤啊，你们这么快离开我们，你们要是再多待一晚，我们该有多美好的时光啊！"

"我们这次还干得不错。"我嘀咕。

第九章

Chapter Nine

沃拉公墓

我是一个严厉惩罚形式的支持者，我们的学校必须执行严格的纪律，这是基础。有错必纠，优胜劣汰。在我的帝国里，年轻人必须站起来，去征服世界！

——1937 年 2 月 18 日希特勒在托奥兹党卫军军官训练学校的一次讲话。

齐格蒙特·伯利将军是波兰军队两个师的总司令，这两个师在俄罗斯东部前线协同俄罗斯军队作战，这个国家让他感到很不开心。在中校去洛科索夫斯基的任务失败之后，齐格蒙特·伯利将军自己请求元帅，要他开恩允许他和他的人跨过维斯瓦尔河回到波兰，帮助打败入侵的德军，但是他也没得偿所愿。

"不行！"洛科索夫斯基用一种不合作的语气说。

他敲落香烟的灰烬，盯着挂在墙上的欧洲地图陷入沉思中。柏利将军犹豫了一会儿，慢慢地靠近他，"康斯坦丁，看在上帝的分儿上，"他说，"我们互相了解已经很久，你和我，你就不能帮我这一次忙吗？如果是你的国家危在旦夕，你是什么感觉？放我走吧！"他敦促，"如果出了差错，我负全责。"

洛科索夫斯基拿起一个图钉钉在地图上。

"不行。"他说，甚至都懒得看他一眼。

将军忽然转身离开他的房间，回到他的两个师那儿去了。上校参谋长好奇地打听情况。

"回答是'不行'。"柏利说。

利瑟夫加上校皱起眉头，"原因是什么？没原因？"

"只是'不行'。"伯利说……

那天凌晨1点钟，两个波兰师跨过维斯瓦河，回到他们的祖国波兰，一个俄罗斯团陪同他们一起到波兰，这个俄罗斯团是由哈尔科夫的乌克兰人组成，指挥官是利奥斯基少校，他们三个男人，伯利，利瑟夫加，利奥斯基，都明白他们一旦失败，就等于签订了自己的死亡协议，然而他们都相信自己做的是对的，他们继续向前去冒险。

他们真不走运，在两个小时的激烈巷战中，波兰游击和利奥斯基的乌克兰人，被西奥多·依克和他的党卫队击败，人员锐减。依克的人是近距离巷战专家，而波兰人则习惯于那种波浪式的伸展到地平线和地平线以外的辽阔平原，他们不会有胜算的机会，他们成千上万地死在维斯瓦河的西岸，躺在壕沟里，淹死在自己的血河里。

我们连续打了三天三夜的仗，铲子、刺刀、甚至空拳头都用上了，为的是抢占沃拉街。我们从阿米加·克拉佐瓦游击队手中把它夺回来才二十多分钟，现在又轮到他们发动攻击，又把它重新拿到手了。这几天，沃拉街在有规律的换手，变成了一个单调的游戏。每一次的进攻和反进攻，都是尸体堆一层又一层，以至于不得不在公墓旁边又挖一批新坟墓。但是公墓在一个战略位置上，这个战略位置主导着卜拉哥，游击队员或德国士兵的逐步减少，使得战斗向着更残忍更虚无的结尾发展。一个烧毁了的小教堂里摆满了尸体，这些尸体用来做掩体，一颗子弹击中格里高的头，血迹斑斑的绷带把他缠得像个干尸，我们所有的人在某种程度上都受了伤，但是格里高被带到死亡的最近处，再往下走一厘米，他现在就不会蜷缩在地板上抱怨头痛了。

一个总参谋部的少校出现在教堂入口处，开始下一些无聊的命令。我们眼睛定定地盯着他，那家伙看上去疯了，但他毕竟是个少校，我们满怀愤恨，无声无语，拖着疲惫不堪的身体站起来，跟着他走进地狱般的街道。让我们高兴的是在我们继续往前走的时候，他看中了一队党卫队帝国师的狙击手。比起我们这一群牢骚满腹的乌合之众来说，他立刻认定他们能够帮助他完成使命。

他带着他们往前行军，朝着那条河走去，我们像一群兔子一样冲进我们那个堆满尸体的教堂废墟里隐蔽起来。

有那么一会儿没听到什么动静，我们抓住机会打一下盹儿，这是我们 72 小时以来第一次休息，我们几天没吃东西了，一个星期没脱靴子了，就连海德都发臭了。

午夜时分，我们被拖进了悲伤的卢·沃拉，上面命令我们在一个被炸的地下室里建立一个机枪位，为马路作掩护。

黎明过后，首先有一队长长的平民出现在路面，他们有男人、女人、老人、孩子、病人和孕妇，还有用轮椅推着的残疾人，很多人一看就知道是刚从床上拖出来的，他们穿着睡衣冻得瑟瑟发抖，时间充裕的人打好手提箱，把它们背在背上或者拖在身后。有些人则用网袋和牛皮纸包着一些他们少量的财产，这都是在他们冲出房间时，急匆匆顺手抓起的自认为珍贵的财产。

"他们是要往哪儿去？"我问，"一条通往坟墓的路？"

"是的，""老大叔"冷冷地说，"他们就是去那儿。"

没有人说话。

我又看着那一群可怜兮兮的人，我看到有一个人被一架临时担架抬着，看起来他就要死了。

"为什么他们要去公墓呢？"

"老大叔"耸耸肩。

"人们通常去坟墓干什么？"

这一群人被迪尔乐万格党卫队的守卫所逼，一辆警车从一条边道开进来了，来到队伍的最前面。高音喇叭开始叫起来，我从窗户探头去听。

"注意，注意，大家听好，因为军事原因，这个区域不得有人，你们有五分钟的时间离开房子，五分钟，我重复，我们很遗憾地告诉你们，这是必要的。共产党，波兰叛徒让我们没有选择，这个区域现在是军事区，如果你们留在这里，你们的生命会受到威胁。党卫队高级总队长冯·德蒙·巴赫·扎勒夫斯基向你们保证，在你们重回自己的房子之前，你们会得到很好地照顾，你们将会在德军的保护之下，你们可以带走任何财产，你们必须在五分钟之内撤离……注意，注意，因为军事原因这个区域将被清理……"

车从这边跑到那边，刺耳的高音喇叭声慢慢地消失在远处，卢·沃拉街上上下下的窗户和门都打开了，心情忧郁的平民涌出来加入队伍，迪尔乐万格的守卫们在喊方向，提供安慰和保证。我看见有一个守卫弯下腰帮忙去捡一个被小孩扔掉的玩具，我又看到一只手伸过来扶了一把旁边的老人，我看见第三个人的微笑，这样的善举让我发抖，让我恐惧，我赶紧闪开。当你看到党卫队的人表现得像正常人时，一定有很特别邪恶的事情即将发生。我知道有些事情肯定有问题了。

脚步依然向前移动，成百上千双脚，有些穿着鞋，有些趿着拖鞋，有些穿着破布鞋，许多孩子光着脚丫。现在他们排成队，卡明斯基党卫队灰色的令人感到畏惧的身影出现了，人们从他们眼前经过，他们站在那儿像雕塑，不笑，不动，只是站在那儿看着。

警车回来了，喇叭仍然在叫，"注意，注意，这个区域要被轰炸，我再重复一遍，马上就要轰炸这个区域，你们还有半分钟的时间走出来。否则将都被当作德国人的敌人被杀掉，这是最后一次警告。"

警车继续移动，一些人犹犹豫豫地走出房门，被推搡到队伍中。卡明斯基的党卫队开始搜查房子。病人就地射死在床上，一个老人还在阁楼里走，立马从窗户里给扔了出去，降落在人行道，刚好砸在一个小孩身上，两个都死了。那一双山羊皮手套也随着落了下来。党卫队的表现一如既往，人群开始不安定。他们被催促着往前走，无端地遭受驱赶、踢踹、抽打，有些甚至还需要用左轮手枪来鼓励，枪口塞进背后的一小块地方，一切便了结了。队伍蜿蜒前行，从数百双脚汇成了数千双脚。他们沿着卢·沃拉宽宽的斜坡走向公墓，墓地在我们撤出来之后已经两次换手，现在再一次处于德军的掌控之中。现在，迪尔乐万格的小分队把守着，他们把总部设在圣·尼古拉斯教堂，神坛当成了牌桌，迪尔乐万格像往常一样喝醉了。

队伍领头的已经到达维苏瓦河，不能再往前走了，他们被勒令停下来待在原地不动。卡明斯基坐着他的水陆两用大众汽车到达了，他用一种很愤怒的眼神看着他们。

"为什么他们还活着？"他说，"他们现在应该是死的。"

"他们会死的。"迪尔乐万格答应。两个人在河边公墓花园面对面地站着。他们在残忍方面有的一拼，不分伯仲，而且因为各自获得的声誉而遭到对方的嫉妒。

"所有这一切，"卡明斯基说，挥动一个看不起人的轻蔑的手势，"所有这一切和明斯特相比都是一阵风。"

"明斯特？"迪尔乐万格说，好像他从未听说过这个名字。

"彻底地清理！"卡明基斯说，"我要彻底清理这个地区。"

"只剩下游击队了。"迪尔乐万格平静地说。

只有游击了，到现在为止我已经搞定了华沙，华沙没有一所房子是站着的，好像这个地方从来就没存在过，党卫队帝国领袖下了命令，说男人、女人、孩子都要给清理干净。再也没有空间移动了，现在已经到了河边，人们密密匝匝的肩靠肩站着，每一秒钟都有更多的人到达这里，一辆卡车安排了冲锋枪，已经到位，只等开火的命令。

"遗憾，"卡明斯基轻轻地说，"有些具体的东西没有安排。"

迪尔乐万格耸起一只肩膀。

"会处理得不错的，"他表情漠然地说，"我们没有时间来提炼。"

队伍的最末尾推到位了，出口的门给关上了，迪尔乐万格拿起一只小喇叭在喊，由于期待答案的人群异常安静，现在这些人应该打算告知他们接下来会发生什么了，现在也许该兑现那些保护他们的承诺了。

"注意，每个人都注意！"迪尔乐万格说，他放下手，等待开火的信号。

冲锋枪从这边开始，卡明斯基派人挡在另一边封锁，以防有人逃跑。那些没被子弹杀死也最后也被踩死。残疾人的椅子，孩子的玩具，都滚落到河里，它们的主人也在那儿淹死了。一小股人成功地控制了一台卡车，但是在他们可能多走几码之前就被手榴弹炸了。

迪尔乐万格友好地拍了拍卡明斯基的肩膀，他们气宇轩昂，一起回到了圣·尼古拉斯教堂。

"合作，我亲爱的伙伴，这就是做事的方式，就像你刚才亲眼看见的，他们和我们合作，我们互相合作，我答应过，在圣诞节之前，将整个波兰清理干净。"

冲锋枪完成任务之后，那个胜利之地泼满了汽油，一个很大的葬礼火堆点燃。当火焰吞没他们时，许多人还活着，还有意识，时不时有一个燃烧的鬼影从一堆尸体里站起来，而且发狂地爬圈子，直到它终于倒下。烧焦的肉臭味儿在这个城市上空悬浮着，多日不散。

第二天早上，迈克尔·卡拉斯韦兹·托拉鲁斯基将军领导下的两个旅重新占领墓地区域，屠杀了整个德军。

卡明斯基复仇的方式是，他把能够找到的每一个波兰人都找出来，吊着他们让他们慢慢地咽气。武装部队向最高元首提交了一份正式投诉，愤怒地抗议以这样野蛮的方式对待平民，但是希特勒不予理睬，他一方面在卡明斯基的脖子上挂了一枚奖章，另一方面狠狠地斥责了国防军的将军们。党卫队得意忘形，他们的虐待又达到了一个新的水准。党卫队晚上出去强奸、屠杀，就像人们平常出去吃饭一样。有些喜欢旁观的人，经常看到一场场折磨——这样的折磨时时都在发生。最新的时尚是慢慢地淹死，在一个真正有技巧的操作者手中，一个人淹死的过程可以持续一整晚。

"小混球"第二天早上出发执行他自己认为很重要的特殊使命，半小时后他拖回来一个迪尔乐万格的党卫队六级小队长。

"我本来可以在现场把他毙掉的，不过我认为你们都想揍他。"

"你在哪里抓到他的？"波尔塔说。

"小混球"拍了拍鼻子一侧，"管他呢，在哪儿抓到的是我的事。"

"为什么要把他带到这里来呢？""老大叔"问，"你很清楚我们不能无缘无故杀他。"

"无缘无故？""小混球"愤怒地说，"他是党卫队还不够吗？"

"当然不够，别这么荒唐，要么放他走，要么给我们一个有效的理由，说明他为什么应该被杀。"

"小混球"伸出下嘴唇表示不赞同，"他妈的该死的都在抢劫，不是吗？

"抢劫？"

是的，他自己正在抢劫一家珠宝商店，"老大叔"叹气，伸出一只手。

"给我看看！"

"小混球"咕噜，把他自己的大口袋清理干净了，他抢了50多斤戒指和手表。

一丝冷笑出现在我们这些集拢来看热闹的人脸上。

"好的，是证据不是吗？""小混球"说。

即使是"老大叔"，也不需要用这样的方式来证明，这个证明的过程中有一个迪尔乐万格的谋杀小分队参与，这样麻烦就大了。"小混球"快速拔出刀来。

"你们看，该割哪里？"他说，"眼睛还是肠子？"

"阉割他。"格里高说。

"之后呢？""小混球"说，"眼睛更有趣，我先剜眼睛。"

"你不能，只要还是我指挥，你就不能。"

两声枪响，六级小队长向前倒去，"老大叔"把他的左轮手枪放进枪套，他朝"小混球"不高兴地点了点头。

"你是在武装部队，不是在党卫队！"

出去巡逻搜查一排被遗弃的房子，我们发现一家人的晚餐后的残羹剩饭依然放在桌子上，干面包和一锅子羊肉炖扁豆。面包已经发绿了，扁豆缩小变硬了，但是我们坐下来把它们都吃了。这是我们间隔24小时后才吃到的东西。

波尔塔很后悔醮了最后的面包屑，这时一个年轻的上尉进来，宣布他要到对面的马路上去重新夺回中心电力局。我感到很受诱惑，所以问他这和我们有什么关系。但是不幸的是，回答很让人很不满意，也就是说他要过去我们就得跟着过去……

在一群先遣队的帮助下，我们成功地通过建筑物的一楼，但是在我们继续前进之前，遭到了波兰耶拿团的猛烈攻击，我们不得不撤回来，电力局依然十分牢固地掌控在波兰游击手中。

在这一两天里，城里看似有一种叫和平的东西，其实是德国人的网慢慢收紧了，洛科索夫斯基元帅的兵力蒙哥·希乌是难以描述的不稳定，这就给了德军一个机会，德军从俄罗斯前线撤出足够的部队完成对华沙的包围。我们队伍的数量随之扩大到了七个坦克团，九个步兵团，许多特殊编制的编队，包括先遣团和机械兵。

我们架起了两门重加农炮。

不分白昼黑夜，每十分钟向城区的中心地带发射一批炮弹，慢慢地整个城市变成了一堆废墟。

为了反抗德国作战机器的威力，波兰总司令塔杜斯·波·科莫洛夫斯基将军除了狂热的决心之外什么都没有，他充满信仰的游击员会战斗到最后，但是这个最后肯定已经不远了。至于武器，一部分是从德军那里缴获的，一部分是自制的，他们最有效的武器是汽油弹和喷火筒。喷火筒上有根长管子，而手榴弹是由锡质材料易拉罐做的，爆炸材料则是他们捡拾那些散落在街上未爆炸的炸弹，这种做法确实很天才，但是也很致命。不管怎样，迟早这个供应都会用尽。

然而，波兰游击队依然有很大的能力浪费我们的钱财，他们的卢·泽奥纳又重新占领电话交换中心，为了不浪费他们从德国部队抢来的有价值的弹药，他们把它们从顶楼的窗户里扔出来。他们占领那栋建筑只有 20 分钟，这时先遣队就出现了，开始从装甲车往楼里扔炸弹。占据有利地形的波兰人显然对于这种袭击感到无能为力，他们只能忧郁地坚守着，直到整个电话局最终变成砖头雨，他们埋葬在废墟里，无一人幸存。在一个炮兵连的支援下，我们发动了对警察总部的攻击。但是占据在警察总部的游击队像从地狱里冒出来的魔鬼一样进行顽强地反抗。我们匆忙地、非常不体面地从临近的街道里撤退，他们则像潮水一样追随我们滚滚而来。

一个波兰编队足够了结一个依然占据内政部一侧的 500 个上了年纪的德国宪兵。这 500 个德国宪兵都穿着有浓烈樟脑丸味儿的制服，这些制服从 1918 年后就压在箱底一直没拿出来。这种奇怪的交火对他们来说毫无意义，波兰人像蚂蚁一样包围了整栋建筑，战斗在走廊、楼梯进行，在办公桌上面对面地干。有极少数活下来的宪兵在恐慌中逃离现场。这时有两个帝国保安部的连队来救援。这两个连队所属卡明斯基旅，由一个俄罗斯籍的上校领导，他们向前猛攻，想拿下这个波兰游击队。那些光荣地喝着德国人的血的游击队干脆利索地把他们都抓了。游击队假装完全没有能力抵抗，把他们诱骗进去后，立刻从隐蔽处跳出来一举包围。这一次游击队要以牙还牙，先把他们点燃，然后扔出窗外。当他

们咆哮着冲出街道时，游击队用英国人空投给他们的手榴弹，清
理那 500 个上了年纪的宪兵。

　　宪兵的残部以圣灵教堂为掩体，倒不是因为波兰人尊重他们
的藏身之处，而是因为教堂有幸成为在那个地区仍然还挺立的几
座建筑物之一。

　　三个德国步兵团前来营救他们，结果和上校卡罗尔·则莫斯
基·瓦奇诺夫斯基上校领导的游击队交上火。步兵团被游击队歼
灭了，一群背上绑着炸药包的波兰人冲进教堂，一连串大爆炸之后，
幸存下来的六个还活着的宪兵被浇上了汽油，带着火焰奔跑在街
道上。

　　党卫队高级总队长冯·德蒙·巴赫·扎勒夫斯基命令进行新
一轮进攻。在屠杀编队之后，行走在街道上的是毫无人性的迪尔
乐万格的党卫队，但是在他们还没有到达皇家广场的喷泉之前，
这个编队就被汽油弹和手榴弹的爆炸阻止了，波兰人杀红了眼，
像疯子一样处于极度亢奋状态。迪尔乐万格的暴徒们见到这阵势
也只好掉头逃跑。

　　卡罗尔·则莫斯基·瓦奇诺夫斯基上校立刻派出他的人跟着
他们，发狂的波兰人像潮水一样踩着伤者的身体从狭窄的街道里
冲出来追着逃跑的军队。

　　同时迪尔乐万格和卡明斯基已经成功地让他们的部队得到
了某种控制，希姆莱已经写好了他们的死亡协议书。假设波兰在
二十四小时之内没有被夷为平地，他们的协议书就只等着希姆莱

的签名了。在他们的头上悬着一个如此要命的威胁，他们只好又驱赶着部队再次面对游击队。我们的命令是射击眼前看到的任何一个没穿德军制服的人，男人、女人、孩子、年轻的或者年老的，希姆莱要整个波兰民族灭绝，我们就是他们的死刑执行者。

我们冲进拿破仑广场。突然在枪声和炮声的混乱之中出现了音乐，在这样一个地方，这种时候。音乐来自广场北侧的一所房子里，一个波兰上尉正在弹钢琴，他显然无视周围的战斗。他的音乐似乎要让卡明斯基疯狂。一整支部队飞快地跑过广场来结束这场个人演奏会，他们在他身后尖叫着，手刃这样一位上尉大概是可以得到提拔，最后，一个人用刺刀挑着上尉的脑袋。

这个瓦奇诺夫斯基上校把他的杰尼斯鲁旅投入战斗之后，部队很快就消失了，在几米之外。杰尼斯鲁旅主要是由妇女和小男孩组成，但是他们依然大无畏，他们像其他英勇的波兰游击队一样战斗，像迷恋血的味道的疯子一样战斗……在我们身后，支援部队开始扔烟雾弹，这个烟雾弹冒出让人难受的绿色烟雾，大部分的波兰人是没有戴防毒面具的，他们慢慢失去了顺序，队伍散了。事实上它还不仅仅是毒气，起初它只是为了达到掩护目的而使用的一种烟，后来正式成为一种完美合法的战斗武器。任何不幸被烟呛住的人只要20分钟就必死无疑，而且死得很痛苦。但是很显然这个被称之为一个公平的游戏。

有一个短暂的平静，两边都往后撤，然后波兰人显然已经决定用一种方式去死，反正是一死，所以他们直接冲出缭绕的烟雾，呼喊着尖叫着冲向我们。炸弹绑在他们的胸脯上，卡明斯基和迪尔乐格的党卫队被第一波浪潮清除。

那些幸存下来的人转头就跑，阴沟里堆着尸体，街头的每一个拐角飘扬着骄傲的白色鹰的波兰旗。

在远处的柏林，希姆莱因为发烧躺在床上，即使是希特勒本人也正为这个国家的事情而烦恼，因为柯尔斯坦博士宣布党卫队帝国最高领袖处于严重的危险中，当听到来自波兰的消息时，他受到了严重的精神打击。波兰已经破坏了800辆虎式坦克，清除了三个团，整个城区现在在波兰人手中，在痛苦的病床上，希姆莱让他的职员签署菲斯希尔省长的死亡协议书。是菲斯希尔省长这个叛徒最初放弃了华沙，他被一辆来自艾克的第3坦克团的一辆虎式坦克拖着游街，最后，他的头装在一个盒子里呈送给了希姆莱。华沙的总司令莱勒·斯达希尔也被判死刑，但是给了一个缓期执行，不过有一个条件：必须重新占领老城区。不幸的是在他执行任务之前就落入了游击队手中。

黎明时分，我们遭到一个骑兵团的攻击。他们佩戴着军刀，像一群呼喊着的哥萨克人冲过街道，蹄子踩在街道的鹅卵石上，溅着铁与石头碰撞发出的火花。马的嘴角冒着白沫，军刀是红色的，滴着血，许多人是在这种践踏中被踩死的。有些人因为冲得太慢找不到掩体，脑袋遭到重创。

我突然发现我和波尔塔肩并肩地跑，军刀在我们耳边舞得呜呜叫，马的呼吸是热的，甜的，我们到达了普雷斯·皮沃苏得斯基广场，冲锋枪开火了，前进中的波兰人遭遇了党卫队"元首大人"团，人和马都被砍成了肉条。那些活下来掉头逃跑的，大部分留在了广场的"坟墓"里。一匹马载着它的骑手朝这边冲来，我和波尔塔蹲在死人堆里，只差一寸就砍到我们了，子弹朝他们飞去，我们得到了庇护。

第二天，华沙的天空因为炸弹的到来而变得黢黑一片，这些"炸弹"其实是长筒靴，它们是迟来的支援，但是这些物资只有不到十分之一被接受支援的波·科莫洛夫斯基的游击队捡到，其余的都被俄罗斯人和德国人瓜分了。

随着104掷弹兵团的加入，我们发动了对卢·伊凡的新一轮进攻，目的是为了拿下城区的北部区域。北部区域现在在对方手中超过一个月了，它对于德国部队有着战略方面的重要性。我们得配备坦克和P64重机枪，确保我们能够很好地完成任务。

"坦克向前走，"海卡上校通过广播下命令，"坦克沿着卢·伊凡的斜坡缓缓向前。射程四百米，上膛，准备开火。

我们又开始干老本行了，我们很久没有坐到坦克的里面了，在过去的几个月里，我们一直在忙着结束他们，现在，终于回到了属于我们的地方。我们从里面向外观察，感觉好新奇，就好像从来没有离开过它。

"小混球"在不停地装弹，他手法精准很少失误。他现在可以做到一手抓起伏特加喝一口，或者咬一口火腿肠而不打断自己的节奏。我们正在瞄准，谁对于"小混球"来说毫无关系，目标可能是任何事物，从一群站在路旁的无辜看客到一群密集机枪都是我们目标，他只知道保证这台机器不停地运转。让它吃饱弹药才是他的任务。我们这个位置的路边有一小排呈斜坡状的高于地面的屋子。乍一看，它们好像是纸板做的，但是突然有一声爆炸，我们的坦克一抖向一边倾斜，竖在一条履带上一个劲儿地哆嗦。

"粘性弹！"德海说，嘴巴咬得紧紧的。右边的履带毁坏了，有一秒钟的安静，波尔塔站了起来，向"小混球"甩头。

"修理小分队，出来，我们走！"

"小混球"舒服地坐在地板上，嘴巴里塞满香肠。

"你在开玩笑吧？"他说。

"你想坐在这里等他们把我们炸成片吗？"波尔塔很生气。

"小混球"耸耸肩。

"去吧，去当俘虏吧。"

在波尔塔回答之前我们又遭受了第二次袭击，一颗炸弹冲进了我们的外部机壳，炸成了一个火球，除了对我们的神经造成惊吓以外，别的都没有造成严重的损害。与我们同行的坦克现在已经消失了，身后的炮火一直咬着我们，我们不得不用手转动炮塔，因为坦克电路被第一颗炸弹炸坏了，接下来又是第三颗，整个后轮轴给炸了下来。现在已经不可能派出修理小分队了。即使他们能够躲过炮火，在马路中间那个愤怒的地狱中活下来，也没有能力更换后轴了。

"老大叔"不情愿地下命令放弃坦克，一辆常备军用坦克就像一只坐着的鸭子，它在任何时候都可能爆炸，继续逗留无异于自杀。每一个舱口都给炸开了，我的同伴们消失的时候，我看到了空中四处乱飞的手和腿。我的工作是殿后，破坏坦克。

"天堂见！"波尔塔说。

他向我甩了一个飞吻。当他爬出去的时候我看着他，我一直看着他的靴子的脚后跟。我装好自我破坏的机器跟着他冲向最近的一个舱口，但是舱口打不开，它卡得很死，我立刻被恐惧笼罩。坦克就要爆炸，而我要待在里面，我只有几秒钟的时间，我再也搞不定了，我无助地捶打着紧闭的舱口，拼命哭喊。一声手榴弹的爆炸，把它夯住了，它被夯得铁紧，撬开它需要比我弱小的拳头大得多的力气，需要比我的充满着恐惧的脑袋多得多的理智。

突然我看到了日光，两只大得像毛毡的手向我伸了下来，我从炮塔里拽了出来，"小混球"和我一起倒在侧翻的坦克旁边。

"该死的傻瓜！""小混球"的两只手掌握成喇叭状对着我的耳朵吼，要是我们两个都他妈的死了，就成那样。

爆炸让他住了嘴，我们两个被爆炸冲到了路的对面，直接从一所临近的房子窗户扔了过去。"小混球"也被摔倒了，只能躺在地上喘粗气，直到一面墙慢慢地向我们垂下来，我们俩才又重新冲向人行道。我们磨磨蹭蹭地跟在一个步兵团的后面，跟着他们一起袭击旧的布希宫殿。这个宫殿曾经是一个皇家园林，现在在游击队手中，他们不会不作任何反抗就放弃。我们从一个房间打到另一个房间，在楼梯平台、楼梯口、走廊、花园里，直到这个地方变成了一个真正的战壕，它的美被破坏殆尽，它的荣耀彻底被羞辱。游击队撤退了，我们独占了它。在猛烈的炮火之后，这种沉静是令人压抑的。皇宫现在是一片荒凉的废墟，我们躺在一张有四个柱子的床上伸展着肮脏疼痛的身体。这间房子，可能曾经是王子们的寝宫，奇怪的是我们并不感到舒服。"小混球"用一面花锦缎被子擦靴子，弓着身子睡在上面，像一只狗睡在狗窝里，在这个被战争毁坏的宫殿里，我们只当了几个小时的主人。随着黎明的到来，我们又被扔进了属于我们的阴沟。我们和一群卡罗尔·则莫斯基·瓦奇诺夫斯基上校的嗜血游击队继续战斗，我们荣耀的时刻很短，整个城里仿佛突然充满了游击队，我们被迫匍匐在阴沟里。我们在地底下十英尺的地方待着，在接下来的四天时间里，我们站在齐腰深的恶臭的粪水里。突然我们再一次被提起来，身上滴着粘液，因为刺眼的强光让我们变成了半瞎，我们被一群党卫队帝国师的连队抓了出来，然后没有仪式地爬进了一辆虎式坦克。他们毫不在意我们在华沙恶臭的下水道里游走了四天之后的饥饿和虚弱。党卫队需要人开坦克，我们不幸偶尔踩在那个点上。他们本应该更加理性，不要把虎式坦克带进华沙的巷战，重型坦克太大太笨重，在狭窄曲折的街道上不可能操作它。不到一会儿它就停下来，两条履带都被炮火破坏了。"老大叔"下令放弃坦克，炸毁它。我再一次留下来做这个工作，我不耐烦地等待着，直到他们全部消失，我安放好爆炸器，屏住呼吸扑向舱口，这一次舱口没有被封住。我爬出舱口跑开了，穿过街道加入我的同伴。我们躲在一辆烧毁过的卡车后面等待爆炸。

爆炸没有如期来临。党卫队六级小队长威胁我说如果我不能立刻返回去更正错误话，他就要当场击毙我。我们吵得很厉害，吵了一会儿关于究竟是谁的错，是我还是自动引爆装置。我知道不管是谁的错，除了回去完成工作我都没有选择。虎式坦克依旧定级为顶尖级秘密武器，决不允许让任何一辆虎式坦克落入敌人手中，即使党卫队六级小队长饶过我的命，我也活不过军事法庭的审判。

在一系列紧张的转弯，跳跃之后，我穿过马路，海德给我火力掩护，但是屋顶上到处是狙击手，他们都非常清楚我的使命，我出来就是为阻止这件事情发生。我滚到坦克的肚子底下，子弹持续地在我周围穿透铁皮发出"咣咣咣"的声响，我想要打开底舱舱口，但是无法移动它，我不得不又从塔楼进入。

我深深地吸了一口气，拨掉烟雾弹的保险栓，让它滚到街上去，在翻腾的黄色烟雾掩护下，我爬上炮塔。炸药还在原处不动，我看到玻璃引信碎了，那玩意儿可是一触即发，不管有没军事法庭我都决不再靠近它。我从炮塔里又冲了出来，像一只吓坏了小鸡冲过马路。狙击手还在瞄准它，与临近爆炸的70吨坦克的恐惧相比，飞梭的子弹不算什么。我滚回爆炸过后变成废墟的房子里，向那辆要处理的虎式坦克投了两颗手榴弹，第一个毫发无损从外壳弹了回来，第二颗"滋溜"一下进入了塔楼。我用手捂住头等待。秒钟"滴答滴答"慢慢地过去，每一秒钟好像都是一小时。我小心谨慎地抬起头，又从弹药袋里掏出一颗手榴弹，拔掉保险栓，举起来准备投出去，正在这时，坦克爆炸了。

爆炸声浪把手榴弹从我的手中拽了出去。坦克的镀钢片炸得满街都是，虎式坦克消失在咆哮的火海中。长长的加农炮被炸出来，像一只离弓的箭，它直接射向一座房子正打开着的窗户里，在那里，德国步兵有一个小分队正以此为阵地，我没有时间待在那儿听他们的评论，我站起来，我拔起腿飞也似的跟着"老大叔"他们跑了。

华沙的战斗在继续，以无法比拟的野蛮在继续，就在我们正在为占领阿利·杰罗索力斯卡而战斗的时候，迪尔乐万格的部队到了。他们被委婉地称之为清理小分队。希姆莱放手让这样的党卫队去做，他们的任务是以最有效的方式清理整个城市。他们抢劫、强奸、焚烧、谋杀。从华沙的一端到另一端，他们的最新游戏是把婴儿当皮球踢，直到没有什么可踢，那些有胆子抱怨的母亲，她们的衣服就会被点上火，然后被一杆杆枪指着追着跑。这些活动都是在那些心情愉快的长官们的笑声中进行的。这些长官大部分都是前集中营的指挥官。

我们暂时交给一位中校指挥，这个中校显然对党卫队的方法不熟悉，他是一位老人，直到这一刻，他根本做不到睁一只眼闭一只眼，他的双眼现在是睁开的，他难以置信地看一个孩子被高高地抛在空中，然后落在一把尖尖的刺刀上。他去找负责这次行动的党卫队一级突击中队长，命令他立刻撤走这群野蛮的暴徒。

"长官，你显然还没有意识到这是迪尔乐万格旅第三营，他们是在党卫队元首的直接领导下。这是我们的工作，你在这里指手划脚很不合适。"

他用左轮手枪的枪把把中校推到一边，任由他的勇敢的野蛮队伍继续寻找新的征服对象。中校在发抖，他的脸色变成了灰色，五官扭曲，皮肤硬得像皮革，眼睛深陷在眼窝里。

"亲爱的上帝啊，"他说，"仗怎么是这么打的？"

这个老普鲁士人彻底消失了，许多正直的将军们也消失了，那些遵守铁的纪律的人也消失了。现在是这些小个子男人们的天下了。小个子男人们跟党卫队帝国领袖、后备部队总指挥、内政部部长、司法部长、秘密警察局首脑……海因里希·希姆莱一样，穿着黑色制服，戴着金边眼镜，就连希特勒本人都惧怕他们。

沿街的房子都起火了，被困在顶楼的人打开窗户求救，但是没人会在意他们，后退的波兰人不会，前进的德国人不会。他们只有留下来燃烧。整个华沙一片火海。卢·克洛德纳街道这头到那头都是火，德国和波兰人同样地被狱所围困，活下来也是在炙烤，没有人能够逃过火焰的墙，马路上熔化的柏油"嘶嘶"地扯我们的鞋底，喷泉里的水热得要变成蒸汽，华沙就要被烧成平地。

太热了，为了缓口气，我们冲向一个地窖里的阴凉处，但是还不到十秒钟，就有一个大个子的红脸参谋上士出现在入口处又把我们拖了出来。

"该死的，你们的大肥屁股坐在这里，你们知道自己在干什么吗？在我把你们枪毙之前赶快离开这里！"他用枪口把我们赶到路上，然后朝另一条路走去，碰到一个正迎面而来的手榴弹，他的脑袋给炸掉了。

"现在该为他好好服务了。""小混球"说，在一阵枪雨中停下来，搜查这个刚刚死去的人的口袋。

中校正躺在一口冒着蒸汽的喷泉底部唱圣歌，火焰不断地靠近他，包围了他。我们根本不可能靠近他。

"他要升天了，"格里高疯狂地说，"他要他妈的升天了。"

我们站了一会儿看着这个景象，直到终于有一颗流弹击中了喷泉，中校被埋在乱石堆里。

有无数次命令来到我们这里，要求我们重新夺回波尼亚托夫斯基桥，我只希望上帝把这个该死的东西炸掉，从哪边炸都可以，直到留下没有东西继续可攻占，只有这样我们才会安静下来。我们毫无热情地投入战斗，再一次被泽蒙斯基·瓦奇诺夫斯基和他的游击队狠狠地击退。波兰人寸步不让，凡是落入他们手中的德国人，要么给活活烧死，要么打死。我看到一个少校身后拖着一条残腿爬向喷泉的废墟，波兰人也看见了他，他们打开一根皮管，把他浇上汽油，然后笑着点燃一根火柴扔向他，当火焰燃完之后，少校那一架骨头架子依然四肢展开，爬向喷泉中央寻求庇护。

夜晚，我们到达克拉增斯基广场，发现我们找到了自己的连队——也不管到底还剩下多少人。真是奇迹，他们居然建立了一个战场厨房，不过除了一点儿面包屑和一些灰汤之外什么都没有，这个汤像是从用过的抹地板的布里拧出来的，那时我们真是饿昏了头，以至于能够吃下去牛粪堆煮出来的食物，还把它当作烤牛肉。

我和格里高被派到卢·克拉增斯基路去放哨。其他人那个晚上依然在站立的建筑物地下室里休息。

快到 11 点的时候，天空开始下雨，深秋的夜晚，寒冷而忧郁的雨飘过广场，打在街道的角落，打在我们脸上。我们缩紧肩膀站在雨里，眼睛忧郁地盯着前方，不说话，任由雨水流进脖子，渗进塌了的靴子后跟。一点点，格里高动了一下他的位子，我听到他的脚在"吱吱"地响，他在骂，脱掉了两只靴子，认真把水倒了出来，然后又把它们套上。

"那会好得多。"我说。

格里高叹气。

"它会伤了我那可怜的母亲的心，"他说，"她如果看到我这副模样。"

"想想你多幸运啊，还有母亲。"我酸酸地说。

"她总是大惊小怪，"格里高继续说，好像我没说过话，"让人受不了，"他露出一丝愚蠢而又伤感的微笑，然后又发出一声带着渴望的笑声。"有一次我掉进河里，"他说，"回家的时候滴着水，老太太很生气，把我赶紧扔到床上，又送给热牛奶，又送给阿司匹林，担心我感冒。"他又笑了，"感冒，"他说，"那很好呃，那真的很好。"

"真有趣。"我说。那个夜晚除了屋顶流下来的雨滴声，很安静，安静得有些不自然，在多日持续的狂轰滥炸之后几乎有一种不真实的感觉，此刻是安静的，但是明天它又会继续，明天又有上千的人死亡，更多的桥被炸，更多的建筑物被易手。游戏中的卒子会移到不同的区域为棋手们做好下一步行动准备。

这是放松的时刻，但是没有人来，我们也没有什么事可做，我们站在原地一直骂人，直到有人可能记起我们。雨停了，附近有一只鸟儿在啁啾，几乎把我们吓死。

"该死的鸟！"格里高骂。

雨停之后又落下一阵臭气熏天的黄色的迷雾，迷雾像一层厚厚的毯子铺展在我们所在的拉兹恩科夫斯卡路。增加了无数伤兵的痛苦，这些伤兵歪歪扭扭地躺在圣·阿勒克桑大教堂的楼梯上，我们从站立的位置可以看到三具死尸：两个波兰人和一个德国人。德国人躺在阴沟里，两条腿炸掉了。一个波兰人被挂在有刺的铁丝网上，绵软无力没有形状，就像一只小玩偶里面没有了锯末灰。另一个像婴儿一样蜷缩在一个盛满了血的弹坑里。在接下来的夜晚里，这些尸体将发霉变成绿色或者黄色，肿到要爆炸的程度，他们会在那里躺上一两天，然后在下一轮的战斗中被人踩在脚下，像熟透了的水果一样给踩得肉浆四溅。要是他们的母亲看到这一幕，看到儿子是怎样为自己的祖国光荣地死去的……

"你不会认为，"格里高说，"跟着我的思路，你不会认为现在世界上还活着很多人，对吧？你不会认为现在还有人可杀，对吧？"

"总有要杀的人，"我说，"即使他们是被特别养育的品种。"

"他们已经被杀了。"格里高说。

几乎晚了一个小时，终于我们可以放松了。三个从 104 团来的摩托兵出现了，以一种比我和格里高更幽默的状态出现了，他们讨厌战争，讨厌党，讨厌最高元首，讨厌该死的英国人，该死的美国人，该死的犹太人，该死的红军……

"波兰人呢？"我说。

"该死的波兰人，该死的意大利人，该死的法国人……"

"你知道什么？"格里高说，"如果我是你我就直接把一颗子弹射进脑袋里。"

我们充满感激地回到了那个像猪一样打鼾的连队房子里。格里高跨过一个身体把他弄醒了。接下来一连串的诅咒把其他人也给弄醒了，他们干脆坐起来对着我们充满轻蔑、憎恨地骂。我知道他们的感觉，睡眠对于一个士兵来说是最有价值的东西，特别珍贵，即使是他被允许睡上五六个小时不被打扰的觉，即使是在硬地板上用一个防毒面具做枕头，破烂的外衣做毯子。

我溜进"小混球"和波尔塔之间的位置，他们中间有个狭窄的缝隙。我扭动着身体钻进去，稳稳地睡了一觉，在这里我不仅温暖，而且安全。我能够在一个夜晚剩下的时间里睡一个相对安稳舒服的觉。

第二天早上，受欢迎的战地厨房把我们弄醒，我突然变得脑子闪灵光，意识到一个问题，先前的那个抹地板的汤已经彻底消化掉了，我肚子饿得前胸贴后背，它正在愤怒地抗议。我在身上抓了六个跳蚤，我把它们放在大拇指和食指之间捏死。"小混球"和波尔塔也站了起来，抓起饭盒和饲料袋。他们囫囵吞下那点儿少得可怜的早餐后，马上站起来去寻找更多的食物，毫无疑问他们不会空着手回来。

"让我们继续走吧，"波尔塔说，然后把"小混球"往地下室的楼梯上推了一把，"最好是在那些人到来之前我们去一趟市场。"

波尔塔是地球上食腐动物之一，你可以把他赤条条地扔在大西洋的一条木划子上，他能够在三小时之后身着世界顶级的萨维尔西装安然无恙地驶进港口，吃饱了新鲜牡蛎，而且这新鲜的牡蛎是用一瓶最好的莱茵河白葡萄酒冲下去。在华沙的战场中他不可能跑去吃牡蛎和白葡萄酒，但是他会出现在一匹马的身边，带着一瓶伏特加。

他们走了，就两个人。两个小时后，他们回来的时候，抬着半头猪，猪被裹在一张床单里，一路流着血。

"该死的，你们从哪儿弄来的？""老大叔"紧张地问。但是这一次他们没有特别吹嘘自己的掠夺，他们有远远超过这件事的新闻要报道。

"我们从哪儿弄来的？"波尔塔说，"我要是告诉你是从哪儿弄来的，你的毛发都会竖起来。"

"哦，那是哪里？"

"老大叔"看起来有些不安。他从"小混球"脸上带着那种邪恶的满足的表情来看他更有理由不安。

"你们看到了什么？"他问。

"多恩，""小混球"用一种幸灾乐祸的口气说，好像到现在为止都不能相信自己的好运气。"我们看见了多恩，那就是我们要报道的新闻。"

"是从托尔高来的多恩吗？"格里高说。

"确实，他是屠夫本人。"

"都来了，像一次狗的晚宴，""小混球"补充说，"皮靴子，有锡质徽章的帽子，P38 式手枪，全新的闪亮的。"

有一阵令人吃惊的寂静，托尔高的卡尔·多恩到华沙来了，托尔高的暴徒来前线打仗，这件事看起来几乎不可能，战争可能真的比我们想象的还要接近它的结尾了。你想多恩这样的人都投入到战斗里来了。

"当时我们正切猪，我们看到他出现在街道的拐角。"

他转过身来，开始模仿多恩不可一世的神情。不可能搞错，肯定是多恩，胜利的微笑慢慢地在我们脸上荡漾开来，卡尔多恩被送来前线，听到这样的消息，整个德国士兵没有一个不欢呼的。

"他有可能看到你们吗？""老大叔"询问，依然有些不安。

"肯定他看到了。""小混球"说。

"你不可能在街上碰到一位老朋友却完全装作不认识他，自然我们转过身去向他挥手，不应该吗？"

　　我可以想象他们的挥手，我可以想象两只伸出去的指头，冷笑，还有伴随冷笑而去的猫叫。所以十分明显，"老大叔"也可以想象，他把一只手抹过他的眉毛。

　　"你们当然知道，"他说，"他要做的第一件事情就是到这里来找你们。"

　　"为什么？""小混球"冷淡地说。

　　"因为你们一头撞上了一堆麻烦。""老大叔"厉声呵斥，"用点儿常识吧，看在上帝的分儿上，你们就不会假想当他出现在这里问一大堆蠢问题。这一堆关于某个人手里夹着的熏肉的问题？"

　　波尔塔建议把一颗手榴弹塞进他的屁眼儿里。

　　"把他淹死在一桶呕吐物里。"

　　"把他的鸡巴吊起来吊死他。"

　　"老大叔"坦然地听他们从头说到尾，

　　"都说完了？"他终于说。

　　"还没有，"波尔塔说，"不过我认为也说得差不多了。"

　　"如果他能活下来，我们还能想点儿别的事。""小混球"说。

　　"你那只小鸟一样的脑袋还能想出别的事？""老大叔"很不耐烦地说，"你好好想一下，多恩会傻到这种程度不带上一堆人到这里来？你真的认为他会愿意像你们这样走上十里路，跟着你们这两个会切断他脖子的人，除非他确认自己是百分之百安全的。""老大叔"对着他们警告地摇摇头。"不要对多恩再做有趣的事了，你们逃不掉的。"

现场鸦雀无声，他们彼此看着对方的眼睛，耸耸肩膀，"小混球"和波尔塔从来就不在乎这些那些的规矩，他们是自己的法律，但他们知道"老大叔"不是傻瓜，他们也意识到了"老大叔"说得有道理。多恩终于从他的托尔高安乐窝里给拖出来送到前线打仗来了，他决不是一个附属于总参谋部的军士长，他一定是属于特权人物范围之内。

"你们对多恩管得太多了。""老大叔"说，"你们马上就会吃不了兜着走。"

"你的意思是说你想让那家伙平安无事啰。""小混球"愤怒地叫，"甚至连屁股上踢一脚都不行啰。"

"换个时间，""老大叔"说，"换个时间啰。"

"好了，不是闹着玩儿的，""小混球"说，他抓起一块血淋淋的肉，扔过肩膀，"如果那就是你的感觉方式，我们在别处找几个人大吃一顿还不容易！"他说。他消失在楼梯上，后面跟着自以为是的波尔塔。接下来的好几天我们都没看到他们，这是我们最后一次看到那半头猪，只有地上几滴诱人的血迹提示我们曾经有可能吃到的一餐猪肉。

就在"小混球"和波尔塔出去几秒钟之后，我们听到外面的人行道上出现"踢踢踏踏"的脚步声。劳威中尉、多恩、霍夫曼军士长还有三个宪兵一起出现在门口。劳威看起来打不起精神来，霍夫曼站在多恩身后嘲弄地看着我们，多恩自己还是惯常的那种自以为是。他穿着一套崭新的制服，没有污渍，没有折皱，他那一双邪恶的沉陷眼窝的小眼睛定定地环视四周，搜寻已经消失的猎物。

"贝尔中士，"劳威说，"多恩军士长已经向我报告了，今天上午早些时候，你们的两个人宰杀一头猪，他们还带走了这头不属于他们的猪……"

"一头猪？""老大叔"说。

劳威转过多去看多恩，想得到确认。

"一头猪，我想你说的是一头猪。"

"半头猪。"多恩说。

劳威转过头来有些抱歉地看着"老大叔"。

"半头猪。"他说。

有一个停顿。

"这很严重，""老大叔"说，"真的非常严重。"

"当然是，"劳威同意，"抢劫是要以死刑论处的。"他转过身看着多恩，"好了，军士长，你现在可以指认这两个人吗？"

多恩大踏步向前，眼睛眯成一条缝儿，带着责备。

"他们不在这里，猪呢？"

"长官，半头猪？"

"半头猪，我请你再说一遍，你看见它在哪儿吗？"

"当然我没有，"多恩咆哮，"突然失去了耐心，显然他们已经把它隐藏到哪里了。"

劳威皱着眉看着"老大叔"。

"贝尔中士，我一定得问你这个问题，你隐藏了半头猪吗？"

"没有，长官！""老大叔"说。

"也没有隐藏猪肉吗？比如猪脸子，猪腿，猪腰排？"

"没有！长官。"

"好的，那么中士，我很遗憾我浪费了你的时间，我要跟你们说再见。我们可以走了吗，绅士？"

多恩愤怒地向前走去，"你的意思是你要相信他的话啰？"

"为什么不？我一直很信任贝尔中士的正直。"

"但是他在撒谎，这完全是一个谎言，我看见他们拿走了，我看到他们把猪带到这里来了。"

劳威深深地吸了一口气盯着他的手表看。

"霍夫曼军士长，"他说，"你认识贝尔中士有相当长一段时间了，你曾经怀疑过他对你说的话的真实性吗？"

霍夫曼没有看多恩，脸朝前站着。

"从来没有过，长官！"他说。

"那么我们走吧。"劳威说，他走上楼梯，在楼梯的最上一级转身。"当然，如果有半头猪或者有猪的一部分，你要立刻通知我。"他说。

中尉离开了这个地下室，背后除了多恩，其他人都跟着他。多恩站了一会儿盯着地板，他的脚正站在一摊新鲜的血里。他抬起头来看"老大叔"，胜利地卷起薄薄的嘴唇，接着又用这片薄薄的嘴唇包住黄黄的尖尖的牙齿。

第十章 *Chapter Ten*
竞赛尾声

我们在哪里战斗不重要，重要的是和谁战斗，为了国家的利益，我们必须杀戮。取人性命不过屠牛……抱着这样的哲学，我们才能自信地走上胜利之路。

——希姆莱在党卫队驻外支队的讲话。

无论迪尔乐万格和卡明斯基旅的人在严格的军事纪律中失去什么，他们都认为是值得的，因为他们得到了补偿，那就是在进行恐惧和折磨的过程中他们的激情得到了释放，放火、抢劫、强奸、谋杀，他们在华沙中心地带肆虐，身后留下一串长长的死亡和破坏，他们不分青红皂白地杀戮，波兰人、德国人，老的、少的，男人、女人、孩子，任何人只要挡在他们的路上都给清除掉。

令人惊骇的罪行每天都在进行，德国部队驻波兰参谋长汉斯·古德瑞安将军毫不含糊地告诉希特勒，他希望立即辞职，除非那两个旅都撤出华沙，并把他们的指挥官送往军事法庭受审。

同时，古德瑞安将军给党卫的菲格雷恩旅的指挥官（这个指挥官是最高元首的情妇爱娃·布劳恩的亲戚）发出最后通牒。并告知希特勒，迪尔乐万格和卡明斯基所招收的人都是一些罪犯，精神病患者，他们一无是处，他们对华沙的恐怖统治将成德意志帝国荣誉永远的污点。

尽管很勉强，但是还不算太晚，希特勒被迫采取行动，命令希姆莱撤回了两个旅，代替他们的是一个常规的武装党卫队师，也只有那样，波·科莫洛夫斯基将军才同意投降。

在 1944 年 11 月 23 日，卡明斯基被枪毙，听说可能是按照党卫队帝国元首的命令，尽管这个传言从来没有得到过证实。至于迪尔乐万格，他在 1945 年 2 月底，落入波兰游击队手中，得到了他应有的下场。

我们聚集在卡拉森斯基大剧院门外，正失魂落魄地观赏着两个裸女的照片，这时"小混球"兴奋地拖着笨重的脚步走向我们。

"嗨，看我拿到了什么？"他喊叫。我们很不情愿地把视线从照片上移开，看着"小混球"逮到两只"喵喵"叫的流涎水的猫，他正提着猫的后颈向我们展示。

"食物。"波尔塔说，他的脸亮了。

"要是吃了就浪费了，这些猫不是食物，是赛猫。"

格里高抓起一只猫说："我们为什么不剥了它们的皮，扔给党卫队赚点儿钱用。"

"住嘴！""小混球"怒吼。

猫伸出一只爪子恶狠狠地抓格里高的脸，我们都吓得往后退。

"那你抓它们干什么用？"波尔塔没好气地问，"如果我们不把它们吃了，不把它们打死，那该干什么？"

"我告诉你，""小混球"说着，在两条胳膊底下各夹一只猫。"它们是赛猫，都是经过特别训练的。"

"谁告诉你的？胡说八道！"波尔塔冷笑，"他妈的猫是不能用来比赛的，它们没有那么蠢，你这个饭桶，蠢货。你只相信那臭垃圾，你相信阿道夫是绿色奶酪做的，你相信……赛猫，鸡巴赛猫，纯粹他妈的是瞎掰。"

他轻蔑地转过身看那两个裸女照片，我们也跟着转过脸去。停了一会儿，"小混球"又开始讲。

"我看见它们做了。"

"看见过它们什么？"

"跑步，""小混球"说，"它们跑起来像屁眼儿里装了炸药，'噼噼啪啪'地跑个不停，它们还跳，像马一样跳。"

我们又慢慢转过身来，勉强看了一眼猫。

"小混球"说着，把他的头转向一只耳朵呈灰色带着花椰菜花纹的脏猫，这一只曾打破 400 米纪录。

"嘞，那另一只呢？"海德说，非常不满地盯着那一堆流涎水的黄猫，曾经把格里高抓成破脸的那一只。

"哦，这一只，""小混球"说，"这一只天生是一个短跑运动员，它更擅长百米冲刺。看在钱的分儿上它会好好跑一场的，它会展示一个相当好的……"

"停一分钟，"波尔塔说，"停一分钟……你在说谁的钱？"

"和我们打赌的人啦。""小混球"简短地说。

金融天才波尔塔用一只肮脏的手指甲刮他那颗牙齿上的残余物，在思考所有的可能性。

"哦，是的，"他终于说，"没错，我们可以试一下，是有点意思。"

我们走向公园，公园在双方交战期间有一个暂时的平静。我们在拿破仑塑像周围清理了一块场地，我们布置了一块很好的比赛场地，设置了一系列的跳跃和障碍，准备先让两只猫彩排一下。两个人抓住它们，另外两个人用易拉罐系着它们的尾巴。随着一声令枪响，两只不幸的动物就肩并肩沿着赛道，身后拖着易拉罐"叮铃咣啷"地向前跑。

"看到了吧，跑起来像炸弹吧。""小混球"说。

这时，我们把整个赛场建立起来，进行了两次实验性赛跑，相当数量的人群聚集过来看热闹，他们都有可能成为下赌注的人。波尔塔绕场一周，他昂首挺胸，高视阔步，信心满满地邀请他们下注。显然，如果人们对这种比赛保持浓厚的兴趣的话，我们需要两个以上的跑步者。"小混球"和格里高赶紧出去寻找新赛手。
与此同时，也有一两个带着动物的人急于参与比赛，想与那只脏
兮兮的灰猫和流口水的橘黄色猫对抗。有人拿出一只大个子的黑
色魔鬼，看起来它好像正为一只地沟里的老鼠发狂。赌注下得又
快又多，结果呢，那个动物根本连一个入门者都不算。引信一点燃，
它就疯了一样用爪子和牙齿弄易拉罐，它终于成功地解脱了自己，
结果它又沿着跑道跑错了方向，造成了其他赛手的混乱。它立刻
被取消资格，它的主人被罚款。

　　"小混球"和格里高回来了，带着一只花猫和一只蓬松的小
白猫出现了，这只小白猫一来就表现出一种令人信服的速度。一
个从先遣队来的中士从他朋友那儿听说这一场正在进行的比赛，
走了半个城，就是为了让他的黑白相间的花猫来对抗我们那只灰
色的脏猫。花猫是一只意大利猫，毛色水滑柔软，它和中士一路
从蒙特赌场赶来，中士的贡献真是令人感动，他带着一口袋发臭
的沙丁。他一直在拿臭鱼喂猫，在第一场比赛的一半路程中他都
在给它不停地喂，当这只黑白相间的猫几乎是场地其他猫的两倍
距离的时候，它突然开始狂暴地吼叫，其他猫都不敢作声了，这
个男人不得不跑到半路去救它。男人生着一张粗俗的瘦脸，毫无
疑问他曾经为了六便士割掉了自己妈妈的喉咙。但是他和他的猫
在这个世界上相依为命，在第一次比赛之后尽管有威胁有抗议，
但他还是把他的猫从场地里撤出来，夹在腋窝下，警告众人，谁
要是敢夺猫他就枪毙谁。

真是不可理喻，那种心肠被战争打磨得硬如磐石的人，却能对动物产生如此强烈地依恋。我认识一个下士，他的弹药袋里没装弹药，而是装着一只蟾蜍。他每天用一些潮湿的叶子给它垒一窝儿，把它弄得舒舒服服。我们休息的时候它就跳出来，像一个滴水怪兽一样蹲在他的肩膀上。它真是一个丑陋的小畜生，满身覆盖着脓疱一样的小瘤子。有一天，下士像个孩子一样嚎啕大哭，因为那天它跑掉了，被一辆卡车压死了。

还有一次，我记得我们抓了一个俄罗斯摩托兵，还有他的那只宠物老鼠，那只大个头的水老鼠像一条狗一样，俄罗斯人走到哪儿它就跟到哪儿，他们一起在一个锡罐子里吃东西，睡同一个睡袋，最后我们把他们两个都放跑了。这是唯一拯救老鼠的办法，避免让它落入外人之手，变成晚餐炖肉锅里的一道菜，要不然会让那个俄罗斯人撕心裂肺地痛。

在那只黑白相间的猫撤出比赛后，我们开始和这些参与赌博的人发生口角，那只大花猫连续三次打了那只脏灰猫，脏灰猫被打的时候发出了一声吼叫。有人声称看见"小混球"在拿破仑雕塑像后给大花猫喂了鸦片。他们可能是正确的，因为这只猫赚钱最多。这时，比赛突然被一阵敌人的炮火打断，这一阵炮火削掉了"拿破仑"的头，"小混球"手中的大花猫逃了出去。毫无疑问，这场炮火也救了我们，我们差点儿就给让那些人用私刑给处死。

最后出现了一个有趣的插曲，广场不再宁静，我们又回到了战争的现实，当晚，尽管极度疲劳，但轮到我们值夜班。我们收集伤兵，埋葬死人，把伤者安排在设在城里的桑迪巴区的战地医院。死者整整齐齐排成排，放在公共坟墓里。有些尸体几乎无法辨认出他们曾经是人，有些已经被老鼠啃过了，有些没有头，有些没有四肢。我们垒了一道斜坡，尸体就坡滚下去，落到坑道里。我们待在那个坑道里的一端轮流接应。最糟糕的情况还不是那些软和的、或者是那些滴着新鲜血液湿漉漉的尸体，而是那些在地窖里或者地下室躺了好多天的尸体，它们现在已经绿了，胀了。如果你还算聪明的话，你就会格外小心地去处理他们，任何一个疏忽大意的移动或者一个不耐烦的处理，就会让那个肿胀的皮肤像一个熟透的李子一样爆开，里面的内容会溢出来。凡是走在这条充满腐败物的路上的人，身上都会在留下几个星期都洗刷不掉的气味，这个气味会粘在他的头发上，钻进他的指甲盖里，深深地渗进每一个毛孔里。

黎明之后不久，我们终于可以休息了，但是即使是现在也没有觉睡，我们在一座摇摇欲坠的桥上坐了一会儿。我们坐在白色秋天的阳光里，听着像往常一样的机关枪声和炮火声，看着流水从我们脚下流过，水上漂浮着尸体。几米外，一位从医疗队来的老中校正斜靠在战壕的矮墙上，睁大一双空洞的蓝色眼睛盯着河流。

"愚蠢的老山羊，"波尔塔说，"他如果不小心的话，他那该死的头会被炸掉。"正当他说话的时候一声枪响，一颗子弹从桥上钻进来，这位老中校只是稍微挪动了一下，作为一个勉强的对敌军狙击手的让步。

"嗨，你，"波尔塔从他下面的掩体里喊叫，他躲在一块生锈的铁墙下面，"如果你想自杀，你可以到别的地方去吗？我一个晚上看了太多的死尸了。"中校慢慢地转过头，用一种毫不掩饰的惊奇盯着波尔塔。

"你碰巧是在跟我讲吗，我的好同志？"

"没错。"波尔塔说。

中校用最好的普鲁士军姿站直，肩膀往后拉，胸脯挺起。

"你是以这种方式称呼你的长官吗？"他冷冷地责问。

波尔塔看着他的白头发和粉红色眼睑，突然有一种恻隐之心。

"爷爷，"他说，"是为你好，在你的脑袋被炸掉之前，请离开那个边边一点儿好不好？那样会让我们很高兴，我们整个晚上都把死尸铲了往地里埋，我们真的已经铲饱了。做个好爷爷，按照我说的做，好不好？"

"很了不起吗？！"中校厉声呵斥，我这辈子都没有碰到过有谁敢对我这般无礼，这个世界疯了吗？"

他朝波尔塔向前走了一步，这时第二声枪响了，中校尖叫一声，趔趄着贴墙倒下。在我们伸手够得着他之前，他已经从边沿一头栽下去了，直接掉进维斯瓦河的洪流中。上下起伏的尸体的海洋中又多了一具新的尸体。

波尔塔摇摇头。

"老疯子。"他说。

中校的尸体慢慢消失在下游，狙击手满意地撤了。我们又躲回矮墙下面，华沙的战斗对我们来说还没有结束，没安静多久，第5连又被派到沃拉火焰中去了，那里尸体层层叠叠地码在壕沟里，每一棵树上，每一根电线杆上都挂着一条条人肉。

第二天早上德军发动了一场全面进攻，力图端掉波兰人剩余的几个据点。波兰人的据点从卢·卡斯米拉一直延伸威尔森广场。一阵弹雨落在老城区，二十八门排炮持续进攻超过五个小时，三个坦克团通过卢·米奇·威兹路前往威尔森广场，波兰人的最后一次抵抗被淹没在血的海洋中。从那个晚上开始，波·科莫洛夫斯基将军意识到他不得不低头了，德军的人数远远超过他，他没剩下多少人了，武器更少，英国人和俄罗斯人都放弃了华沙，不会再有人来帮助他，他不得不屈服。

他开着一辆挂着白旗的奔驰车前往欧扎罗城堡，去那里协商投降的条件，德国人同意所有战俘都将按照日内瓦公约的条例对待。

10月3日早上，准确地说是8点30分，华沙的战斗结束了，突然，寂静的帷幕在燃烧的城市落幕，耳朵里能听到的是那种连续稳定地"噼噼啪啪"的火焰声，时不时又有一栋楼的砖瓦砸下来的声音，曾经排满了坦克和士兵的威尔森广场现在废置了，没有一个人，没有一条狗，没有一个活着的东西，街道是空的，一片纸在一栋燃烧的房子的上空高高地飘飞，它旋了一会儿定住了，继而飘向这个城市的熔炉，被一条伸出来的火舌接住，这片萎缩的纸灰静静地落在一辆烧完了的坦克残骸上，在残骸上有一个曾经是德国士兵的皮和骨，看上去极度恐怖。是的，他曾经是个德国士兵，他的尸体一半在炮塔外，一半留在炮塔里，盘曲着依然保持着死亡时的痛苦。

在地下室里我们度过了那个夜晚，这个城市突然陷入一片死寂，我们蹲在恐惧中蜷缩成一团，我们可以理解战火的声音，但我们不能理解在我们心中装满未知的恐惧。

"不可能结束啊，"我轻轻说，"不可能就这么结束啊……"

没有人反对我，结尾确实来了，但是可以确定吗？这种寂静，这种空虚，这种完全没有什么的感觉的感觉，难道这就是人们通常说到的"结尾"时的意思吗？

"很快就会再来的，""老大叔"很自信地说，"我们最好待在这里等命令。"

战事很快就会再起，这是我们的普遍想法，战事很快就会再起的，我们又会恢复正常。同时我们还要待在这里等命令。这反而是最好的，一定在某处有人知道发生了什么。

"不可能是结尾，"我说，"一定不可能……"

"这是一个陷阱，""小混球"说，"他们想骗我们，认为仗打完了。"

又过了半个小时，一个小时，街道仍然像坟墓一样寂静。

已经被忘记了的，过去很久没听到的声音又慢慢起来了，有木头的脆响，鸟儿的歌唱，还有一些很细很细的声音，窸窸窣窣的，

窣窣的，几乎不能辨别的被淹没在战争的嘈杂里的很细小的声音也冒出来了。

对面街上突然有一个屋顶倒塌了，把我们吓得几乎瘫痪。"小混球"用机枪放出一枪，格里高呕得满地都是，他用一只颤抖的手抹了一把嘴。

"耶稣，我再也受不了啦，"他说，"我要去外面逛一下，我不想待在这里像一只夹子里的老鼠被抓。"

"这是一个陷阱，很可能这正是他们想要的。""小混球"说。

格里高走上台阶，"这恰恰就是我要做的。"

"老大叔"没有打算阻止他。我们待在原处没动，每个人的神经都等着立刻跳起来行动。

"我们给他五分钟，""老大叔"说。他的舌头翻过嘴唇，我从来没见过他这么紧张。"五分钟，然后我们跟着他走。"

在我们跟着他走之前，格里高已经回来了，我们听到他沿着街道走，像个疯子一样胡说八道，乱喊乱叫。他从地下室的楼梯里跳了下来，后面跟着伍乐和他的芬兰人，看起来他们都喝醉了。

"怎么了？""老大叔"说，"发生什么了？"

"和平。"格里高说，一脚越过最后六个台阶。

"和平。"伍乐说，举起一瓶伏特加放在嘴唇边。

我们盯着他们什么都没说。伍乐走下地下室，把伏特加酒瓶递给"老大叔"。

"是真的，"他说，"他们在今天早上8点30分签订了投降书，都结束了。"

"都结束了？"我说。有那么一会儿我感到非常失落，突然它们带走了我活着的理由。我成了一个没有目标的人。"都结束了？"我说。不可能啊！不可能啊！打了这么久之后……不可能啊！但是很显然是的，和平终于来了，我却不能理解它，我不能理解为什么"小混球"和波尔塔突然彼此挽着他们的手臂，扯开嗓门呼喊，我不能够理解为什么每个人突然弯腰扔掉自己的武器，扯掉自己徽章，在地板上踢自己的钢盔。

"结束了！""老大叔"呼喊。他转身一拳击中我的肋骨。"结束了！"他说。

芬兰加入我们，我们一起唱"米尔米尔"（芬兰语"和平"的意思），在街道的远处我们还听到了波兰话和德国话呼喊，"结束了，都结束了，斯波克吉，斯波克吉（波兰语"和平"的意思）！"

但是现在我也被这种快乐感染了，跟在伍乐和他的芬兰人身后，奔上楼梯，来到日光下。海德仍然顽固地抓着来复枪，伍乐把他的刀塞进靴子里。我们不再有保护自己的任何武器，感觉自己好像赤裸裸地走在城市里。

"米尔米尔。"伍乐喊叫，但是街上有种不安宁的感觉，我又在想是否战争真是结束了。

我们像唯一出来冒险的生物，仍然没有声音，除了燃烧的建筑物上的持续不断的"噼噼啪啪"的火苗声。波兰人现在也从他们的藏身之处出来了，我们5连将任由他们摆布，战争的结束居然是这样。

"喂，斯大林的人！"波尔塔双手握成喇叭放在嘴巴上大声呼喊，"喂，波兰人啊，出来吧，现身吧！"他的声音飘荡在空空的街道上。

从二十米之外的废墟里走出三个带着法国钢盔的波兰士兵，谨慎地站起来等我们，其中两个抓着来复枪。波尔塔用手语向他们致意，有片刻的犹豫，然后他们把来复枪扔到地上向我们笑着跑过来。突然整个城市因为人而活泛起来，他们从每一个地下室，每一个地窖里跑出来，有士兵，有平民，有男人，女人，孩子。笑的，哭丧着脸的，在街上跳舞的。波兰人和德国人也都放下了武器，我看到了许多德国兵的制服上的徽章都扯掉了。在我们全5连，只有海德一个人看起来好像找不到快乐的理由，他郁闷地坐在一辆烧焦的坦克上，那辆坦克的炮塔上有一具烧焦的尸体，有一半在炮塔外，一半在坦克里。他仍然紧紧地握着来复枪，神情忧郁，静静地观察，而那些曾经的敌人正在华沙街上握着手一起笑。

突然，在欢欣的人群正中间有一声巨大的爆炸，呼啸的手榴弹落在我们身边，坦克炸成了片，海德被扔在马路上，女人和孩子尖叫着找地方隐蔽，男人们在几秒钟之前还彼此之间像兄弟一样拥抱，现在都推开对方骂自己太天真。

"小混球"沿着街道向我们飞奔而来，和我们一起冲向最近有楼梯的地方。

"我告诉过你们啦，"他气喘吁吁地说，"我告诉过你们，这是一个陷阱。"

起初我们还以为一定是德国人在后面捣鬼，过了一段时间我们才意识到是俄罗斯人，他们轰炸了整个受伤的城市整整一个小时，他们想把波兰人和德国人全都杀死，他们在那一天成功地杀了成千上万的人。

5连又重新集在一起撤出了这个地区，伍乐和他的芬兰人消失了，我们再也没见过他们。第二天我们被派往卢·克兰森斯基，看管波兰俘虏，核实所有的武器和其他按照常规收缴的兵器，当长长的即将被监禁的士兵默默走过我们身边时，我们没有快乐，他们打了一场很漂亮的仗，我们对他们没有任何恶意。

是不是一切都结束了呢？没有完全结束，还没有。

在那个大屠杀的夜晚之后，剩下的极少的平民被集中起来赶到位于华沙西北部的一个巨大的集中营里。在那里，他们没有食物和水，没有起码的卫生设施。病患的和年长的也得不到食物。他们被转运到德国之前，很多人都死在了路上。

同时，先遣部队的连队被派去执行希姆莱下达的整体性破坏任务。直到1月底，华沙的废墟才真正留在一片死寂中，没有东西可以烧了，没有东西可以破坏了，人被杀光了，所有的建筑物都毁掉了，典型的普鲁士人彻底遵照希姆莱的命令执行了，每个男人，女人，孩子，每条狗，每只猫，每条街道，每栋建筑……

他终于实现了，华沙从地图上抹去了。

在铁血战场上，他们没有退路
只有前进！前进！一直前进！

《**行进中的军营**》

〔丹〕 斯文·哈塞尔 著

朱思衡 译

铁血上市 敬请关注

　　希特勒下令强袭苏军坦克营，而他手下的这些士兵也被当成了人肉炮灰，但是这里没有任何人觉得诧异，因为这些普通士兵在纳粹高层的眼里已经被认定是可以随便牺牲的。纳粹高层把他们的士兵当动物一样对待，而这些士兵也学会了动物的生存方式：欺骗、偷窃、暴力，无恶不作……

前方是钢铁洪流
　　后方是万里雪国

　　希特勒的命令很"简单"。在莫斯科，在德军即将溃败之际，在俄军的坦克营来临之前，彻底摧毁这里。陷入疯狂的德军在最后时刻烧杀抢掠，无论男女老幼都变成了他们的摧残对象。这里的德国士兵已经不关心谁输谁赢，他们只考虑自己能否在莫斯科带些财物全身而退。但是，没有什么能阻挡战败的事实，他们的尸体和血液都将被被莫斯科的冰雪永久封存。